夫人幫幫忙 1

花月薰 著

風 文創 234

目錄

自序

這篇文的創作思想是要表達一種夫妻間相互扶持，共同經歷風雨，不猜忌、不質疑，始終不忘初心，一路走上巔峰的故事。

作品的背景設在古代，但是眾所周知，古代男尊女卑，男人可以三妻四妾，女人就要從一而終，當然不是說從一而終不好，但是我覺得從一而終這件事要嘛不做，要做就必須是兩個人一起做，那樣才能顯示出這個詞語的真正意義。雖然有點不切實際與幻想，但我還是決定嘗試了。

於是，就寫了一個自始至終都十分專情的男主。男主在文章開頭的身分是一個被貶的將軍，因為打了敗仗又斷了一條腿，就被皇帝趕出了京城，貶去了洛陽看守皇陵，還在家中爺爺的逼迫之下，娶了一個自己並不滿意的女人。婚姻初始，他對她冷言冷語，冷漠得連自己都覺得過分，可是，那個成為他夫人的女子不僅絲毫不介意，還用她出色的經商手腕，替他鋪出了一條振作之路，讓他一步步淪陷，不得不徹底愛上她，一旦愛上，就難再棄，她就是那樣一個女人，所以，不管他最終爬上了怎樣的巔峰，也始終對妻子不離不棄，情有獨鍾。

而這篇文的女主，也不是那種除了談戀愛什麼都不會的女人，她是家中嫡女，但因母親名聲所累，在府中受盡冷遇，遭受欺負，她沒有心灰意冷，而是選擇隱忍，等待時機。也許是命運的相遇，她在羽翼未豐的時候，就被家中黑心長輩嫁給了一個由京城被貶至洛陽的守陵人家。但新婚之夜，她為夫君的氣度風采所折，一見鍾情、再見傾心，儘管夫君對她異常冷漠，但她始終相信，人心不是石頭，總有被她捂熱的時候。皇天不負苦心人，終於在她勤勤懇懇的經營之下，丈夫慢慢地卸下了冷漠的面具，交給她一副火熱忠誠的心腸。而她也憑藉自已冷靜自持和堅忍不拔的性格特點，從一開始的落魄嫡女一步步地蠶食鯨吞曾經令她痛不欲生的家族，跟隨丈夫的人生軌跡，生兒育女、操持家務，經歷了榮華，走過了落魄，夫妻攜手，共同走出了一條錦繡康莊的幸福道路。

寫這本書的時候，我的心態也很平和，全文兩個多月便創作結束，不管其他作者需要多長時間，但這對我來說，已經是非常快的速度了，因為這樣美好的小說寫起來確實有一種令人心嚮往之的憧憬，神奇的力量讓我不知疲倦，埋頭創作，終於看見它開出了美麗的花朵。

我始終相信，讀者就是我前進的原動力，讀者的喜愛會讓我有一種難以用言語表明的滿足感和幸福感。感謝大家給我這個機會，讓我可以將這樣一個我覺得很美好的故事呈現在大家面前。

謝謝大家。我們有機會再見。

花月薰

第一章

自從步覃打了敗仗，斷腿重傷回到京城後，步家這幾年來如日中天的聲勢便歇了下來，聖上嘴裡雖說著勝敗乃兵家常事，可卻一連好幾個月都拉長著臉。瓊林宴上，新科狀元郎不過灑了些酒，便被心情欠佳的聖上以御前失儀為名，貶去了河南府做治災小吏。

幾個月後，太醫診治結果——步小將軍重傷難癒，不僅傲人功力難再恢復，就連那條腿，怕是也不能再如往昔般矯健了。

滿朝皆知，步家一門忠烈，除了老將軍，大大小小十三名兒郎皆戰死沙場，步覃是步家最後的希望，他自小便肩負家族重任，將所有戰死叔伯族兄的責任一肩扛下。而他本身也是個出息的，武學天分極高，三歲習武，五歲練氣，十五歲便能獨自殺入敵營取得賊首，立下不世功勛。

八年的時間，讓一個瀕臨消亡的家族漸漸復起，步覃用他的大功、小功，穩住了家族八年的榮耀，守住了一門忠勇以慘烈的結局報效國家之後應得的勛章。

只是如今……所有的一切，都隨著步覃受傷回京發生了翻天覆地的巨變，不過短短兩、三個月便足以道盡世態炎涼。首先，是因步家後繼無人，被皇上當朝收了兵權，失了兵權的元帥、斷了腿的將軍，步家陷入絕境；之後第五日，又從宮中發出一道聖旨，讓步家舉家遷往洛陽郊外鎮守皇陵，雖然讓步覃保留了將軍的頭銜，卻褫奪了其「揚威」的封號。

兔死狗烹，古今皆是。皇上的這兩道聖旨一出，從前與步家來往的，如今也都避了，是個聰明人都不難想到，步家已無可用之人，犯不著為了氣數已盡的人家得罪當今皇上，於是，絡繹不絕的門庭以驚人的速度變得冷清。

皇上收回兵權並著令步家舉家遷出京城後，步覃已經好些天未踏出房門了。老將軍步承宗坐在親孫院子裡的石桌旁，雙手攏入袖中，雖然年過七十，但他的脊梁骨卻依舊挺拔，像一棵飽經風霜卻屹立不搖的老松，用滿是皺紋的臉書寫著滄海歷練。

堰伯站在老將軍身後，幾十年的相處，他早已將自己當成步家人，如今又怎會不懂老將軍心中的哀愁與擔憂呢？

靜坐良久，老將軍突然開口說了這麼一句話。

「唉，到了洛陽……是該給覃兒物色個媳婦了。」

洛陽府。

二月的春風似剪刀，颳得人臉生疼。

席雲芝站在風口對好了一批府裡剛買入的布料，不管烏黑髮絲被風吹得凌亂，便伏在馬車上記帳，此時，二管家過來喚她入內，說是老太太召集了各房女眷，有大事宣佈。

原本像這樣的聚會，府裡的孀娘、小姐們是從不帶她的，雖然她也是席家的小姐，還是長房大小姐。

她的母親不清白，十年前被人抓了姦，老太太是受過貞節牌坊的，得知此事氣得差點歸西，使家法將席雲芝的生母亂棍打死了，剛滿七歲的弟弟也被懷疑血統不正，隨即送走，不知所蹤。其實誰都明白，懷疑血統不是理由，只因古代男尊女卑，席雲然是兒子，怕他將來長大之後，會生出亂子，才將他送走，而席雲芝是個女孩，就被他們留下，對外也好說，總歸給大房留了條血脈。

母親死後，席雲芝在席府的地位一落千丈，父親席徵未再續弦，卻終日飲酒，渾渾度日，與她日漸生疏。

席雲芝原本在現代社會裡只是一個很普通的女人，過著普通的生活，上了普通的大學，畢業後找了份普通的工作，然後在某一天回家的途中，她被一輛疾馳的汽車撞倒了，醒來後就莫名其妙穿成了初生的席家大小姐。

九歲前她過得挺好的，父慈母愛、生活優渥，可九歲以後，便由天堂墜入地獄。三嬸娘當家時，還曾多番教養、接濟於她，可沒幾年，三嬸娘卻突然看破紅塵，去慈雲寺出家，當家的人變成了五嬸娘。五嬸娘自席雲芝小時候就不喜歡她，如今得勢，剋扣吃穿用度自是尋常之事，有時還會指使下人們欺負她，數九（注）寒冬的天裡，要她在雪地裡穿單衣洗盤子，

注：數九，音ㄕㄨˇ ㄐㄧㄡˇ，俗稱冬至後要九九八十一天後方春風送暖，寒意全消，故自冬至起稱為「數九」。「數九天」則表示嚴寒、酷冷的天氣。

盤子還要在冰涼透骨的水中過足十遍才肯讓她歇手。那一年，她手上的凍瘡腫得不成模樣。

席雲芝知道自己年紀小，沒有能力與那些惡魔抗爭，只好親眼見著這一世的母親被冤慘死，弟弟被送走也是凶多吉少，自己卻無能為力。因此，對席家的恨意就從那時開始，仇恨的種子埋入她心中，以時間澆灌，等待破土而出的那一日，那時便有冤報冤，有仇報仇。

但是如今，她能做的只有隱忍，一再隱忍，才能麻痺敵人，保全自身的安危。

悶不吭聲被欺負了近兩年，席雲芝十二歲那年，淒慘得連頓飽飯都沒吃上，這才決定不能再繼續這樣下去了，於是，她腆著臉跑去老太太的院子裡跪了三天三夜，不告狀、不哭訴，只是希望老太太答應讓她在席家的商鋪裡幫些力所能及的小忙。老太太雖然惱她母親，但畢竟她還是席家的人，且多多少少也聽說了些她這兩年的境況，便點頭默許了。

席雲芝之所以會選擇在商鋪裡幫忙，一來是為了有光明正大的理由不在府中受欺負，二來也是存著私心。五嬸娘對她的吃穿剋扣得厲害，她若不自力更生，沒準兒還真的會成為歷史上第一個被餓死的大小姐。

她在店鋪裡做多學多，遇到不會的棘手難題，便去慈雲寺找三嬸娘請教，幾年摸索下來，對經商這一塊已小有所成，她心想，等以後有機會，便用這幾年攢下的錢自己開設一家店鋪，將來就算被趕出席家門，她也不至於露宿街頭，能獨立活下去。

老太太居住的地方在席府最東邊，院子古樸大氣，屋舍雕梁畫棟，僅花廳一角放眼望去便全是名貴的紫檀，塗抹著松木清漆，一走進院子，還能聞見一股厚厚的檀香味。老太太信佛，平日裡見她手上總是纏著佛珠，每逢初一、十五必定齋戒沐浴，虔誠禮佛。

席雲芝被傳喚，心下忐忑，二管家見她袖口沾了些灰，左右暗示她要不要進屋換一身衣服，因為老太太不喜歡看到府中女眷們穿著舉止隨意。席雲芝謝過二總管好意，卻也只是洗了洗手，並沒有特意回去換衣服，就著身上這件市井人家姑娘才穿的拙布青衫便去了。

她心中清楚得很，在這個家裡，沒有誰願意看見她光鮮的打扮，既然她們不願看，那她也懶得掙給她們看，免得她們看得不舒服，又難為了自己。

替老太太守在門邊迎接各房夫人、小姐的兩位嬤嬤聽到腳步聲，笑瞇了眼迎出來，見來人是最不受寵的大小姐時，臉立刻拉了下去，不尷不尬地對席雲芝敷衍地福了福身，說了聲。「喔，是大小姐啊。請進吧，老太太快到了。」這聲「大小姐」，她們叫得委實有些虧心。

「有勞嬤嬤出來迎我。」席雲芝恭恭謹謹地對她們回了禮，便低著頭走入了香煙瀰漫的花廳。

席家世代書香，祖上曾出過不少文官，巔峰便是已故席老太爺的從二品翰林院掌院學士之位。席家大大小小為官數十載，卻不似傳統世族以清貴自居，歷來也經商走貨，故家底積蓄頗豐，以至於老太爺死後，席家雖無人再入朝堂，可書香世家的美名卻是傳了出去。

這一輩的席家，席雲芝的父親席徵是大老爺，二房老爺席遠，三房席林，四房席壇，還有五房席卿，這幾位中，也就只有她的父親和五叔身負功名。她的父親在寶進年間考中過貢士，原本形勢大好，還要參加殿試，卻因嫡妻出牆此等醜事陷入深淵，從此一蹶不振；五叔考過多次，也不過是個舉人，這才歇了考心，在家靜養。

席雲芝坐在最下首，喝了一口熱茶，靜靜地等待著。此時，門外傳來一陣陣銀鈴般的笑聲，厚重的紫檀木門被推開，幾位粉妝少女相攜而入，那談笑風生的樣子，彷彿吹入堂的春日嬌花，讓沈寂的空間頓時活了過來。

二房妹妹席雲春，四房妹妹席雲秀，五房妹妹席雲箏和三房妹妹席雲彤，她們是席家眾多女兒中最為出色的各房嫡女，也是最受老太太疼愛的。

席雲春嬌美，五官極為豔麗，隨便穿什麼總能穿出豔冠群芳的姿色；席雲秀柔雅，舉手投足溫婉動人；席雲彤雖是三房女兒，年紀卻是最小的，天真無邪，一笑彎了眼便像那年畫上的福氣娃娃。但，如果說她們三人是美色，那……席雲箏的國色天香才真是絕色，她美得不沾風塵，彷彿畫中仕女般清靈脫俗，一顰一笑皆能牽動人心。

「雲芝姊姊，妳怎的坐在這當門口？快些進去，可別折煞了妹妹們啊！」

那四位中，雲箏連眼神都不會落在她身上，更別說對她說話了，餘下的只有席雲彤每次見到她還願意說兩句客套話，她天真的小臉上總是掛著善良的笑容，對府裡的誰都很和氣。

席雲芝淡笑著搖了搖頭。「妹妹們快些進去吧，我剛從外頭回來，身上沾了灰，可別讓老太太嫌棄了才好。」

席雲彤還想再說什麼，卻被席雲秀拉住了，不知在她耳邊說了些什麼，席雲彤這才紅著小臉，跟著幾位姊姊上了前。

隱約間，席雲芝聽見席雲春在說——

「她是嫡姊又如何？明明德行不佳，卻仍厚顏賴在這兒不走，徒增笑柄罷了。妳理她做甚？」

「……」

廳裡其他人大都聽到了席雲春的話，有的抿嘴一笑，有的用帕子掩著嘴笑，平白叫席雲芝受了不少注目，卻只見她鼻眼觀心，一副老僧入定的從容不迫模樣，像是剛才聽到的刻薄話語，並不是在說她，而是其他一個與她不相干的人。

九歲之後，這種話她聽得多了，句句都比這句殺傷力大，若是她每一句都要去惱的話，那可真就別活了。

待姑娘們坐定後，內堂裡便傳來響動，老太太被二嬸娘和五嬸娘攙扶著走了進來，十幾個姑娘們紛紛立起跟老太太行禮，席雲芝也混在後頭跟風而動。

「都起來吧。」席老太太揮了揮衣袖，姿態雍容，坐到了上首。「我這把老骨頭可活不了多久了，妳們也都長大了，能在我跟前兒出現也就這幾個年頭了，不把妳們打點好，我就是走了，可都不放心啊！」

老太太說完這幾句話後，風韻猶存的二嬸娘便接過話去。

「呸呸呸！老祖宗，您說這話也不怕把咱們嚇死！什麼走不走的？老祖宗可是長命百歲的福氣人啊！」

五嬸娘用帕子掩唇笑了笑，精明的目光下意識在如花似玉的姑娘們中尋找那抹討人厭的身影。

席雲芝也不躲避，嘴角噙著無害的微笑，任由她看著、瞪著。

「近日府中喜事連連，雲春、雲秀和雲箏也到了出嫁的年紀了，女大不中留，留來留去留成仇啊！這不，前些日子我還憂心著怎麼給妳們找戶好人家，現下竟就來了。三個丫頭，快到我身邊來。」

老太太對三女招了招手，席雲彤天真，也想湊過去看，卻被五嬸娘拉著點了下額頭，她才難為情地坐了回去。

老太太的貼身嬤嬤將三封大紅喜帖一字排開後，老太太和藹地指著其中一封說道：「京府通判，可是正六品的，前年剛剛上任。這家與咱們席家一樣，世代書香，定是個好的。雲春，過來看看。」

席雲春滿面緋紅，卻也懂禮，含羞帶怯地對老太太福了福身。「雲春不去，老太太羞人家呢！」

她這番舉措動靜得體，引得在場的嬸娘、姊妹們調笑，有的膽子大的，還在背後推了推她，現場氣氛十分和樂。

席雲芝終於知道今天老太太把府裡所有女眷召集起來的目的了，這是要給席家的三位頂尖兒小姐們定婆家了。

垂頭看了看自己有些粗糙的手，身上還背著個「蕩婦之女」的牌子，德行注定，今後就是嫁人，也只得屈就販夫走卒了吧？

「雲秀丫頭文采好，盧知州可是跟我提了好多回，要妳給他做嫡長媳。盧知州是妳太爺當年的學生，念及師恩，這家公子定也是個不錯的。」

雲秀抿嘴笑了笑。「全憑老太太作主。」

又是一陣推攘調笑，見老太太拿起了最後一只紅封，大家全都自覺地靜了下來。任誰都知道，席雲箏是席家最出色的，無論是容貌還是才情，皆為上上，雲春和雲秀配上的人家都已不凡，這配給雲箏的不知又該是怎樣富貴通達的人家了？眾人皆翹首以盼。

「這道封，可是雲箏丫頭自個兒掙回來的。」

老太太看著席雲箏，笑得有些神秘，倒把席雲箏弄糊塗了，以帕子掩著唇沈吟，眼波流轉間十足風流。

「也怪老身沒看住，可緣分這東西豈是想看就能看住的？三個月前，雲箏丫頭陪我走了趟揚州，這丫頭性子野，竟瞞著我帶婢女上街玩兒了，這不，就給人看上了。」

在眾人企盼之下，老太太將紅封往席雲箏懷裡一塞，解惑道：「督察院左督御史尹大人三個月前去揚州出公差，撞見了這丫頭，硬是讓知府差點把揚州城給翻了個遍，這才找到咱們家來的。雲箏雖然胡鬧，卻也不失為一番美談。」

老太太話畢，眾人皆驚，就連席雲芝也頗感意外，督察院左督御史，那可是三品京官啊！雲春和雲秀嫁的人家跟席府也算是門當戶對，可與都察院左督御史的親事相比，就是小巫見大巫了。但，都御使會挑中席雲箏，絕不會是老太太說的那般姻緣天定，這其中必有什麼計較。

大事宣告完畢，眼看著姊妹、嬸娘們全都圍著那三位即將大喜的姑娘們道賀，席雲芝就是也想湊熱鬧都擠不進去，便想著早些離開，卻也不忘跟老太太和眾位嬸娘告退。這些禮儀她做了，別人可能也不會在意，但若是她不做，背上肯定又會多一條「不尊長輩，德行無狀」的罪名。

一個個福了身子後正要告退時，卻聽老太太突然說道——

「雲芝，妳隨我入內，我有話與妳說。」說完，便由五嬸娘親自攙扶著入了內堂。

席雲芝怎麼都沒想到，老太太會跟她說這話，心頭隱隱閃過一絲不好的預感，行走間越發侷促。

內堂裡供著一隻碩大的佛龕，置放著一尊慈眉善目的黑玉觀音菩薩，是好些年前老太爺還在世時，他的學生特意找江南名家雕刻而成的，價值自不必說。老太太喜愛得不得了，每日命人擦拭佛身三次，虔誠跪拜，供香禮佛。

濃厚到有些窒息的檀香味充斥席雲芝的鼻腔，她只覺得自己耳膜震動，氣血有些上湧，將緊緊捏著的拳頭藏在衣袖中。

「雲芝啊，老太婆也知道，這些年虧待妳了，雖然這也怨妳那無狀母親的連累，算我席家有眼無珠，只如今……」席老太太倚坐在太師椅中，手中撥弄著佛珠，五嬸娘則面無表情地站在她的身後。

靜謐的環境讓席雲芝覺得腹氣上湧，正吊著心時卻聽席老太太又道——

「老太婆也就明著跟妳說吧，妳的名聲……是壞的，今生怕是別想嫁個好人家做正房了。妳別怪老太婆偏心，老太婆也是不願見妳嫁入粗鄙人家受苦。」

席雲芝低垂著頭，身子不可抑制地發抖，她似乎已經預想到老太太接下來會說的話——因為她的名聲壞了，今生別想嫁入好人家做正房，所以，若想嫁入好人家，就只有做小、做偏房的路子了！

「實話與妳說了吧，雲箏的這門親，看著是不錯的，可是據京裡的熟識人透露，那位督察院御史曾娶過嫡妻，卻被凶悍的小妾硬生生給害死了，應了那句寵妾滅妻。雲箏的性子太傲，孤身嫁去京城，我和妳五嬸娘都擔心她，若是妳能做了雲箏的大丫鬟同行照應的話，說不得時間久了，御史大人也會念妳伺候，納妳做個妾……」

老太太一邊轉動著佛珠，一邊說得言真意切，眸中流露出的和藹與慈愛，不禁讓席雲芝覺得，這老太太之所以說這些，是真的為了她好一般。

卻原來，她還是多想了，她們就連妾都沒準備讓她做，只想讓她從席家長房嫡女的位置上下來，做個無名無分的通房丫頭，一輩子受盡欺辱！

「怎的？」一直沈默的五嬸娘見她紅了眼眶，精明的眸子一轉，陰柔冷聲道：「不願意？」

席雲芝強忍眼淚，顫抖著肩頭，弱弱地搖了搖頭，對老太太投去了求救的目光，可老太太見五嬸娘開口後，便乾脆閉上了眼睛，擺弄著佛珠，任五嬸娘對席雲芝破口大罵。

「妳個失了名聲的小賤蹄子有什麼資格說不願意？就憑妳的長相、妳的德行，妳還能翻出什麼天不成？別嫌埋汰（注），讓妳跟著雲箏我都嫌高抬了妳！」

席雲芝蘊著淚珠不言不語，拳頭捏著，指甲掐進了肉裡。

「老太太……雲芝不求高嫁，但求老太太念在祖孫一場……」她用膝蓋跪著向前移了兩步，顫抖著手想要去抓老太太的衣角，可五嬸娘的眼刀一閃，伺候的嬤嬤就過來毫不留情地踢了她一腳，腳尖刮著臉頰，火辣辣的疼。

一番動靜後，席老太太從太師椅上站起，由著嬤嬤們攙扶到佛龕前，虔誠跪拜起來，看都沒有多看一眼匍匐在地的她。

她被剛才動手的嬤嬤拉出了老太太的院子，隱約間，她聽到老太太吩咐五嬸娘去拿族譜，她們這是完全不給她退路了！她相信過了今天，席家的族譜上就真的沒有席雲芝這個名字了，有的只是一個沒了身分的通房大丫頭！

樹後的身影一閃而過，翠丫穿過小花園，從側牆的狗洞鑽了出去，穿過熙熙攘攘的人群，在每個巷口都踮著腳看上幾眼，像是著急在找什麼人，在她跑了將近七、八條街後，終於在酒鋪裡找到喝醉了的席徵。

「大老爺！大老爺，您快回去看看吧，大小姐就快被人賣啦！」翠丫兩隻手揪住席徵的衣服搖晃著，希望她的動作能讓這位醉了十年的老爺清醒過來。

「賣就賣吧，記得給我留兩個錢兒喝酒啊……」席徵趴在桌子上，髮髻鬆散得不成樣子，兩頰還留著酡紅，聽了翠丫的話，只是不耐煩地咕噥了兩句，便又轉過頭，接著睡了過去。

翠丫急壞了。她原本是大小姐的貼身丫鬟，可大房因為大奶奶的事兒遭了難，她也被貶到了伙房做粗使丫頭，這麼多年過去了，她總是希望有一天大房還能振興起來，希望大小姐能念著她的功，把她從粗使丫頭的路上再拽回去。

見席徵睡得昏天黑地，無論她怎麼拖拽都穩如泰山，氣得翠丫直跺腳。「大老爺！」就這麼乾等著也不是辦法，翠丫想了想，決定還是先回去問問大小姐該怎麼辦。主意一定，便甩開大老爺無力的胳膊，轉身跑了。

注：埋汰，一般有兩種解釋，一指東西髒了；一指諷刺、挖苦、羞辱等，即為此處之意。

席雲芝是寧死都不願隨雲箏入京做她的通房大丫頭的，因此從老太太院裡出來後，她便火速回房收拾細軟，又從櫃中隨便拿了幾套換洗的衣物，便想從後門逃走，可沒想到五嬸娘早就防著她，派人在後門盯著，一見她的身影，不由分說便被幾個家丁架著關入了柴房。

天寒地凍亦比不過席雲芝心中的寒，她將身子抱成一團，縮在陰暗的角落，她沒有哭泣，因為她還沒有放棄，之所以躲在暗處，是想叫旁人看不到她的神情。

雲箏遠嫁京城，席家定會辦得風風光光，前後準備最少也要一個月，這一個月裡，就算會被打死，她也要從這裡逃走！

「大小姐？大小姐是我啊，我是翠丫！」

窗戶的雕花洞後出現一張平凡的大臉盤，席雲芝撐著身子爬起來，不放心地看了翠丫身後好幾眼。

翠丫從雕花洞中塞進來兩塊糕點。「大小姐，我從廚房偷來的，妳趕緊吃一點吧！」

席雲芝腹中雖餓，但更加關心的卻另有其事。她勉強張開受傷的嘴角，以沙啞的聲音問道：「翠丫，老太太那兒有沒有說我病了，或是失蹤了之類的話傳出？」

翠丫搖頭。「沒有。我今天上街去尋大老爺，他喝醉了，我回來的時候正好看到大小姐妳被關入了柴房，我等到他們都走了才過來看妳的。」

席雲芝斂眸暗想，從她被關至今已有兩個時辰，老太太定是想尋個好時機對外說她的事。被剔出族譜的席雲芝總不過是突然暴斃或突然失蹤的下場，她若能趕在老太太之前對外製造點聲響，讓外界知道她還活著，說不定就能再拖延一段時間……

思及此，席雲芝便湊到窗欞前對翠丫招手，見她附耳過來後才說道：「妳去北堂胡同裡的幾家鋪子分說，就說席家大小姐要嫁人了，原定明日付清的貨款，只得向後順延一個月了，還請各家掌櫃來席府喝一杯水酒。」

翠丫聽後連連點頭。「是，奴婢這就去說！」

席雲芝見她轉身，又不放心地叮囑道：「記住，是北堂胡同的那幾家鋪子。」

「知道了！」翠丫應聲過後，便鑽入了旁邊的小樹叢中。

席雲芝順著牆壁滑坐在地，現在她只希望自己席家大小姐這個名頭還能用，最好能令從不讓拖欠貨款的北堂胡同那幾個掌櫃上府來鬧一鬧。她不奢望老太太會因此放她出去，但能拖延點時間總是好的。

席老太太自內堂中唸完了經，嬤嬤扶著她走出來，五媳婦商素娥便迎了上來，接替嬤嬤攙扶著老太太的手腕，將她扶著坐在一張太師椅上。

「妳來的正好，我正有事兒跟妳商量呢。」席老太太半合著雙眼喝茶，使人看不到她的真正眼神。

商素娥自然知道她的厲害，當即堆起了笑，說道：「老太太折煞素娥了，府中有什麼事兒還不是您說了算，跟兒媳婦商量什麼呀！」

席老太太瞥了她一眼，臉頰帶笑，沒有說話，卻讓伺候的嬤嬤從一旁的匣子裡拿出一張紅紙。

商素娥接過一看，臉色雖有些變化，卻也沒有過多表示，只是將紅紙放入了匣子裡，沈吟片刻後，才對席老太太試探地問道：「這……老太太的意思是？」

席老太太精明的目光瞥了一眼五媳婦，隨即斂下。「問我做什麼？橫豎是妳想讓雲芝陪伴雲箏出嫁。這郊外守陵人家雖然不算官家，但好歹沾著官家，他們求的是席家長女，我倒是想問問妳怎麼說。」

商素娥眼珠一轉。「席家的族譜上不是已經沒了雲芝那丫頭的名位了？既然他們求的是席家長女，二房的庶女雲嬌名義上便是了。若那守陵人家求娶意盛，將雲嬌嫁予，想必也算不上難交代吧？」

席老太太沒有答話，半合著雙眸做老僧入定狀，商素娥站在一旁也不敢催促。

正在這時，門房卻來報，府外有多家商行的掌櫃前來給大小姐席雲芝請安，說是要賀喜，另外還有自稱是郊外守陵人家的來給大小姐下聘。

老太太和五媳婦對視一眼。商戶們能來給那丫頭賀什麼喜？還有，那守陵人家早上才剛剛遞來了求親函，怎的下午就這樣莽撞地來下聘了？

百般不解，老太太招來管事的，一問之下才知，不知是誰傳出的風言風語，說席大小姐要嫁人了，今兒一大早便有商行掌櫃上門求見。原本也只是空穴來風的誤會，解釋一番便可平息，可冥冥中不知怎的，那商行掌櫃竟然無巧不巧地遇到了上門提親的守陵人家，兩相搭話後，商行掌櫃對守陵人家說出了這道流言，而守陵人家聽後，以為席大小姐已經允諾他們的求親，便急匆匆趕了回去，將早已準備好的聘禮搬到了席府門前，算是進一步坐實了這個消息。直到下午，有更多的商行掌櫃前來祝賀，還順便對席家提出了「儘量在大小姐成親前付清欠款」的要求。

這一始料未及的變故，饒是見多識廣的席老太太都被弄得措手不及，被他們這麼一鬧，將她的計劃全都打亂了。原本她想過幾天便宣佈席家大小姐席雲芝突染重病、暴斃而亡的消息，然後再神不知鬼不覺地將她送到京城去的，可如今卻是陷入被動了。

席雲芝靠坐在柴房門邊，兩日滴水未進的她看起來憔悴不堪，原本紅潤的唇色如今也是蒼白乾澀，但是眼神卻依舊清明，不曾放棄。她將耳郭貼近窗櫺，只希望翠丫能再偷偷來一回，告訴她現在的情況。

可是她也知道，那幾乎是不可能的了。自從第一天後，柴房門外便多了幾名護院在巡邏。

五嬸娘是鐵了心不願讓她留在席家了，她相信就算她乖乖地跟著雲箏去了京城，也會在短時間內被處理掉的，到時候她在京城舉目無親，就算死了也只是個小姐的陪嫁丫頭，沒有人會為了她的死而深究的。

突然，外頭傳來一陣腳步聲，席雲芝以為自己聽錯了，趕忙扶著牆壁站起來。透過窗櫺，她看到席老太太拄著枴杖，帶著幾名嬤嬤往柴房走來。

席老太太叫護院開了門後，便有一位嬤嬤搬進來一張太師椅讓她坐下，席老太太見到倚靠在牆邊的席雲芝，先是用冷淡的眼神將席雲芝上下掃了一遍，才笑著對她招了招手，說道：「雲芝啊，快過來。」

席雲芝雖看破她的嘴臉，但也曉得自己必須忍耐，於是低著頭走到席老太太面前，像尋常那樣對她行禮道：「雲芝請老太太安。」

「嗯，乖了。」老太太又對席雲芝招了招手。「來，走近些，到老太婆跟前來。」

席雲芝不知道這老太婆又在打她什麼主意，不動聲色地走了過去，只見席老太太溫和地拉住了她的手。

「原本也只是試試妳，妳不會真的以為老太婆就這樣不管妳了吧？好歹妳也是我的孫女不是？」在她手背上輕拍了幾下，便算是安慰了。

席老太太一個眼神，站在一旁的嬤嬤便將一張紅紙遞了過來。席老太太接過後便又遞給了席雲芝，趁她翻看的時候說道：「北郊外有座皇陵，雖不是帝陵，但能來看守的定也是地方望族了，不管怎麼說，算是個好人家，最起碼人家肯明媒正娶。就算那家公子行走不便，脾性古怪，但也就是這種外鄉來客，才會在不知妳名聲的情況下，提出娶妳做正室的請求了。現如今，這戶人家已送來聘禮，共兩抬，妳過門之日，這兩抬聘禮，老太婆我原封不動給妳湊作嫁妝，妳看如何？」

席雲芝低頭看著手中的紅紙，上頭的字跡不似普通相師掐好日子寫上的娟秀字體，反而下筆有神、蒼勁有力，像是行伍出身。聽老太太的話，這戶人家應該是剛來洛陽不久，還不知曉她的名聲，才會上門求親。而且老太太說，那家是地方望族，那家公子行走不便，想來那家定是沒落了的望族，要不然也不會被貶至北郊看守陵墓了。不過，如果那家沒有沒落，老太太也定然不可能叫她嫁去的。

想起自己的名聲，席雲芝心中頗為憂慮。不管今後她嫁給誰，婚後就算她能做到恪守婦節，但也禁不住以訛傳訛的流言，到時候夫家起疑，她的日子也不會好過。

心中憂慮重重，看著席老太太一副老神在在的模樣，一雙老而精明的眼中盛滿了算計，像是知道她定不會放棄眼前這個機會，也不催促，也不詢問，就那麼看著她。

席雲芝將紅紙收入襟中，把心一橫，不管這個老太婆還有什麼後招，如今有個不用跟雲箏去京城做通房丫頭的機會正擺在眼前，她不會放棄。

至於今後若是關於她的流言傳入了夫家耳中，她將如何立足的事，已是後話了。

「好，我嫁。」

席老太太頗為欣慰地點點頭，對伺候的兩位嬤嬤吩咐道：「帶大小姐去梳洗一番，換身乾淨衣裳，明日就出門吧！」

明日就出門？這是連做嫁衣的時間都不給她了！席雲芝強忍住氣得發抖的肩膀，臉色慘白地對席老太太福下身子。「雲芝謝老太太成全愛護。」

席老太太一邊站起身，一邊對席雲芝擺擺手，隨意道：「去吧！」

席雲芝被兩名嬤嬤帶下去梳洗，離開了柴房後，席老太太好整以暇地整理了一番袖口，貼身嬤嬤貴喜才扶著她往外走去。

行走間，貴喜嬤嬤不解地問道：「老太太，您這樣倉促地把大小姐嫁了，會不會兩頭都不討好？」

席老太太嘴角含笑，眸光卻冷得刺骨，瞥了一眼貴喜嬤嬤，施施然地走著，說道：「她們是什麼身分，需要我去討好嗎？」

貴喜嬤嬤這才意識到自己說錯了話，連忙解釋道：「奴婢說錯了，憑老太太您的身分，自是您說什麼都無人敢反對的。只是……您之前答應了五奶奶，將大小姐給雲箏姑娘帶去京城，這下子五奶奶怕是又要來擾您清靜了。」

席老太太冷哼道：「哼，商素娥是個什麼東西！她以為我讓她管家，就真的能一手遮天了嗎？她越是想要除掉雲芝，我就越是不讓她得逞，倒要看看她葫蘆裡賣的什麼藥！」

「原來老太太一開始就沒打算讓大小姐跟著去京城啊？」貴喜嬤嬤恍然大悟，緊接著又擔心其他的。「那老太太何不對大小姐好些？說不得將來真的跟五奶奶鬧翻了，也好有個真心向著您的幫襯著不是？」

聽了這幾句話，席老太太突然笑了起來，刻意停下了腳步，對貴喜嬤嬤說道：「真心？

我要她的真心做什麼？一個失了名聲的女子，又嫁了那樣的人家……妳是沒看見那些聘禮寒酸成什麼樣，今後她還能幫襯到我什麼？現在對她好，豈不是白搭？既是白搭，我又為何要對她好呢？」

貴喜嬤嬤緊接著又是一段溜鬚拍馬的奉承話，將席老太太捧上了天。

只有一夜的時間，席雲芝根本來不及給自己準備些什麼，只得將娘親的嫁衣翻找了出來，稍微改了改尺寸，便也將就穿上了。老太太的話說得很分明，嫁妝便是她未來夫家的聘禮，席雲芝悄悄看過兩眼，便是一些普通的布料、魚肉，還有饅頭、蜂糕什麼的。幸好現正三月，天兒還不熱，不然這些聘禮過了夜無人過問的話，早就壞了。

席雲芝知道自己要嫁的這戶人家生活定是窘迫的，也難怪老太太會瞧不上眼，若不是有她在，這樣的聘禮想在席家娶上媳婦那根本是不可能的，任何一房都能把這些東西摔出路面，將下聘之人趕出席府。

但席雲芝卻覺得，夫家窮些也沒什麼，畢竟她是去過日子的，只要她肯幹，想來日子也不會太難，如今只希望能遇上一戶能分明事理的人家。

單單改嫁衣就忙到了深夜，席雲芝沒有丫鬟，凡事只得自己動手收拾，好在她這些年本就過得清淡，沒有太多包袱。她將藏在床頭的一只木頭盒子拿了出來，裡頭有幾張小額銀票，加起來有二百多兩，是她這些年幫府裡做生意時，自己偷著攢下來的。

有這二百多兩銀子，縱使她沒能為自己置辦太像樣的嫁妝，應該也不至於在夫家全無底氣，至少該她用度的地方，她能拿得出手就足夠了。

簡簡單單的四個包袱，是席雲芝所有的家當，整整齊齊擺放在夫家的兩箱聘禮箱子上，自己便坐到梳妝檯前，看著鏡中嘴角仍舊帶著青紫，姿色平常的自己。席雲芝的容貌屬於中等，五官還算靈秀，只是疏淡的眉色使她看起來有些寡淡。許是常年憂思的緣故，她髮色偏黃、偏軟，看著就是一副沒福氣的樣子。

對鏡中的自己微微一笑，席雲芝的目光在梳妝檯上掃了一眼，只有一盒她娘用剩的胭脂，她平常別說是用了，就連打開都不捨得，因為年代久了，胭脂的香味一年淡過一年，她怕打開的次數多了，香味便散得越快。

但她要出嫁了，臉上總要有點喜慶。她放下胭脂盒，去外頭打了一盆溫水入房，將臉和手全都洗得乾乾淨淨之後，換上款式有些老舊，但顏色卻依然鮮豔的嫁衣，然後才又坐回了梳妝檯前，正襟危坐，用虔誠的姿勢打開了胭脂盒，撲鼻而來的清香使她彷彿回到了兒時。

搽過胭脂的臉色看著鮮活了些。席雲芝屢次感嘆，若是她的容貌有娘親一半的美豔便好了，只可惜，娘親終因美貌被毀，就連承襲了她美貌的弟弟都不能倖免，而她卻因容貌平凡不似母親那般豔麗，才得以存活……

天亮後的動靜一如席雲芝意料之中的冷清，老太太倒是一大早就派了一位面生的嬤嬤前來照應，只是這嬤嬤一不幫忙收拾，二不幫忙梳妝，就那樣門神一般地站在席雲芝的房門外。

席雲芝心感淒涼，卻也沒說什麼，自己蓋上蓋頭，坐在床沿上，兩隻手緊捏在一起。沒等一會兒，就聽見外頭傳來響動，她偷偷掀開蓋頭一角看了看，只見兩個漢子，一老一少，都穿著尋常人家的藍布短打，筆直的脊梁叫人看著就覺得有精神，他們在門外同嬤嬤行禮詢問。

嬤嬤將老太太的意思說了出來，席雲芝這才知道，原來老太太不想叫她從席府正門出嫁，此刻便叫夫家的人再將喜轎抬去側門迎她。那年輕漢子聽後雙眉便豎了起來，看樣子就要上前與嬤嬤理論，卻被年長者拉住，好言商量亦無結果，嬤嬤始終不肯再去老太太那裡請示。夫家兩名迎親的見狀也只好作罷，推攘著將兩箱聘禮和席雲芝的幾個包袱抬了出去。沒過一會兒，那看門嬤嬤便入內，將席雲芝扶出了門，席雲芝看著地上的青磚便知這是往側門方向的小徑。

老太太到最後也沒顧及絲毫祖孫情分，讓她從側門出嫁。

席雲芝蓋著蓋頭，坐上了兩人抬的紅轎子，只知道轎子走了好長一段路都沒有停歇，她坐在轎子裡，覺得很是顛簸，卻又不敢掀開轎簾一探究竟，就怕被人看到，指戳她的德行。

轎子越走越遠，外頭的聲音也越來越靜，過分安靜的環境叫席雲芝心中不免有些害怕，她開始胡思亂想，想著這一切也許都是老太太和五嬸娘的詭計，為的就是神不知鬼不覺地將她處理掉。

也許過一會兒他們就會直接把她從山崖上拋下去了，又或者，把她扔到河裡……如此這般擔心了一路，當轎子落地的那一剎那，席雲芝覺得自己整個人都繃了起來。她集中心力聽著周圍的動靜，沒有鞭炮，沒有吹奏聲，只有幾聲雜亂的腳步聲。

席雲芝深吸一口氣，靜靜地坐在轎中等候，此時此刻已經由不得她作主了。只聽轎子外頭的腳步聲突然停了一會兒，然後便聽見「茲茲」的聲音。

正聚精會神聽著時，突然「砰」的一聲，山崩般的響聲嚇得席雲芝幾乎從轎子裡站起來，隨著第一聲響出來，緊接著又是好幾響，聲聲震天。這是什麼聲音？席雲芝捂著心口，暗自猜測著。

「好了好了，放幾下就行了，可別嚇著新娘子了！」

一道聲音傳出，席雲芝識得，這就是先前去席府迎她的那位老漢子的聲音，卻聽旁邊又響起一道年輕些的聲音——

「放了那麼多下，新夫人都沒嚇著，堰伯你瞎操什麼心呀？」

這嗓音聽著並不是先前去府中迎她的那位，聲音很是洪亮有力。

「我怎麼叫瞎操心呢？快快快，誰吹嗩吶？誰敲鑼？趕緊張羅起來，別叫新夫人等急了！」老漢又催促道。

「嗩吶誰會吹？鑼也沒有哇！鍋蓋兒行不？我再去找根樹柴……哎喲！」年輕人說著話時突然一聲哀嚎，像是被人踢了一腳般。

「……」

席雲芝耳中聽著這些毫無章法的話，心都涼了一片。她要嫁的夫家，未免也太不講究了吧？

外頭忙了大概有一盞茶的時間，然後才隱約聽到了些喜慶的聲響，一種類似於民間小曲的調子婉轉迴盪開來，夾雜著咚咚的敲擊聲，接著她的轎簾被掀了開來，一隻蒼勁有力的大手覆上她蒼白冰涼的手，她只覺被一股難以抗拒的力量扯了出去，她站不住腳，直接撞入了一個寬闊溫暖的胸懷中。

席雲芝嚇得不敢說話，低頭看著喜服的下襬和一隻行動不便、微微踮起的腳，心下了然，這便是她的夫君了。如此想著，她的心沒來由地撲通起來。

如烙鐵般滾熱的手掌覆在她的臂膀上，席雲芝心跳得厲害，腦中正想著要不要給夫君先福一福身子時，滾熱的手掌卻放開了，夫君傾斜著腳步向後退了退，像是要刻意與她保持距離般。

席雲芝手中被塞入一條紅綢，在紅綢的帶領下，拜了天地、拜了高堂，只完成了一些簡單的儀式後，就被送入了洞房。

沒有想像中三姑六婆的聒噪，沒有鄰里鄉親的喧鬧，就連房外杯盞交錯的聲音都很零星，這也許是她所見過、所能想像的最冷清的一場婚禮了。

席雲芝又饑又渴地等了好長的時間，終於撐不住昏昏欲睡，天人交戰之際，頭上的蓋頭被猛地掀開，燭光刺入雙眸，叫席雲芝為之一震，慌忙張開雙眼抬首望去，逆光中，她的夫婿宛若大山般屹立在她面前，容貌若神祇般出色，舉手投足皆有一種渾然天成的貴氣。這種貴氣之人應翱翔於天、應凌駕世人，這樣出色的他不該被困在這種地方，與她這樣平凡的女人成親。

席雲芝感覺有些暈眩，被眼前的畫面驚呆了，坐在床沿連動都不敢動，生怕這只是夢境，夢醒之後，她又將面對那慘澹無華的現實。

步覃雖面無表情，卻也看出了席雲芝眼中的驚豔，冷硬的目光在她平凡無奇的臉上掃過兩眼便不再有興趣，轉到一邊，將桌上擺放的酒壺拿起，倒了兩杯酒，一杯遞到席雲芝面前，冷聲說道：「喝了，睡吧。」

席雲芝自小看慣了臉色，怎會看不出她的夫婿神情語氣中的不耐？趕忙收回了失態的目光，接過合卺酒，謹慎地握在手中。

步覃沒心情跟她花前月下說情話，飛快地在她手中的杯沿上碰了一下，就喝下，而後不等席雲芝動作，便將酒杯拋在一旁的瓷盤上，趿著腳轉身走到屏風後去換喜服。

席雲芝難掩心頭失落，可也明白自己的姿色確實無甚亮點，也難怪夫婿會對她這般失望。將合卺酒喝下了肚，只覺得臉上和肚中都是一陣火辣辣的，平生第一次對自己的容貌感到不忿。如果她再漂亮一些，也許她的夫君就會多看她兩眼吧？

席雲芝將喝空的酒杯也放入瓷盤，又順手將夫君的杯子扶好整齊地放在一旁，這才起身走到屏風後。步覃正在解喜服下顎處的釦子，席雲芝走上前自然而然地接過了手，替他解開。

步覃原本想躲開，卻在碰到她那雙依舊冰涼的雙手時，稍稍猶豫了一下。那雙手不像是一般大家閨秀的手，蒼白纖細，指節分明，食指指腹上有兩條很明顯的口子，傷的時間應是不長。再看她的臉，至多用秀氣兩個字來形容，薄薄的胭脂下，嘴角帶著些微青紫。這樣的姿色，從前在他將軍府中，別說是當家主母了，就連燒火丫頭都輪不到她。

思及此，步覃心中不免更為不快。

席雲芝替夫君除下了外衫，只覺得夫君那雙黑玉般的眸子盯著自己便足以令她忘記所有矜持，她已過二八年華，對夫妻之事多少有些耳聞，便也不再扭捏，低下頭，便將自己身上的喜服亦脫了下來，只著中衣站在那裡。

「夫君，休息去吧。」

步覃看著眼前這個可以用瘦弱來形容的女子，寬大的白色中衣之下，甚至看不出任何起伏，她就像個未完全發育的孩子，乾淨得叫人很難對她產生慾望。

席雲芝的一顆心已經緊張得快從嗓子眼兒裡跳出來了，她顫巍巍地伸出一隻手，抓住了自家夫君的衣袖，將之拉出了屏風。

能夠做到這一步，席雲芝已然紅霞滿面，再也不敢看身旁的男人一眼，生怕從他好看的黑眸中看到對她如此主動的鄙夷。

正為難之際，席雲芝只覺得自己身子一輕，整個人不知怎的竟往床鋪上倒去，還來不及驚呼，便被一道黑影覆上，嫻熟的手法將她制伏在下，不得動彈。席雲芝瞪著一雙大眼，盯著在她上方、目色幽深的男子，臉上勉強扯出一抹微笑。

「夫君，讓妾身服侍——」

一個「你」字還未出口，席雲芝便被翻過身去，衣服自後背滑落，火熱的大手上下游走片刻後，便不再流連，一舉挺進。

原本興致缺缺，可在看到那潔白如玉的後背與盈盈一握的腰身時，饒是步覃自制力再好，也敵不過男人本能的喧囂，盡他所能地攻城掠地。

席雲芝被壓在身下，痛得驚呼出聲，卻未能令步覃停下動作。

像是宣洩著什麼似的，步覃發出了猛烈攻勢，席雲芝不堪重擊，想回頭叫他輕些，卻被他壓著腦袋，不許她回頭，她只好一邊承受著，一邊緊緊揪住被褥，發出嚶嚀。

步覃兀自衝刺了好一陣子才肯鬆了箝制，讓自己抽身，倒在一旁喘息。

席雲芝早已渾身無力，步覃雖然釋放了，但大手卻未從她的後腦處移開，一旦感覺席雲芝想要回頭，他便施力壓制，這樣兩回之後，席雲芝便知曉了，夫君是不願意看見她的臉，便也不再強求，乾脆裹上被子，整個人縮成一團，不再與他有所交集，帶著淚痕，昏沈沈地睡了過去……

第二日清晨，席雲芝是被揮舞得虎虎生風的棍棒聲吵醒的，透過窗櫺一看日頭，心道不妙，夫君不知何時已經起身出房，床上只她一人在睡！成親第一天，她不僅沒有早起為大家做早飯，也沒有前去給夫君唯一的爺爺請安，這可如何是好？

驚驚慌慌地穿好了衣服，打開房門便被刺目的陽光照得瞇起了眼。昨日她進門時頭頂蓋頭，因此沒有看到夫家的屋舍，只知道地方不算大，人口不算多，可現下一看，夫君家的地方不僅不算大，根本就是很小！一眼望去，便像是一戶農家，白牆黑瓦，四、五間房間並在一排，前方是個大院子，院子的一側是一間屋脊上豎著煙囪的廚房。

籬笆牆的院子裡空蕩蕩的，什麼都沒有，倒是有幾塊不大不小的石頭墩子，石墩子旁兩名青年正揮舞著棍棒，嚇嚇生風，掀起滿地黃土，塵沙漫天。

見到席雲芝走出房間，兩名青年便停下了動作。個頭比較高的那個，黑黑瘦瘦的，盯著她直笑；個頭比較矮的那個，白白淨淨的，蹦跳著往她走過來，一聽聲音便知曉，這個是昨日去席府迎她的那個青年。

「夫人您醒啦，怎麼不多睡會兒？」

席雲芝頭一次被人喚作「夫人」，有些不好意思，便靦覥一笑，只聽那活潑青年又道——

「夫人，我叫趙逸，那個正傻笑的叫韓峰，我們是公子的貼身護衛，有事兒您隨意指使我們就好，隨叫隨到，讓幹什麼就幹什麼，保證不含糊！」

「啊？好……先多謝了。」席雲芝多少有些窘迫，調整好後，便對趙逸和韓峰點了點頭，帶著羞怯之態，往廚房走去。

趙逸看著席雲芝離開的背影，踱步到韓峰身旁，一邊摸下巴一邊嘀咕道：「夫人對咱們是不是……太客氣了？」

席雲芝慌張地鑽入廚房，內裡黑乎乎的，入門處有一張八仙桌，旁邊就是灶臺，燒火的柴火挺多的，堆了南面一塊地，牆壁上掛著的都是山貨和風乾的獵物，山雞、野鴨排排掛，蘑菇、野菜串串連……

夫家這是要靠山吃山的意思嗎？

壓下心頭疑問，席雲芝也顧不上去管別的，她現在立刻要做的是燒水奉茶。夫君雖無父母，但上頭還有一位老太爺，她應該一早起來，給夫君和爺爺做早飯，恪守新婦之道的。

如今時間晚了，也來不及做太多複雜的東西，席雲芝便打算將水燒開了，給太爺泡一壺茶去。正燒火之際，門外走進來一位老者，席雲芝認得他的長相，便是昨日去席府迎她的那一位，趕忙從灶臺後頭走出。

老者見她在燒火，忙湊上來接過她手中的柴火，說道：「哎喲，夫人，您怎麼能幹這種粗活兒呢？放著我來吧！」

席雲芝見他不像作態，便羞怯地笑著說：「老人家，我起來晚了，不知夫君和老太爺可有生氣？我這便去奉茶。」

老者撚鬚一笑。「夫人，老朽姓堰，他們都喚我堰伯。老太爺知道您這些天累了，便叫我來煮些早飯給您送去，可沒生您的氣。至於少爺……他慣來起早，許是在山林裡轉悠著，夫人不必擔心。」

席雲芝趕忙點頭說道：「不不，怎敢煩勞您老，早飯我來煮就好。」說著便要去搶堰伯手中的樹柴，卻被他靈巧地閃了過去，只見堰伯動作迅速地坐到了灶臺後去燒火，席雲芝見狀也不好閒著，便去揭開鍋蓋，看看水燒得如何了。

堰伯在灶臺後偷偷地觀察了她好一會兒，這才半合下眼皮，狀似無意般與席雲芝話起了家常。

「夫人是席家的嫡長女，親家老爺可是叫席徵？」

席雲芝驟然聽到父親的名字，手上動作頓了頓，這才點頭。「是。堰伯認識我父親？」

堰伯躲在鍋堂後，看不見他的臉，但笑呵呵的聲音卻傳了出來。

「喔，席老爺趕考那年，正巧在咱府上躲雨，問他是哪裡人士，他說是洛陽席家，這才認識的。」

「……」

聽了堰伯和父親的事，席雲芝一時不知該如何作答。父親趕考……那是十年前的事了，那時的父親意氣風發、胸懷壯志，一心想要考個狀元公回來光耀門楣，只可惜造化弄人，變成如今光景。

想來堰伯也聽說了父親後來的遭遇，不再對此多問，反而將如今步家的情況告知了些給席雲芝聽。夫家姓步，夫君步覃從前是個意氣風發的將軍，只是打了敗仗、斷了腿，在京城無用武之地，因此被皇帝暗貶至此看守陵墓。

跟隨步家祖孫來到洛陽的除了一隊皇帝派來混水摸魚的殘兵弱將，也就只有三人——堰伯、趙逸和韓峰。他們三人伴隨步家祖孫，住在這座院子裡，幾個男人住在一起，沒有人打點衣食住行，他們便成日上山打獵，回來後風乾掛著，這也就是這間小小的廚房內滿是山貨的原因了。

席雲芝動作麻利地煮了一些米粥，切了些煮熟的肉丁及蘑菇絲撒在粥上，頓時香氣四逸。她精心盛了一碗放到木質托盤上，跟在堰伯身後，去到了老太爺步承宗住的後院。

規規矩矩給老太爺行過孫媳婦大禮後，便將自己親手煮的米粥奉上，步承宗也不知道是假奉承還是真誇獎，狼吞虎嚥，邊吃邊對席雲芝豎起大拇指，三、兩口就把一碗粥盡數喝下了肚。

堰伯汗顏地遞上了乾淨的帕子給他擦嘴，他還意猶未盡地咂巴了兩下嘴，洪亮有力的聲音在院子裡迴盪著——

「哎呀，好久都沒吃到這麼好吃的粥了！覃兒有福，覃兒有福了啊！哈哈哈哈！」

席雲芝跪在地上，動都不敢動，因為她不知道這位老太爺是在說真話，還是在說假話？就好像席家的老太太那樣，明明心裡厭惡著你，可臉上偏要做出歡喜的樣子，叫你摸不著她的心意。

步承宗見席雲芝跪得拘謹，知道此刻無論他說什麼，她都不會這麼快卸下心房，便也不去強求。他一拍腦殼，突然站起身，在屋子裡亂轉，找著什麼東西似的。

堰伯也不懂他要找什麼，便湊過去問。

步承宗捋了捋全白的鬍子，站在原地想了好一會兒才恍然大悟般往內間的床櫃走去，風風火火地進去，又風風火火地出來，坐在席雲芝對面的太師椅上，對她招了招手。

席雲芝不明所以，卻也不敢起來，便就著膝蓋挪了兩步。

步承宗見她這般，便也不再賣關子，將手裡的一只紅色錦囊交到了她的手上，響亮的聲音說道：「這是我們步家的傳家寶，一對鴛鴦玉珮，妳一只，覃兒一只，回頭妳給他戴上。虧得上回那幫孫子去府裡搜刮搗亂的時候我藏得快，要不然步家的祖宗還不得半夜從墳地裡爬出來找我訓話呀！」

席雲芝將兩只通體雪白的玉珮從錦囊中拿了出來，雖然聽老太爺說得輕鬆，但也能明白他話中的重量，這玉珮代表的是步家的傳承，責任重大卻推辭不得，席雲芝便謹慎地將東西收入襟中，對步承宗磕了個頭後說道：「是，孫媳婦定會好好保管。」

步承宗見她這般謹慎，懸著的心總算稍稍放下了些，站起身來，親自將席雲芝從地上拉了起來，笑著對她說道：「只是好好保管可不行，還要傳下去，傳給你們兒媳婦、孫媳婦！丫頭妳很好，可要快些給我們步家生幾個胖娃娃才好啊！哈哈哈哈！」

席雲芝面紅耳赤地站在那兒，不知道如何是好，聽步承宗拍著肚子又說道——

「老堰啊，再去給我盛碗粥來，老子一輩子都沒覺得粥這麼好喝！再吃你們煮的飯，老子遲早要給害死！」

席雲芝正愁無處躲藏，聽聞老太爺還要喝粥，便自告奮勇地說：「還是讓孫媳婦去吧。」一說著，便拿起步承宗喝光的粥碗，紅著臉，低著頭走出了院子。

堰伯見自家老爺盯著那丫頭離開的背影，一動也不動，不禁問道：「老爺，想什麼呢？少夫人挺好的，守禮懂分寸。」

步承宗聽了堰伯的話，這才若有所思地收回了目光，咂巴著嘴說道：「性子挺好，就是太瘦了，看著不太好生養，得多補補才行。」

「……」堰伯絕倒在地，敢情老爺是在擔心這事兒？他正要離開，卻又被步承宗叫住。

「對了，你去把家裡的帳本和剩下的銀錢全都交給孫媳婦，讓她去打理吧。」

堰伯有些遲疑。

「可是老爺……咱家的帳和錢……夫人初來乍到，這樣不太好吧？」

誰知步承宗卻鐵了心，揮手道：「就這麼辦！沒什麼好擔心的，她可是我親自挑中的孫媳婦。」

當初他可是不顧身分、為老不尊，花了足足三個月的時間，刻意瞭解過這孫媳婦的脾性和能耐，錯不了的！

第二章

席雲芝回到廚房，便看見趙逸和韓峰正圍在灶臺前喝粥，見她進來，趕忙站到一邊。活潑點的趙逸忙對她說道：「夫人，這粥是您煮的？太好吃了！」

「……」席雲芝怎麼也沒想到，自己不過是煮了一鍋白粥，竟然就得到了這麼多的好評，當即甜甜笑道：「真的嗎？那你們多吃點……」說著便從碗櫃中又拿出一個碗，走到鍋前想去盛粥，可見到的卻是乾乾淨淨、一片黑黑的鍋底！她記得她煮的可是十人份的粥啊，不過盛了一碗給老太爺，怎麼就沒了呢？

趙逸還在喝粥喝得震天響，韓峰比較識趣，忙放下粥碗，撓了撓後腦，不好意思地對席雲芝笑道：「太好吃了，我們就多吃了幾碗……」真的只是幾碗……而已。

「……」老太爺還等著喝粥呢，席雲芝欲哭無淚。正為難之際，卻見趙逸突然放下了粥碗，快步走出了廚房，對韓峰說道——

「爺回來了。」

韓峰也察覺到了，便緊跟著趙逸的步子，急急離去。席雲芝不明所以，便也跟著過去看了看。

只見步覃脫去了昨日的喜服，換上一襲純黑的常服，俊美的五官加上冷漠的神情，使他看起來如劍鋒般凌厲，若不是一條腿行動不便，走起路來身子有些前後傾斜，這樣的一個男子，只是站著，便足以睥睨天地。

趙逸和韓峰收起了先前對席雲芝的歡笑態度，畢恭畢敬地站在廚房外，神情肅穆，身姿挺拔，就像兩棵銀松般筆直精神。

步覃不知去外頭做了什麼，手掌上有些污漬，他面無表情，一瘸一拐地走到了廚房外的水缸旁，趙逸立刻機靈地跑過去替他打水，韓峰則去尋皂角。

席雲芝站在門外，一雙黑眸眨也不眨地盯著這個男人，見他冷冷瞥過來一眼，席雲芝慌忙振作精神，對他揚起一抹微笑，大方地對他說道：「夫君早，還沒吃早飯吧？我這便去——」

「不用了。」席雲芝的話還未說完，步覃便率先打斷了她。

接過韓峰遞來的皂角，洗過手後，他一聲不響地回到了最東面的書房。

席雲芝看著他離去的背影，不覺嘆了一口氣。

趙逸和韓峰對視兩眼，生怕她覺得尷尬，趙逸連忙出聲安慰道：「我們爺他……沒有吃早飯的習慣，夫人您可別往心裡去啊！」

席雲芝大度一笑。「嗯，怎麼會往心裡去呢。你們吃飽了嗎？我得再煮一些，你們還要吃嗎？」

趙逸和韓峰立刻忘記了一切，緊跟進去，巴著灶臺連連點頭。「要要要！」

那熱情的樣子，就差身後長出兩條尾巴搖了。

又是一個火熱的夜晚。

半垂的帷幔之後，傳出低淺的呻吟和粗重的呼吸聲，席雲芝依舊弓著身子，步覃壓在其身後攻城掠地、深入淺出，一雙大手以一種近乎將之折斷的氣力緊緊握住席雲芝的細腰，指腹忍不住在她肌膚上摩挲。

如上等羊脂玉般溫潤、纖細的背脊上滿是細密的汗珠，幾綹黑髮糾纏在上，勾勒出一副絕美的山水畫，如此美景，不禁令步覃又不管不顧地加重了身下的攻勢，讓那具活色生香的軀體越發扭動。

席雲芝枕在自己的手臂上，腰肢被人握在掌中，令她不得動彈，整個人彷彿快要虛脫，大口大口地直喘氣，四肢疲軟無力，只能如缺水之魚般任人擺弄。

就這樣好幾個回合後，步覃終於泄了自己，從席雲芝的背上翻過了身，躺在床鋪外側喘息，不多會兒便平復下來，轉過身子閉上眼睛睡覺。

席雲芝用白日準備好的帕子給自己清理好之後，穿上褻衣、褻褲，扭頭看了一眼彷彿已經進入夢鄉的夫君，猶豫片刻後，才輕吟般開口說道：「夫君可是不願看到妾身的容貌？」

「……」

房間的靜謐讓席雲芝覺得更加難堪，她忍不住紅了眼角，良久之後才聽見步覃發出一聲綿長的嘆息。

「睡吧。」

席雲芝摸了摸自己的臉，只覺得臉頰發燙得厲害，卻又忍不住拉了拉步覃垂在身後的衣袖，得來對方冰冷的一聲——

「嗯？」

她深呼吸一口氣後，這才鼓起勇氣說道：「夫君，我想睡在外側，可以嗎？」這樣最起碼夫君一早起身的時候，她總能感覺到點動靜吧？

「……」

又是一陣沈默，就在席雲芝以為夫君不同意的時候，步覃卻突然起身，寬鬆的褻衣沒有繫緊，露出他精壯有力的胸膛，席雲芝非禮勿視地低下了頭。

步覃抬眼看了看她，只覺得這個女人模樣小得可憐，還總是一副擔驚受怕的神情，想怒又不敢怒，想說也不敢說，這樣的女人在旁人看來是溫婉可人，但在他看來，卻是逆來順受的做作。

縮了縮雙腿，讓她從裡側爬出去，衣襟晃動間，他彷彿看到她不著寸縷的衣內，如月光般白皙柔美的肌膚。回想先前她那如羊脂玉般溫潤的手感，步覃只覺得喉頭一緊，下腹邪火又冉冉升起，只得刻意避開了目光才得以平復下來。

席雲芝懵然不知自己春光外洩，迅速地轉移到了外側，將兩人的被子蓋好後，這才自覺地背過身去睡下。

步覃一貫早醒，寅時剛過便欲起身，輕著動作越過仍在沈睡的席雲芝之時，冷然的眸子不禁在她臉上打量了幾眼。睡著的她沒了白日的恭謹與刻板，小小的嘴巴微微張開，紅潤潤的，呈現出一種無聲的勾引……步覃搖搖頭，認為自己瘋了才會這麼覺得。

他果斷地下床，去到屏風後換衣服，入眼所見竟是整整齊齊地疊放在凳子上的衣物，從裡到外，從頭到腳，全是被熨得平整的乾淨衣衫，就連鞋襪和髮繩這些細小的東西都準備好擺在一邊。

是她？她什麼時候擺放的？

透過屏風上方的木頭雕花洞，他第一次正視這個女人。

席雲芝已經很努力讓自己早些醒來，她希望能夠親手服侍早起的夫君穿上衣褲，可此時不過卯時之初，天方魚肚白，她的夫君便已起床，不知所蹤了。

她挫敗地讓自己重重倒在床鋪上，失落地把被子蒙過頭頂，鼻端彷彿聞到一股夫君特有的味道，席雲芝腦中一個激靈，又一次從床上猛然坐起，掀了被子，赤著腳走到屏風後頭。

原本疊放著衣物的凳子上空空一片，夫君定是穿上了她準備的衣物！這一刻，她彷彿聽見自己心中花開的聲音。就算在床上再怎麼被嫌棄，只要夫君願意接受她對他好，哪怕只是丁點兒，她都不至於那樣心慌。

席雲芝起來後，將房間裡和院子裡都清掃了一遍，昨日她已經將夫家去席家下聘的那些魚肉醃漬了起來，還有八十幾條蜂糕，她將之切片，留了些做早飯，其他的分別排排放在兩個碩大笸籃中，然後又從堂屋內尋了幾張長板凳，架著兩個笸籃，準備把切片蜂糕曬乾了存放。

昨日聽了堰伯的話，席雲芝才明白為何成親的禮數這般簡易。她能指望只有五個大老爺們的家忙出怎樣熱鬧的光景呢？

她的夫君是落難的鳳鳥，從前翱翔天際，如今流落鄉野，心中自是不平。她沒有足夠的能力助他返回天際，唯一能做的便是盡力對他好一些，旁的妻子做三分，她便做七分，終有一日，夫君定能走出陰霾。

正攤曬著蜂糕片，堰伯卻笑呵呵地捧著什麼東西走了過來，見到她就要行大禮，卻被席雲芝先一步截住了。

「堰伯，別折煞我了。」

「呵呵，應該的、應該的。」堰伯撚鬚一笑。

席雲芝見他有話要說，便放下了手中的活兒。

堰伯見狀恭敬地對席雲芝彎下腰，比了比堂屋的方向。

席雲芝將手在圍裙上擦了擦，心下奇怪，便跟著堰伯身後去了堂屋。一入內，堰伯也不客氣，便將手中捧著的兩本冊子遞了上前，說道：「夫人，這是咱們步家搬來洛陽之後的帳本。老太爺昨日說了，夫人如今是咱們步家名副其實的當家主母，家中這等大事理應全權交由夫人打理。」

席雲芝聽堰伯說得客氣，以為他只是來跟自己走個過場，試探一番她的野心，便慌忙搖手道：「不不不，如此重大之事，雲芝怎敢擔當？還請老太爺和堰伯繼續主持才好。」

堰伯見狀，尷尬地笑了笑，便將帳本和一只匣子全都放在堂屋正中的八仙桌上，如釋重負地說道：「這帳本在這裡，匣子裡便是如今步家所有的餘錢。還請夫人體諒我老了，沒那麼多心力來管這些事兒了，今後還要靠夫人多多照應。」

堰伯說完後，不等席雲芝說話，便急急打了個揖，退出了堂屋。

席雲芝手上拿著帳本，不知所措，不過在她翻開幾頁帳本看了看之後，便真正明白了堰伯和老太爺的意思。

她欲哭無淚地合上帳本，就連匣子都不用打開便知道其中是個怎樣慘澹的光景。五兩八錢，這便是步家如今所有的餘錢。

堰伯從堂屋出來之後，正巧趙逸和韓峰也都起來了，正準備舉石墩子鍛鍊，卻被堰伯叫住了，他以很正式的語氣對他們說了，從今往後這個家便由新夫人當，叫他們以後都要聽夫人的話云云。

趙逸和韓峰知道夫人燒得一手好飯，歡天喜地答應了，兩人還似模似樣地對從堂屋出來的席雲芝行了個彎腰大禮。

席雲芝更加不好意思了，卻也不去多想，將從堰伯手中接過的帳本和匣子捧入了房間小心安置好，便又出來。

繼續將蜂糕片鋪好後，她便又回到廚房，著手準備煮一家人的早飯。因為蜂糕有很多，所以席雲芝乾脆煮了一鍋稀粥，將蜂糕片放入油鍋中炸了炸，待顏色炸至金黃時起鍋，裝入白淨的大瓷盤中，又在上頭撒了兩、三勺白糖，白糖遇熱便漸漸化了，滲入到蜂糕之中。

已經很久沒有吃過家常小食的步家男人們，又一次對席雲芝的手藝表示臣服和讚揚。趙逸和韓峰乾脆找來了兩張小凳，頭碰頭湊在鍋堂後頭狼吞虎嚥，油炸蜂糕片幾乎連一點油渣都不肯放過，盡數吃下了肚。席雲芝只端著半碗稀粥，站在廚房邊觀望著什麼，算算時辰，相公也該回來了。

正心焦之際，只聽院門處發出一些響動，趙逸和韓峰照例又趕忙放下了碗筷，趕到廚房外筆直站好迎接步覃，只是今日步覃未曾過來廚房外洗手，而是直接去了書房。席雲芝看著他離開的背影，嘴角逸出一抹欣慰的笑，好在先前她盛了一碗粥和一疊蜂糕片放到了書房，否則夫君現在才回來，早飯早就被趙逸和韓峰吃得光光了。

吃完了早飯，韓峰主動提出替席雲芝洗碗，趙逸則去堂屋搬了一張長凳放在廚房外頭，讓席雲芝坐著歇歇。

席雲芝拗不過他們，可剛一坐下卻又想起什麼事，斂眸想了想，便轉身對在廚房裡洗碗擦鍋的趙逸他們說道：「對了，一會兒你們誰跟我上一趟街吧，我看後院角落裡有輛小推車，正好用得上。」

趙逸從灶臺後探出腦袋，問道：「夫人要上街幹什麼呀？是想買東西嗎？直接跟我們說就好，我們去買吧！」

韓峰也跟著附和，他們可是很樂意為新夫人效力的。

席雲芝卻搖搖頭。「不，你們誰跟我一起去，把廚房牆壁上掛的山貨都放在小推車上，反正咱們也吃不掉，不如賣了去。」

趙逸和韓峰對視一眼。「夫人，您不是要買東西，是要賣東西啊？」

席雲芝點點頭。「嗯。」

趙逸訕訕一笑。「嘿嘿，可是那些東西不會有人買的，我之前和韓峰也去集市上試過，人們大多只買活物回去吃。」

席雲芝微微一笑。「那是你們不知道該賣去什麼地方，跟我走便是了。」

「……」

席雲芝讓韓峰推著車入了城，便直奔城中最大的飯莊廣進樓。席雲芝在席家的鋪子幫忙時，經常跟著掌櫃到處走，知道廣進樓中有一位專愛烹製野味的廚子，這些山雞、野鴨賣來這裡是最合適不過的了。

除非是獵戶，一般百姓家根本弄不到野味，會烹製之人不多，故販賣的人也就相對少了，再加上氣候的原因，冬天就連獵戶都不願上山，此時正值初春，萬物還未完全復甦，所以市場上的野味定然不多。有了這些判斷，一貫穩紮穩打的席雲芝才敢作了這個決定。

當席雲芝跟跑堂的說了她的來意之後，跑堂的立刻就回去告訴了掌櫃和大廚，不一會兒她便被人領到了酒樓後門處看貨。

酒樓老闆認識她，兩相寒暄幾句後，便收了那些貨，並承諾若是席大小姐今後還有這等貨色，他仍一併收了。

席雲芝面帶笑容謝過老闆，讓韓峰收了錢便走回人來人往的街上。

韓峰到此刻還覺得有些不可思議，之前有一回，他和趙逸在街上叫賣了整整一個上午都乏人問津，可夫人不過跟人家說了幾句話，整車的山貨就全都賣掉了！掂量了一番手中的錢袋，足足有十八兩，這可是他從將軍府出來之後，摸到的最大一筆錢了！頓時心情激動，無以言語。

「夫人，如果我和趙逸以後每天都去山上打獵，是不是每天都能有這麼多錢賺？」

韓峰將錢袋交給了席雲芝，可視線仍舊盯在上面，拔不開來。

席雲芝見他有些癡了，不禁笑著搖頭。「過些日子天暖和起來，賣野味的就會多了，不會每次都像今天這樣順利的。」

韓峰這才有些失望地點點頭。「喔，我還以為這是生財之道呢。」

席雲芝只笑了笑，沒有做出回應。兩人在集市上走了一會兒後，她才對韓峰說道：「先去米行買一袋米和一袋麵粉，然後再買些蔬菜和鮮肉，中午吃餃子。」

韓峰一聽有東西吃，立刻就收了失望的神情，歡天喜地地跟著席雲芝往米行走去。

行走間，席雲芝的目光瞥了一眼熱鬧的歡喜巷，好像看到幾張熟悉的面孔，是席家綢緞莊的張掌櫃和席府二管家桂甯，他們正與歡喜巷中老字號的羊肉鋪子掌櫃老劉發生爭執，老劉滿臉怒容地將張掌櫃和桂甯推出了羊肉店門外，一個勁兒地叫他們滚，桂甯和張掌櫃罵罵咧咧地走出了歡喜巷，往南街走去。

席雲芝冬日裡也愛到老劉的鋪子裡喝些熱騰騰的羊湯，一老一少難得投緣，跟他算是有幾分私下交情，見他發怒之後又是滿面愁容，心下疑惑，便叫韓峰在巷口等她一等，她走進巷子跟老劉搭了幾句話，這才明白了事情始末。

原來老劉的女兒三年前嫁去了贛南——這件事席雲芝是知曉的，畢竟小劉出嫁的時候，她也來這裡吃過喜酒，隨過分子——原本夫家也對小劉不錯，可是三年了，小劉的肚子依舊沒有動靜，這就急壞了小劉的夫家，家中掌事的孀娘作主，要小劉的相公納妾，讓小劉成日以淚洗面，前陣子給老劉夫婦的來信上滿是淚痕。這老劉夫婦橫豎也就只有這一個女兒，自然捨不得這寶貝受苦，沒幾天便決定拋下洛陽的店，舉家搬去贛南給女兒撐腰。

老劉的羊肉店在這歡喜巷中開了已有十餘年，憑著祖傳的老手藝，在洛陽城中算得上是有名的，平日裡就有不少人暗地盯著他的手藝，這回老劉轉鋪子轉得急，有些人就想利用他這一點，輪番壓價不說，還提出要老劉交出煮羊肉的祖傳配方才肯頂了他的店面。

而這些見縫插針的人中，就包括了席雲芝剛才看見的那兩位。若是旁人，老劉也不至於這般惱怒，原是好幾年前桂甯拜師不成，曾派人到老劉的羊肉鋪子偷師加陷害，在他煮好的羊肉湯中放了瀉藥，想叫老劉名譽掃地，幸好被老劉察覺出了羊湯中的異味，當年才避過了大禍，自然對桂甯恨之入骨。

如今，桂甯想要以低價收了老劉的店鋪不說，還要他交出祖傳配方，老劉更是對他怒不可遏，直言就算封鋪也不會賣給他桂甯。

席雲芝安慰了幾句，老劉倒是很受用，他向來覺得席雲芝一個好好的大家閨秀，從小卻要混跡市井，很是可憐，頗有維護之意。

而席雲芝雖有心相助，但畢竟能力有限，心中也還惦記著要趕緊買了米糧回去，於是又寬慰了幾句，便走出了歡喜巷。

在南市買了米麵，又順帶捎了些蔬菜和菜種。席雲芝雖然沒有種過地，但基本順序還是知道的，從前在席府吃穿都被剋扣，她就曾想過自己種米種菜，就算辛苦，最起碼不會餓著，但席家的花園都是用來種花草的，她沒有能夠支配的地，便也就作罷。如今夫家住在曆山腳下，半山腰有座公主陵墓，夫家房子占地不大，周圍的空地卻挺多，想來種些菜是沒什麼問題的。

回到家裡，席雲芝便讓趙逸和韓峰將米麵菜卸到廚房，自己則開始揀菜、剁菜，而韓峰則忍不住拉著趙逸到外頭吹噓，什麼「夫人太會做生意了」、「夫人太厲害」之類的詞，層出不窮地竄入席雲芝耳中。

這幾年受盡了旁人冷遇，席雲芝從來不明白被人尊重和認可是個什麼滋味，此刻只覺得有些難為情，便喚了韓峰進來幫忙，這才打斷了他滔滔不絕的誇讚。

一頓餃子又讓步家老少驚為天人，還未出鍋，他們就排排坐上了桌，對著廚房飄出的餘香流下了期待的哈喇子。第一盤餃子出鍋，趙逸幾乎是飛奔而來，迅猛接了過去，擺到桌上的那一瞬間，步家老少皆出手如電，恨不得一口吞三只。

席雲芝走出廚房看了看他們，又看了看緊閉的院門，不禁不合時宜地問了一句。「爺爺、堰伯，你們知道夫君去哪兒了嗎，什麼時候回來？」再不回來，她又得偷偷給他藏午飯了。

步承宗正吃得歡，含了一嘴的餃子，卻還能從餃子縫中蹦出一句話來，只聽他含糊不清地說道：「別管他，估計又在哪棵樹上打鳥呢！」

席雲芝不解。「打鳥？」

韓峰比較厚道，強敵環伺之下還肯歇了筷子，轉頭跟席雲芝解釋了一下。「打鳥就是閒晃的意思。夫人，還有嗎？」

「……」席雲芝了然地點點頭。「有有有，我這就去下。」

堰伯見狀，用筷子敲了敲趙逸和韓峰的腦袋，佯怒道：「你們這兩個小子，竟然敢指使夫人做事？還不快滾去幫忙！」

趙逸和韓峰看著桌上還剩下的半盤餃子，有些遲疑，卻在堰伯足以殺死人的眼刀之下不情不願地放下了筷子，往廚房跑去，邊跑邊說：「夫人，我們來幫忙吧！」

見他們走入了廚房，步承宗和堰伯相視一笑，步承宗用極低的聲音對堰伯說道：「做得好！那兩小子太能吃了！」

堰伯哈哈一笑，釜底抽薪把步老爺子剛挾起來的一顆薄皮大餡兒的餃子給截了過去。

夜深人靜，房門突然傳出的動靜讓原本睏極而趴在桌邊睡著的席雲芝為之一動。睡眼惺忪地張開雙眼，便看到步覃面無表情地從外頭走入，身上沾著深夜的露水，讓他整個人看起來更加勁瘦，如一柄出鞘的劍，殺氣騰騰。

「夫君，你回來了？」席雲芝趕忙上前去迎他。

步覃冷冷地點了點頭，便越過她走到桌旁。

席雲芝見他避讓也不做聲，披了件衣服便走出了房門。

步覃不知她出去幹什麼，便走到屏風後頭去換衣服，從屏風後走出時，便見席雲芝端著一個熱氣騰騰的盤子走了進來，完全不顧先前受到的冷面，笑容依舊。

「夫君還沒吃飯吧？這是今兒包的餃子，堰伯說你不愛吃韭菜，我便弄了這些薺菜餡兒的。」

步覃看著她沒有說話，而後目光落在一顆顆夜明珠般大小的餃子上，飽滿的肚子上滿是熱騰騰的水氣，看著便很誘人。

席雲芝將盤子放在桌上，對步覃招手，讓他去吃。

看著她毫無芥蒂的笑，步覃雖然還是覺得有些刺眼，但不管怎麼說，她的笑容並沒有他想像中那麼討厭。

說白了，她又有什麼錯呢？從他戰敗到斷腿，從貶至洛陽到娶她為妻，從頭到尾，她都是最為被動的那個，他又有什麼理由對她冷眼相對、冷言相待呢？

看著步覃拖著一條行動不便的腿走過來，席雲芝歡天喜地地替他挪凳子、擺筷子，直到他坐下開始吃的時候，她才突然想起似的問道：「對了，夫君喜歡蘸醬油還是蘸醋？」

步覃咬了一口餃子，只覺得口中香氣四溢，又見她像隻期待主人發話的小狗般等在一旁，心中一動，便脫口而出。「醋。」說完後，他就想咬掉自己多嘴的舌頭，但看著席雲芝飛快走出去的背影，他又自覺地把惱怒給嚥了下去。

席雲芝很快給他拿來了一碟醋，外加一小盤子點心，溫柔笑道：「今兒包的餃子有些少，只留下了這一盤，若是夫君沒有吃飽，便以這些點心將就一下吧。」

見步覃的目光落在點心上，席雲芝又慌忙解釋道：「這些也是今兒下午我閒來無事時做的，新鮮的。」

其實她今日還特意多調製了些餡兒和皮子，因為她瞭解步家老少的戰鬥力，可是沒想到還是不夠，她幾乎是偷著才得以留下了這一盤餃子。怕夫君不夠吃，她在趙逸他們休息去了之後，又溜到廚房做了這些小點出來。

步覃哪會不知道其他人的胃口？跟著他來到洛陽，沒有人會煮飯，於是他們日日便都是混著吃飯，就像行軍時那樣，今日吃些淡而無味的野菜，明日吃些山野蘑菇，後天再烤一點山雞、野鴨，早就寡淡得不行，席雲芝的到來，讓他們重新吃上了正常人的食物，一時放得太開也是難免。

步覃一天只吃了席雲芝安放在書房的早飯，肚子的確是餓了，吃完了一盤餃子，席雲芝見他有意猶未盡之感，便替他倒了一杯水，將那盤賣相不大好看的糕點往他面前推了推。

步覃只猶豫了下，便也就著茶水吃了起來。

席雲芝估摸著夫君此刻心情還不錯，眸光一斂，便想著趁此機會，將自己心中盤算了一個下午的想法說出來，可又怕說了，夫君會不高興，畢竟她想做的事情，總難免拋頭露面，這種事於夫家而言最是忌諱了。

「有事便說吧。」

步覃從她遲疑的動作中看出了些端倪，不想與她兜圈子，便乾脆自己出聲詢問。

席雲芝又稍稍猶豫了下，下個瞬間便鼓足了勇氣，雙眸緊緊盯著步覃，一字一句地說了起來。「夫君，今日堰伯將家裡的帳本和餘錢都交給我了，說是今後這個家便由我來打理，爺爺也說家裡的事都由我作主，可縱然有萬貫家財也不免坐吃山空，所以……我想盤下一個店面，開間飯莊，你說可好？」

步覃沒有立刻作答，而是對上那雙明亮帶笑的眸子，他有那麼一刻是恍惚的，隨即便別開目光，冷聲說道：「妳自己看著辦吧。」

席雲芝得到夫君的回答，雖然沒有鼓勵，卻也沒有反對，她便開心地笑了。見夫君吃得差不多，便將盤子攏在一起，收去了廚房，卻不知道，從她走出房門後，一雙黑眸始終盯著她。

步覃從不知道，一個女人的體貼可以這般具體。自從聖上下旨讓步家離開京城，步家的家財已經在短短十多日內全數散盡，只留下一些不能變賣的東西無人敢取，他怎會不知，這個家裡還能有什麼餘錢？她故意那樣說，便是為了顧及他的顏面。

驀地，他想起成親前爺爺說的話：娶了這個女人，定不會叫你後悔，你若不娶，我現在便死給你看！

席雲芝將碗盤洗好之後，又提了半桶熱水進房，伺候步覃洗漱後，自己才也寬了衣，不挨不碰地躺上了床。

可沒過一會兒，席雲芝便覺得今晚有些不同，倒不是說今晚夫君沒有像前幾晚那般碰她，而是她偶然間一回頭，竟然發現夫君在看她，那目光中含著疑問，可一見她轉身，他便又收回了目光，兀自翻身睡過去。

自從昨日在歡喜巷得知老劉的事情後，席雲芝就一直耿耿於懷。她知道一個女人身在異鄉無依無靠的苦，老劉夫婦亦是對女兒放不下心，他們一家人想盡快團聚。老劉急於脫手鋪子，於有心人而言，肯定會乘機壓價，她不想叫老劉帶著遺憾離開洛陽。

因此，第二日一早，席雲芝便叫韓峰隨她一同趕去了城裡，見老劉正坐在門前石階上唉聲嘆氣。這家店是縮在巷子裡，客人本就不多，再加上老劉最近無心做生意，此時更是門可羅雀，蕭條得很。

席雲芝走過去對他笑著說道：「老劉，羊肉湯還煮嗎？來兩碗吧。」

老劉見是她，不禁苦笑起來。「都好些天沒動鍋了，妳且等等，我現在便去煮。」

垂頭喪氣的老劉正要入內卻被席雲芝喊住了，將他拉到角落的桌子旁，將一只黑匣子放到他的面前，老劉不解地看著席雲芝，只聽她笑道——

「你這鋪子不是要賣嗎？賣給我可好？」

老劉沒想到席雲芝會說這話，一時有些發愣，等回過神後才吶吶說道：「姑娘，我這鋪子雖老，但也不會隨便賣的。咱們雖有些交情，老劉也記著妳，可……妳就別來尋我樂子了。」說著便要起身離開，卻聽席雲芝不動聲色地說道——

「你託巷口的王二賣這鋪子，開價八十兩是吧？」

老劉聽到王二，便收回了想要離開的腳步，半信半疑地看著席雲芝，見她老神在在，篤定的神情不似作假，將兩隻手攏入袖中，把醜話說在前頭。「八十兩，一錢都不會少的。」

席雲芝看著老劉警戒的樣子，不禁失笑，一錘定音道：「我出一百五十兩。」

老劉頓時沒了聲音，難以置信地對席雲芝瞪大了雙眼。

席雲芝又將他面前的黑匣子往他眼前推了推。

「如何？一百五十兩，你賣是不賣？」

「賣！」老劉緊趕著喊道，聲音大得都引來路人的側目了，隨後他又不放心地壓低了聲音對席雲芝問道：「姑娘，妳是說真的？」

席雲芝點點頭。「錢都帶來了，你說是真是假？」

「……」

老劉年老混沌的目光中終於有了喜色，急急打開黑匣子，便看到整齊排列的銀錠子堆滿了匣子，每一錠都是標準五兩，足足三十錠，分毫不差。

激動的心情已經無以言表，老劉看著席雲芝，顫抖著雙唇，想說些什麼，卻又說不出來，哆哆嗦嗦的也只吐出幾個字眼。「那……配、配方……」

席雲芝搖頭。「我不要你的祖傳配方，你把這些桌椅、後廚的鍋碗瓢盆全都留下就行了。行的話，你便進去拿地契，咱們來簽字畫押，就這麼定了，如何？」

「……」老劉看著席雲芝，幾乎是呆了，最後還是韓峰推了一下，他才又回過神來，抱著黑匣子便往後房衝去，邊衝還邊喊道：「婆娘！婆娘誒，快出來，咱有錢去看閨女啦！」

待老劉走入了內堂拿地契順便清點銀兩時，韓峰見席雲芝一副老神在在的淡定神情，不禁出口問道：「夫人，他這鋪子既然只賣八十兩，那您幹麼給他一百五十兩？」

席雲芝笑了笑，自座位上站起，來到鋪子外的石階上，淡然說道：「這間鋪子在我心裡，就值一百五十兩。」見韓峰仍舊不解，便又指了指東邊，詳細解說道：「東邊在修中央大道，歡喜巷雖不是必經之路，卻占了一路叉口，歡喜巷的盡頭是一條南北向的街道，旁邊就是護城河，河上有橋，若是中央大道修成，那歡喜巷的盡頭處便算是南北西三面來客的交叉路口，到時候這條巷子便不再是死巷，生意就活絡起來了。」

韓峰聽得一知半解，卻也有些明白席雲芝的意思，可他還是覺得夫人不太會做生意。「就算歡喜巷今後會好起來，可七十兩銀子夠尋常人家用度半年呢，就算再加上這些……舊桌椅和碗盤，也不至於出價高了近一倍啊！」

席雲芝看了一眼韓峰，正視他說道：「老劉是個老實人，閨女嫁去了贛南，最近出了點事，他們老倆口過去幫襯，總要有些銀錢傍身才好。這些桌椅我不要了來，還叫他們租車運去贛南不成？」

席雲芝一番話說得合情合理，卻也不難看出，她是個重情義的人。韓峰只覺得從未見過像夫人這般俠氣的女子，過往所見，皆是空有美麗外表，內裡只知風花雪月，不知人間疾苦，反而少了一分生氣。夫人外表雖看起來不是特別出色，瘦弱得就連小家碧玉都說不上，但她做事卻和爺一般，有著自己的準則和想法，叫人情不自禁地產生敬佩之心。

和老劉寫下了憑據，簽字畫押，老劉把地契交到席雲芝手中，告訴她，自己明日便會搬離洛陽，要席雲芝今日便把桌椅碗盤清點一下。席雲芝笑著搖頭，便帶著韓峰離開了歡喜巷。

步覃深夜回到院子，看見房間裡仍亮著燭火，他走到門邊，沒有立刻進去，透過薄薄的窗櫺紙看到席雲芝仍端坐在書案後，燭火映照在她削瘦的臉頰上，竟照出了些許朦朧的神采，叫步覃不禁看呆了，原來她認真起來便是這副模樣。

推門而入，席雲芝見是他，立刻站起來相迎。步覃對她抬了抬手，讓她不用過來，席雲芝只得站在書案後頭，看著夫君一瘸一拐地向她走來。

見他目光落在她面前一堆凌亂的紙張上，她也不做隱瞞，如實相告。「今日我在城中歡喜巷買了一間鋪子，前店主明日便要搬遷，我在算鋪子開了之後的開支。」

步覃點點頭，放下紙張，第一次與席雲芝對視，雖然口氣仍舊冰冷。「錢可還夠？」

席雲芝只是面上一愣，隨即點頭。「夠了，家裡還有些餘錢的。」

「……」步覃看著她沈默了一會兒，便轉身說道：「天不早了，快睡吧。」

「是。」席雲芝二話不說，便放下手裡還未算完的帳，急急走出書案，去外頭打水給夫君洗漱。

正伺候夫君洗腳時，步覃看著席雲芝因為操勞而落下的幾縷髮絲，不禁伸手撫上她的臉，只覺入手觸覺冰涼，卻是上乘的水玉之色，嘴角微動，說道：「妳可怪我前幾晚那樣對妳？」

「嗯？」席雲芝停下正在給夫君擦拭小腿肚的手，抬首對上了一雙冰潭般深邃的黑眸，心跳不禁漏了一拍。她自然知道步覃指的是前幾晚兩人歡愛之時，他不願見到她臉的事情，一時有些尷尬，慌忙垂下眸子搖了搖頭。「不怪。」

步覃只是撫摸著她的臉頰不說話，席雲芝卻覺得有些羞赧，眸光瀲灩中再次開口說道：「每個人都有自己的喜好，也有自己的責任。爺爺替咱們作主成了婚，便是要咱們加緊著替步家開枝散葉，這是身為步家長孫和長媳的責任。但我覺得這種事，還是順其自然的好，所以，夫君不必每回都……勉強自己。」

席雲芝說著，便想站起身去拿布巾替步覃擦腳，可剛一站起身，整個人便被一股無法抗拒的力量拉入懷。

步覃是第一次這麼親近地擁抱她，只覺得懷中的身軀不堪一握，脆弱得叫人心疼。近在眼前的容顏並不美麗，可那雙眸子卻毫無預警地闖入了他的眼，漆黑中帶著一抹看透世事的清澈；小巧纖薄的嘴唇近在咫尺，只覺吐氣如蘭，第一次產生了想要親吻一個女人的衝動。

他聲音有些沙啞，低吟般對席雲芝問道：「那妳呢？可有覺得勉強？」

被步覃摟在懷中，席雲芝綳緊了身子，雙肘不禁抵在他的雙肩之上，聽他這般問，緩緩搖了搖頭便不敢再看他。

「抬起頭來回答我。」步覃見她逃避，卻是不依不饒，非要她說出那句話來才肯甘休。

席雲芝覺得今晚的夫君太過奇怪了，好像刻意想看到如此窘迫的她，窮追不捨地問。她深吸一口氣，對步覃說道：「不勉強，既成夫妻，我自然尊重夫君的想法。」說完，席雲芝便想從步覃的懷抱中退開，卻被步覃先一步摟得更緊。

他繼續問道：「這是真話？」

席雲芝無奈地看著他，點了點頭，見他眼中仍有疑問，她便一併作答了。「是真話。從我踏入你步家門的那天開始，夫君便是我的天，便是我一生的依靠，是與我風雨同舟、共度一生的良人，你喜我喜，你悲我悲。」

「……」

步覃盯著席雲芝的目光有些發愣，面無表情叫人看不出喜惡，良久後才又說道：「即便是如此不堪無用的我？」說這句話的時候，他將席雲芝推離了些懷抱，然後抬起右邊的跛腳，諷刺地對席雲芝勾了勾唇。

席雲芝隨意地看了一眼他抬起的腿，輕輕地撫在其上，用無比認真的語氣對步覃說道：「這條腿並不代表夫君是不堪與無用的，相反地，在我眼中，這是榮耀。我沒有去過京城，沒有上過戰場，不認識將軍或者士兵，但我卻清楚知道，這就是榮耀。正是無數這樣慘烈的榮耀，才換來了我們如今的安居樂業、歌舞昇平。」

步覃一動也不動地看著她，席雲芝見他不說話，便兀自蹲下身子，將步覃的褲管放下，又替他換上了乾淨的襪子，自己則端著水盆出了門。

她的確沒有過人的見識和容貌，但卻有著常人所沒有的胸襟和心懷，這樣的女子，值得擁有最好的人生。她既以他為天，以他為依靠，那麼，他又怎能再繼續怠惰，叫她受苦呢？

就在席雲芝所不知道的地方，似乎有著什麼異樣的感情正在侵入步覃的心，一點一滴，如水般緩緩滲透著他早已堅硬的心。

但這一切，席雲芝都還不知道，她只知道，最近的夫君有些奇怪，說的話奇怪，做的事也奇怪。若說他成親前幾日，夜夜不停的求歡，是為了叫她快些受孕，替步家傳宗接代，那他現在每夜什麼都不做，只是面對面地抱著自己入睡，又叫什麼呢？

男人心，海底針，饒是看透世事的席雲芝這回也猜不出他的心意了。

不過，最近席雲芝也沒有太多的時間去對夫君關懷備至，老劉的店鋪既然買了下來，那就必然不能閒置。歡喜巷的門面不算太好，若是開其他鋪子，未必會有生意，但是飯莊的話，席雲芝還是有些把握的。

老劉走的時候，將店內的桌子、椅子全都擦洗得乾乾淨淨，還另外送給她一罈子封好的醬料，說是若今後想吃他老劉家的羊肉，用這醬料煮了便是。席雲芝知他實誠，謝過後便就收下了，一直擱在廚房。

席雲芝自知沒有能夠親自掌勺的手藝，但一個好的飯莊，沒有一個好的廚子怎麼能行呢？可是好的廚子都被城內的大酒樓籠絡著，以她的資本根本就請不到的……一番思量後，卻讓她想起了一個人。

一個總是躺在天橋上曬太陽，喜歡吹噓自己從前有多厲害的酒鬼混子張延。

他總說自己從前是御廚，因為得罪了一位大臣，這才被逐出了宮，流落至此。一個天橋的混子說的話，自然不會有人相信，但是席雲芝卻知道，他說的是真的。

因為有一年冬天，她帶著幾名小工去幫席家出門辦貨，卻在回城的時候遇到了大雪，大雪阻礙視線，她為了防止貨物在路上出意外，便在附近的一座破廟中歇腳。

張延那日正巧偷了兩隻雞在破廟中烹煮，那味道簡直可用香飄三里地來形容。他見到席雲芝等人到來，看到他們馬背上掛著的酒囊，便提出用一隻雞換一囊酒，席雲芝肯了。

那隻雞叫他們分著吃了，個個都說好吃，恨不得連舌頭都一同嚼了嚥下去，可見那味道確是一絕。

當席雲芝找到了張延，並對他說起來意之後，張延打了一個酒嗝，對她噴了一臉的酒氣，無賴般笑道：「我若出手，那店裡賺的錢，我七妳三，如何？」

怪不得他空有一身好手藝，卻始終沒有店家肯用他。沒有哪家掌櫃願意跟一個廚子分享賺的錢，更別說是七三分了。張延就是在用這種荒誕的方法拒絕，他料定了這個條件沒有人會答應。若說這話的人是個「真正」的御廚也就罷了，可是誰都認為這個張延不過是一個成日空口說白話的酒鬼混混。

但席雲芝卻一臉平靜，只是笑了笑，出乎意料地點頭道：「好，就這麼說定了。三日之後到歡喜巷找我，我與你立下字據，店裡賺的錢，你七我三。」

「……」這回輪到張延傻眼，他浪蕩地半躺在天橋下，直到席雲芝離開，他都沒有回過神來。垂頭看了一眼邋遢得像隻過街老鼠的自己，這麼些年從來沒有被人瞧得起過，誰會相信他的吹噓，只當那是狂妄的醉話……自嘲的笑在臉上漾開，卻因鬍子雜亂，沒有人看得出來。

席雲芝回到店裡時，趙逸和韓峰已經用上好的白色漿紙將店鋪四周的牆壁都糊好了，讓整個店看起來乾淨清新了許多。

因為最近事多，所以中午只炒了兩個素菜給步家老少吃了，惦記著晚上回去給他們燒頓好飯，席雲芝便讓趙逸和韓峰先歇了手。

正收拾著東西時，卻忽然聽見幾聲微弱的喊叫。

「大小姐、大小姐……」

席雲芝循著聲音望去，只見翠丫不知何時竟衣衫襤褸、鼻青臉腫地站在她的店鋪前！席雲芝慌忙放下手中的東西，奔出去扶住她搖搖欲墜的身子，難以置信道：「翠丫，妳怎麼了？是誰把妳打成這樣的？」

翠丫撲通一聲跪在席雲芝面前，從開始的抽泣變成了後來的嚎啕大哭，吸引了眾人的注意。

「大小姐，妳出門以後，五嬸娘查到是我給妳傳的信，她把我關起來，不讓我吃飯，還叫人用鞭子抽我！我好不容易才逃了出來，大小姐妳行行好，救救我吧！若再回去，我定會被他們打死的……」

翠丫整個人都抱在席雲芝腿上，一把鼻涕、一把眼淚，嚎得令人心煩意亂。

席雲芝不忍，將她扶起，輕柔地替她擦了眼淚，這才將她領回店裡，問道：「妳如何知道我在這裡？」

翠丫抽抽噎噎地說：「是聽那些打我的下人們說的，他們說大小姐忘恩負義，自己一個人在外頭過上好日子，便不顧奴婢死活……這些話，奴婢一句都不相信！大小姐一定不會不管奴婢死活的，對不對？」

席雲芝見她又要大哭，連忙安慰道：「那是自然的。」

聽到這裡，就連趙逸都氣不過了，搶聲說道：「這席家也太過分了！從前便沒把夫人當作小姐，現在竟然還開始草菅人命了，簡直可惱！」

趙逸是和堰伯去席家迎的親，自然知道席雲芝在席家受到的冷遇，此刻又聽了翠丫的話，更是氣憤不過。

席雲芝嘆了口氣，說道：「席家是回不去了，翠丫妳……」原想直接叫翠丫跟她回去，可是席雲芝卻突然想到，那裡畢竟是她的夫家，就這樣突如其來地將一個娘家趕出來的丫鬟收留入府，怕是不妥。但翠丫如此淒慘地前來投奔她，她也不好置之不理。想了想之後，她便軟著聲音對翠丫說道：「妳與席家並不是長工約，在那裡他們每月給妳二十文錢，我便給妳四十文。妳可願留在我店中，替我跑跑堂、傳傳菜？」

翠丫抽泣著低下了頭，乖順地說：「翠丫聽從小姐吩咐，小姐讓我做什麼，我便做什麼。」

席雲芝笑著摸了摸她的頭，讓韓峰去旁邊的藥鋪抓些金瘡藥回來。自己則到廚房燒了些熱水，替翠丫把傷口清洗了一遍，又給她敷了藥，才算忙完。

「夫人，您若要將翠丫帶回去，我便和趙逸擠一擠，將房間騰出來給她。」韓峰見席雲芝臉上有些遲疑，怕她是擔心翠丫晚上沒地方睡，這便主動提出讓房間的事。

「這……」

席雲芝看了看韓峰和趙逸，又看了看翠丫，正為難之際，卻聽翠丫開口說道——

「大小姐不必為難，翠丫在這店鋪外頭睡一夜便是了。」

翠丫說得可憐，更是叫席雲芝無可奈何，思前想後，還是決定從懷中掏出一兩銀子，遞給翠丫，說道：「夫家地方有些小，怕是沒有妳住的空房，妳今晚先去前面的客棧對付一晚，客棧裡什麼都有，明日我再去替妳尋一處住所，妳看可好？」

翠丫盯著手中的銀兩，目光呆滯了片刻，良久才點頭說道：「一切聽從大小姐吩咐。」

回家的路上，趙逸不禁問席雲芝道：「夫人，為何不讓翠丫跟咱們回來住？我們爺仁義著呢，不會說什麼的。」

席雲芝委婉一笑。「她一個大姑娘，住到家裡，怕是不便。」

趙逸還想說什麼，卻被韓峰打斷。「好了，你別問東問西啦，夫人這麼做肯定是有道理的。」

席雲芝看了一眼韓峰，只是笑笑，沒有說話。

趙逸見狀，便也不多問了。

回到家中，席雲芝趕忙生火做飯。中午的時候就炒了兩道素菜，因此晚上她買了兩斤肉回來紅燒，又燉了隻雞、炒了幾道家常，最後還給老爺子和堰伯燙了壺女兒紅。步家老少吃得合不攏嘴，一直讚席雲芝的手藝好，不愧是能開飯莊的。

席雲芝直言說飯莊是另外請的廚子，步承宗卻還是一個勁兒地誇獎她，席雲芝覺得有些難為情，便起身收拾了碗筷，要去廚房清洗，卻被趙逸和韓峰接過了手，她便也跟著到了廚房，坐在一旁的小凳子上揀菜。

韓峰提水，趙逸清洗，兩人默契十足，不時還回過頭來跟席雲芝說話。

「夫人，您今天就想把明天吃的菜都揀出來啊？」

席雲芝笑著搖了搖頭。「不是，這是準備晚上煮給夫君吃的。」

韓峰和趙逸相視一笑，趙逸比較長舌，挑著眉說道：「夫人對我們爺真好！」

席雲芝沒說什麼，只是笑笑，卻又好像想起什麼似的，抬首問道：「你們可知夫君每天在外頭做什麼？怎的都要到那時才回？」

她的話讓韓峰和趙逸手上一頓，兩人對望一眼，最後還是覺得不要隱瞞，韓峰便對席雲芝說道：「爺自從來了洛陽，整個人都頹廢了。漠北一役是爺心中的刺，他真心以待的兄弟竟然是齊國的探子，兩軍交戰最後背叛了爺不說，還命人將爺的右腿腳筋挑斷，自那之後，爺就把自己封閉了起來，誰的話都不聽，總愛一個人待著。」

韓峰說完之後，趙逸又迫不及待地補充。「其實我和韓峰偷偷去後山看過，爺每天就在後山的樹屋上發呆，什麼都不做，就那麼傻乎乎地盯著天空看。我就不知道了，他老是盯著天能看出什麼鳥來？真是……」

趙逸逮著機會就說個沒完，可他還沒說完，就見席雲芝的臉色有些尷尬，韓峰則一臉作死地看著他身後，又不斷對他使眼色，他眨巴兩下眼睛，深吸一口氣後，就又一本正經地說道：「韓峰你幹什麼呀？眼睛抽搐嗎？我還沒說完呢，爺每天都在思考前路該怎麼走，很費神的，咱們在家可不能再給他添麻煩了，知道嗎？」

說完，他便回過頭去，看著不知何時站到他身後的步覃，臉上的笑容近乎諂媚地說道：

「爺今兒回來得真早啊！吃了嗎？夫人正在揀菜，我——」步覃一記眼刀甩過，趙逸立刻閉嘴閃去一邊，不敢再開口。

步覃來到坐在灶臺旁的席雲芝身前，看了看她手中的菜，破天荒地說了一句話——

「我不愛吃芹菜，炒點別的。我在書房。」

「……」

步覃說完，便又冷酷地轉身離去，留下滿屋子震驚的人。

趙逸和韓峰簡直就是一副看到怪物般的神情。他們爺……竟然主動提要求了，還告訴夫人他的喜好?!

席雲芝雖然也有些驚訝，但倒沒有韓峰他們嚴重，只是癡癡地望著夫君離去的背影好一會兒後，才反應過來，將正在摘選的芹菜放下，站起身來，重新去挑選食材。

第三章

一條茄子、一顆馬鈴薯、半個青椒，都切成塊，一起下油鍋炒了炒，自成一道菜來。先前她特意給夫君留了一碗紅燒肉，夫君只一人的飯量，估計再煮一碗雞蛋湯便夠吃了。

將飯菜盛盤，席雲芝卸了圍裙，親自端著去了書房。

推門而入，見步覃站在燭檯旁挑燭心。

見席雲芝進來，步覃便放下竹籤，將燈罩罩好，自動自發地坐到了圓桌旁，等著席雲芝給他放好碗筷和飯菜，這才若有深意地掃了她一眼。

這一眼叫席雲芝的心跳加速起來，慌忙收回了目光。「夫君你先吃，我去廚房——」

原本她想趁著夫君吃飯的空檔去廚房把明天的菜揀出來的，沒想到話還沒說完，便被夫君搶過了話頭。

「坐下，陪我吃完。」

席雲芝滿臉愕然，手拿著托盤，心情忐忑地想坐在步覃對面的凳子上，卻見步覃忙裡抽空，對席雲芝指了指身旁的座位，示意她坐在那裡後，才又不緊不慢地吃了起來。

席雲芝不知道夫君想幹什麼，一時如坐針氈，見他吃得差不多，她便想要收了碗筷，卻在伸手到夫君面前拿筷子的時候，被夫君抓了個正著。只見步覃握住她抓著筷子的手，用筷子尖兒觸了觸那盤小炒，無比凝重地盯著席雲芝看了好一會兒，叫席雲芝越來越緊張，不知道自己哪裡做錯了，是否惹得夫君不快了？

心慌失措之際，只聽步覃正色說道——

「茄子和馬鈴薯，很好。青椒，不要了。」

「……」席雲芝差點跌倒在地，夫君一本正經地拉住她，就是為了說這個啊？垂目一看，果真那盤小炒中的茄子和馬鈴薯都吃乾淨了，只有青椒被剔除在盤子底，她家夫君還真不是一般的挑食啊！

「是，我記下了。」乖乖地應聲，席雲芝將碗筷收拾了出去後，便聽夫君說要喝茶，她又火急火燎地去廚房燒水。

好不容易等到燒完了水，給夫君泡了壺茶，以為他要在書房挑燈夜讀，便多放了些茶葉，讓他提神，可端了茶去書房卻發現夫君不在那裡。席雲芝又從窄小的迴廊轉到了臥房外看了看，只見她夫君頎長的背影端正地立於屏風外，她推門而入，便見夫君轉過頭來，向她招手。她放下茶壺走過去，只見夫君大張了雙手，站在那裡一動也不動，席雲芝有些發懵，夫君這是叫她幫他寬衣嗎？

這麼長時間他站在屏風外都幹什麼了？難道是特意站在這裡，等著她來尋他，然後再故意指使她寬衣……

夫君到底是哪個意思？席雲芝真的是有些懵了，卻把這些心理活動藏在心中，沒有說出口。如今席雲芝只想多順著些夫君，他說什麼便做什麼，省得逆了他的意，惹他不開心。

伺候了夫君寬衣後，席雲芝又指了指茶壺，對步覃說道：「夫君，你先喝著，我去把廚房裡的活兒忙完了，再替你打水來洗漱。」

說著便要轉身，卻突然覺得一陣天旋地轉，她嚇得驚呼，下意識地就抱住了離自己最近的「物體」，只覺背後一撞，她整個人已被夫君壓倒在床鋪之上。

步覃暗著眸子，居高臨下地望著身下那張大驚失色的小臉，冰冷的眸子裡不禁升起一種惡作劇得逞的光亮，一本正經地解釋道：「原是想將妳抱上床的，但腿腳不好，可有摔著？」

席雲芝呆呆地搖了搖頭，忽然伸手在步覃的額頭上碰了碰，在步覃不解的目光中，她吶吶地問了一句。「夫君……可是中邪了？」

步覃對席雲芝做出這般動作後，本滿懷期待席雲芝會說出什麼羞赧之言，卻不料這個小妮子竟然直接懷疑他中邪了?!

掃興地從她身上站起，臉色不善地整理著自己的衣服，無情冷酷的雙眸盯著席雲芝，一動也不動，嚇得席雲芝趕忙從床上爬起來，坐在床沿，不知所措地看著他。

只聽步覃冷哼一聲後，便對席雲芝拂袖而去，而在轉身的那一剎那，席雲芝彷彿聽到了這麼一句叫她心神再次為之震動的話——

「哼，不識好歹！等著，我去打水。」

「……」席雲芝難以置信地嚥了下口水。她敢肯定，夫君就是中邪了！

次日吃過了早飯，韓峰被夫君叫入了書房商量事情，無暇過來幫她，席雲芝便和趙逸坐著牛車進城了。她撐著下巴，漫不經心地瀏覽周圍景色，腦中閃過的卻都是夫君那張俊秀分明的臉孔。

趙逸見她如此，不禁失笑，突然開口說道：「夫人，我們爺看著挺冷，其實心頭可熱和呢！我和韓峰十一歲就跟著他，從沒見他替哪個女人提過洗臉水，您就等著過好日子吧！」

「……去。」席雲芝哪會聽不出趙逸是在消遣她？橫了他一眼，便轉過身子不再理他，但想著趙逸的那句話，心頭確是淌過一股熱流，熨得心暖暖的。

若說從前她只是希望能在夫家立足，那麼現在，她的心中竟在不知不覺間悄悄地升起了一些其他的意念。「夫君」這兩個字對她來說，已經不再是抽象的詞，而是具象成為了一個叫做步覃的人。不管外界如何評價夫君，有能也好，無能也罷，她自認準了這把秤，便不再想動搖，當然，也不允許其他人去動搖。

翠丫早已站在鋪子門前等候，見到席雲芝，便趕忙迎了上去。

「大小姐，我天不亮便在這裡等候了，店裡有什麼事兒，儘管吩咐便是。」翠丫一改從前大剌剌的個性，對席雲芝異常體貼地說道。

席雲芝也沒與她客氣，便讓她去後廚將碗盤分類擺放，又叫趙逸去將前幾日訂製的匾額取回來。

她自己則坐下埋頭寫著菜單，菜名都是從前在席家鋪子跑堂的時候記下的，她還不清楚張延到底有多少本事，便只寫了些一般的家常菜色。

趙逸趕著牛車，將一塊碩大的黑底紅字匾額取了回來，木頭是市面上最便宜的楊木，一整塊刷上黑漆做背景，映襯得紅通通的字體越發鮮亮。席雲芝扶著梯腳，讓趙逸把招牌掛了上去，頓時就讓原本死氣沈沈的店面變了樣，最起碼配合著門前的酒幡，更像是一家飯莊了。

名字她沒有特別去想，只是隨著城中其他酒樓的風格取了個「辛羅飯莊」的名。

正仰首看著自家招牌的時候，突然，旁邊竄出一道吊兒郎當的人聲——

「喲，我還以為是多大的店兒，原來不過方寸之地罷了！」

席雲芝回首一望，見是他，便淡笑著轉身迎了上去。「不是說三日後來嗎？張師傅今日便來上工了？」

張延被席雲芝直戳自己心急，面上一愣，這才挑高著眉，故作輕鬆地說道：「我七妳三的買賣，我總要來看著點不是？廚房在哪兒啊？帶我瞅瞅去。」

席雲芝聽他如是說也不動怒，倒是趙逸豎起耳朵在旁邊聽著，心底納悶：什麼叫我七妳三？還未發問，卻見席雲芝對他招了招手。

「趙逸，這是廚房新來的師傅，你帶他去後廚瞧瞧，有什麼需要置辦的，便來跟我說。」

趙逸應聲準備去了，卻聽張延又趾高氣揚地抱胸說道：「別一口一個師傅的，我七妳三，最起碼我也算個掌事的，沒有這個『掌』字的事兒我可不做啊！」

張延的口氣極其囂張，聽得趙逸牙根直癢癢，卻礙於夫人在場他不好發作，只好用詢問的目光看向了夫人，以為也會看到一張怒容，沒想到夫人只是無所謂地笑笑，便順著張延的話說。

「倒是我大意了，快些帶掌勺師傅去後廚瞧瞧吧。」

「……妳，哼！」張延眉頭一皺，還想說什麼，卻在對上席雲芝一雙帶笑的眼眸時止住了聲音，憤憤地甩手轉身便要走。

席雲芝也不阻攔，只是淡定地在他身後說了一句。「你欠賭坊的債，明日便是最後期限了，五十兩銀子，就是剁你十雙手也夠了。你既不願來我店裡做事，那便算了吧，我另聘便是。」

「……」

張延的背影頓了頓，席雲芝也不等他做出反應，便將雙手攏入袖中，進了鋪子。沒過一會兒，便見張延軟著態度湊了進來。

趙逸帶他去後廚轉了一圈，他也老老實實的，沒提什麼過分要求，只希望重新買一把趁手的菜刀和炒勺，席雲芝也就允下了。

讓張延試了幾道家常菜，味道果真是不錯的，趙逸更是捧場，竟然跑了一條街特意去買了一鍋白飯回來就著吃，邊吃還邊替出門辦事的韓峰嘆可惜。

席雲芝吃了幾口後，便對鬍子拉雜的張延問道：「你有什麼拿手的菜式？」

張延原本就喜歡吹噓，只恨沒什麼人願意聽，如今見有人肯問，當即口若懸河。「蒸的、煮的、炸的、烤的、悶的、炒的、椒鹽的，我都拿手！想當年在宮裡，我一人伺候過五個宮的晚膳，主子們哪個不說好——」

席雲芝不待他說完，便搶先問道：「烤雞、烤鴨行不行？」

張延一愣。「行，行啊，怎麼不行？我可是伺候過五宮晚膳的大廚，我——」

「行了，明日開始一個月，你前十天烤十五隻雞，中間的十天烤十隻，後十天便只要五隻，其他時候，家常菜隨點隨炒，可以做到嗎？」

「……」屢次被打斷話的張延覺得有些憋屈，但卻蓋不住心中的疑問。「席大姑娘，不是我說妳，怎的還未開鋪，妳就自己先歇了勢頭呢？生意當然是越做越多好啊！」

席雲芝但笑不語。「你只需照做便是。」

「……」

席雲芝乾脆地讓張延住進了店裡，又另給了他五百錢，指派了些走街串巷的活計給他去做。張延這些年都在市井中打混，認識的叫花子和混子不少，這些人尋常時候沒什麼用，還很惹嫌，但有些事還非得經由他們才能辦得成。

回到家中已是酉時，席雲芝緊鑼密鼓地開始燒飯。趙逸白日裡在店裡吃得很飽，便留在廚房給席雲芝打下手，不一會兒的工夫，席雲芝便做成了四菜一湯，醋溜茄子、肉末豆腐、肉丸子、紅燒馬鈴薯和一碗雞蛋湯。

在擺碗筷的時候，趙逸便去後院喊了步承宗和堰伯過來前廳吃飯，韓峰據說一早便被步覃派出去不知道幹什麼了，直到現在都還沒回來，席雲芝便想收了他的碗筷，想著等會兒給夫君做的時候，留些給韓峰便是了。

誰料一轉身，便撞入了一個堅硬的胸膛，她鼻頭發酸的同時，聽到幾聲不約而同的嗤笑聲。她下意識彈開，卻因為動作太猛，膝窩處又撞到了身後的長凳，眼看就要跌坐下來，便被一雙有力的臂膀摟了起來。

熟悉的氣味撲鼻而來，席雲芝抬頭一望，果真對上夫君那雙潭水般深沈的桃花眼。她臉紅如霞，慌亂地說道：「夫……夫君也在啊？」

「嗯。」

步覃冷著一張臉，在其餘三人窺探又好奇的目光中，淡定如斯地吃完了一頓晚飯。倒是席雲芝不知道自己在害羞個什麼勁兒，總覺得爺爺、堰伯和趙逸的眼神老是在她和夫君身上轉，曖昧得讓她想鑽到桌子底下去。

吃過了飯，夫君便回了房。席雲芝白日在集市上買了些果子，先切了幾個給爺爺送去，然後又切了送去了房間，只見夫君已經換好了一身月白色的中衣，正從屏風後頭走出，端的是高華玉立、俊秀不凡，雖然臉上毫無笑意，為其添了些疏冷氣質，叫人見了心喜，卻又不敢靠近。

見席雲芝愣在當場，步覃便主動向她走過去，接過她手中的盤子，又將她額前的一縷亂髮勾在耳後。

他沒有說話，卻讓席雲芝產生了耳鳴現象，她紅著耳郭垂下頭，稍稍避開了下他的手指，慌忙離開了房間。

一個人躲在廚房裡頭冷靜了好些時候，席雲芝才敢回去。見房間的燈火已經熄滅，知道夫君已經睡下，她便輕手輕腳地摸到了床邊，藉著微弱的月光爬上了床。

原想神不知鬼不覺地越過夫君進到裡側，但她明明看準了空位處下腳，卻不料還是碰到了夫君的腿，她連忙收腳，可突然的動作竟讓身子失了平衡，就直挺挺地摔倒在夫君身上！她鼻頭酸楚的同時，房間內也陷入了一種近乎凝滯的安靜。

待席雲芝回過神來之後，便手忙腳亂地想要趕緊從夫君身上下去，可暗夜中一雙炙熱的大手卻按住了她的後腰。

席雲芝只覺得自己與身下的人胸腹相貼，異樣的感覺瞬間席捲全身，她不知所措，將手伸到背後去拉扯腰腹處的大手，自己的身子則往一側閃避。

步覃感覺出懷中人的驚慌失措，黑暗中不禁揚了揚嘴角，故意將手鬆開，讓受驚的兔子滾到了裡床，而他則順勢翻了個身壓了上去，兩人姿勢不變，卻是換了方向。

銀色月光下，一雙帶著驚慌的黑色瞳眸深深地映入了他的心底，巴掌般大小的臉蒼白得叫人心疼。

鼻尖呼吸著她散發出來那若有似無的香氣，步覃只覺得下腹一熱，一股邪火自丹田蔓延至全身，不管不顧，便壓上了那片早已誘惑他多回的唇，有些乾澀，卻是軟甜軟甜的，他像是在品嚐著什麼珍饈，不忍大口拆吃，只想細細品嚐這道特別的點心。

席雲芝從未與人有過這般親密的接觸，自步覃吻上她雙唇的那一刻起，她整個人便已經呈現出了放空的姿態。她的夫君……在吻她，他吃錯什麼藥了嗎？

下意識地想要去推拒，可下一秒席雲芝的兩隻手腕便被步覃壓制在身側，開始了漫長又香豔的戲碼。

如果說夫君在新婚前幾夜的行為讓席雲芝覺得疲累，那麼今晚對她來說，簡直可以用聲嘶力竭、筋疲力盡來形容。她從不知道，原來她就算不用主動，單單只是配合，便能叫她累去了半條命。

真正動情後的夫君，熱得叫人害怕，好幾次她都差點暈了過去，卻又被他無情喚醒。夫君如餓極的猛虎，一直糾纏她到了天露出魚肚白，才肯放她沈沈睡去……

飯莊靜悄悄地開張了。一個鋪子的生意好壞，與鋪面前的人流是有很大關係的，歡喜巷周圍的鋪子不多，因為人流不多，所以，開張的時候，並沒有引起太多的關注。

席雲芝站在櫃檯後頭算帳，鋪子裡瀰漫著一股香氣撲鼻的鮮味。張延的手藝確實是不錯的，能夠將菜餚的香味最大程度地發揮出來。

只見將鬍子剔除乾淨的張延從後廚走了出來，他個頭不高，隱藏在鬍子後的臉很是平凡，塌鼻子、小眼睛、厚嘴唇，這樣的相貌放入人群中便是湮沒，再也找不出來。

張延將圍裙朝櫃檯上一放，語氣有些不耐。「喂，這雞就快熟了啊，要是沒人來買怎麼著啊？」

席雲芝的算盤打得噼啪作響，待她算好了手頭上的一筆帳，這才抬頭對張延大方地說道：「沒人來買的話就送你了。」

「……」張延盯著席雲芝看了好一會兒，這才又拿起了圍裙，正要轉身回後廚，卻見趙逸風塵僕僕地回來，喘著氣，抱起櫃檯上的茶壺就喝了起來。

席雲芝見他這般，不禁出聲提醒。「你慢著些。」

趙逸喝夠了之後，這才擺擺手說道：「現在『京裡來的御廚來到洛陽府』這件事兒算是傳出去了，可我就不知道了，您這消息放得也忒沒意思了，半句沒提到咱們店啊！」

席雲芝微微一笑。「放出去了就好。洛陽城飯館酒樓無數，你縱然說了咱們店，也不會有人知道在什麼地方的。」

趙逸看了一眼沒鬍子的張延，看著那張平凡無奇的臉孔，只覺得渾身上下不由自主淌出一種強烈的不信任。

張延也沒給他好臉，狠狠瞪了他一眼後，才甩著圍裙回到了後廚。

就這樣空烤了兩天的雞，也沒有客人上門，但張延卻已經成功征服了店裡所有人。也許是多年沒正經煮過菜，他的創作熱情竟然一時奔放起來，經常能在後廚看見他用最廉價的食材，做出新奇又美味的東西。

「唉唉，這是什麼呀？味道好衝啊！」

趙逸跟在張延身後走出後廚，只見張延繫著圍裙，真就一副大廚的模樣，懷裡抱著一只古舊的瓷罈，一邊走一邊嗅，一邊研究著。

只見他來到席雲芝櫃檯前，對她問道：「我在後廚房看到了這個，誰的呀？」

席雲芝瞥了一眼，淡淡地說：「喔，是這家店的前店主老劉送給我的，估計是他給我做的滷羊肉的湯汁吧。」

張延又用小勺在瓷罈裡翻攪了幾下，這才對席雲芝開門見山道：「據我的經驗來看，這絕對是熬製了三十年以上的湯料！」

席雲芝一愣，放下了算盤和正在記錄的帳本，不解地看著他。「什麼意思？」

張延見她不開竅，不禁急了。「飲食這一行現做現吃，但湯頭卻是精華，熬製了十年、二十年從不歇火，便能成就一方絕味。妳與那老劉是什麼交情，他竟肯將祖傳的湯料交給妳？」

「……」席雲芝聽得有些發懵，大大的雙眼看著張延，好久沒能說得出話來。「老劉只是說，讓我今後想吃羊肉的時候，便用這個煮……」

「糊塗！」張延大怒。「妳若真用這湯料煮了一鍋羊肉，那就是暴殄天物，會遭天譴的！」

趙逸和席雲芝都愣著了。「沒那麼嚴重吧？」

張延像是遇到了人生中最難以接受的事情，憤憤地冷哼。「哼，比這嚴重多了！一群不知輕重的門外漢！」

趙逸是個急性子，最受不得氣，便就上前理論。「有能耐你煮一鍋出來呀！光說有什麼用啊？」

「……」張延氣得對他瞪著雙眼，突然跺了跺腳，娘兮兮地轉身入了後廚。

那嬌嗔的模樣看得趙逸起了一身的雞皮疙瘩，不禁吶吶地說了一句令全場笑暈的話。「宮裡出來的會不會是……太監啊？」

「……」

晚上，席雲芝從店裡帶回了兩隻烤雞，切成一塊塊裝盤，又炒了兩、三道素菜，燒了一碗豆腐湯後，一家人圍坐在一起吃飯。

飯後，席雲芝照例切了水果送去了後院和書房，夫君正在書案後寫著什麼，一副認真的模樣。

將果盤往他面前推了推，步覃這才放下了筆墨。兩人說著話，分吃了一盤果子，席雲芝又被步覃拉著坐到腿上說了會兒話，耳鬢廝磨了好一會兒，最後若不是推說廚房還有事沒做完，說不得步覃當場就想要了她。

席雲芝雖然羞赧，卻也甜在心頭。從前在席家她真是孤單怕了，一個人吃飯、一個人生活，每天還要應對席府上下的各種眼光，身上彷彿壓著一座大山，令她喘不過氣。步家雖然不富裕，但上下關係都極其和睦，夫君也從一開始的厭惡自己，到如今的漸漸接受，這已經是最好的發展過程了。她不要夫君給她榮華富貴，不要呵護備至，她只要能與他朝夕相對，就算日子過得苦些，她也甘之如飴。

開鋪第十一日，張延按照席雲芝的吩咐，一大早便又在後廚烤了十隻雞，香味剛一飄出，便有人尋上了門，這是飯莊的第一位客人，只見他在店門口東張西望，窺探著什麼。

席雲芝走出櫃檯，對他笑了笑，問道：「這位客倌有何貴幹？」

那一身小廝打扮的客人見席雲芝從櫃檯後走出，知她應是掌櫃，便也進了鋪子，對她說道：「掌櫃的有禮，我們樓裡的娘子想吃雞，說是香味從你們店裡飄出來的，便指我來買兩隻回去。」

張延在後廚的簾子後頭，聽到這裡，心中竊喜不已。這麼多天，終於有人找上門了！要不是怕席雲芝惱他，他還真想衝出去抬價一番，好叫人知道他的本事！

不過，張延心裡也清楚，席雲芝這個女人雖然表面看起來柔柔弱弱，溫順得像隻綿羊，但卻是個厲害的，該退則退，該進也絕不退縮半步。

「真不巧，城北的王員外家辦喜宴，跟我們訂了八十隻，說是要款待京中來的客人，從現在開始烤出來的雞都是送去王員外家的，娘子們想吃，只得改日了。」

「……」

那客人一臉遺憾加無奈地走出了飯莊。

張延拿著炒勺，火急火燎地衝了出來，指著席雲芝叫道：「妳腦子有病吧？哪兒來的什麼王員外？等了十多天，終於來了個生意，妳還給推出去了！誰像妳這麼做生意？還不認不清家門啊？唉唷，真氣死我了！」

席雲芝也不生氣，對他笑咪咪地瞥去一眼，張延頓時像被一股無形的力量扼住了喉嚨，叫他不由自主地嚥下了還想再說的話。

為了緩解被一個小姑娘的眼神嚇到的尷尬，他輕咳了幾聲，摸著鼻頭說道：「就是……虧了。」

見席雲芝沒有回答，只是盯著他看，張延立刻又生出一種像是打在棉花上的無力感，深吸一口氣，又支吾了一句。「我……我回去煮羊肉。」便灰溜溜地鑽回了廚房。不是他孬，而是被那個女人笑咪咪地盯著，他就覺得頭皮發麻，因為不知道她肚子裡到底是怎麼想的。「綿裡藏針」這個詞用在那個女人身上，真是再貼切不過了。

席雲芝見張延回到了後廚，自己便也回到了櫃檯後。

她這麼做當然有她的理由。一家店開出來，就好像一個人初來乍到，若沒有點傳聞和噱頭，誰會注意到你？做人又和做菜不同，做人低調些保平安，但做菜若是太低調了，就很容易被人湮沒在無人問津的小巷子裡。

正如老劉，他的羊肉堪稱一絕，不臊不膩，口感極佳，只是大家普遍認為羊肉是膻的，又沒有一個很好的為大眾所接受的推廣平臺，所以，老劉的生意是失敗的。

她接手之後，便不能重蹈老劉經營失敗的路子。

一隻雞誰都買得起，也沒有誰會因為吃不到一隻雞而去費心神，今天買了去吃，明天不想吃了，賣方拿不到主動權，這生意也就淡了。

今日不賣，便是為了日後製造噱頭。人們吃進嘴裡的是雞，沒什麼特別，很容易忘，但若她能讓人們把噱頭都吃進心裡，那今後她賣的便不是雞了。

翠丫提著兩個竹籃走進了店裡，重重地將籃子放在桌子上，便不斷用手開始搧風。

席雲芝見狀，走過去看了看她買的東西，只買了她列出的菜單的三分之一，且都是堆著大、分量輕的葉子菜類。只見翠丫像是累得快不行了，從菜籃子裡翻出兩個梨子，一個遞給席雲芝，另一個在自己袖子上擦了擦便吃了起來。

「大小姐，買菜可累了！我見這梨新鮮，便買了兩個，妳快吃，別給其他好吃鬼看到了。」

席雲芝笑著將梨放下，說道：「妳吃吧，我不渴。吃完了再去將剩下的東西買回來，提不動的話，就租個推車回來。」

翠丫一邊吃梨，一邊看著席雲芝，眼珠子轉動幾下後，便袖子一捲，將給席雲芝的那個梨子也一併攬走，背影透出的不馴令席雲芝無聲地嘆了口氣。

晚上夫君回來得較晚，席雲芝便炒了兩、三個小菜，又燙了一壺酒在房間裡等他。

步覃推門看見她坐在燭光下，單手撐著下巴的模樣說不出的姿容清秀，低垂的眼眸似乎正在想著什麼似的，聽見他推門便立刻回神，站起身迎了過來。他摸了摸她柔軟光滑的臉頰，這是他這兩天最新喜歡上的動作，只覺得她臉頰的觸感比孩子還要來得細緻嫩滑，令人愛不釋手。

她一邊替夫君斟酒，一邊將白天鋪子裡發生的事情對夫君說了說。夫君端著酒杯聽得有些入神，席雲芝又給他碗裡挾了一筷子茄子，他才回過神來。

席雲芝今晚做了一道肉末茄子、一道香菇蒸蛋、一道蝦仁豆腐，再加上一碗青菜豆腐湯。夫君不愛吃的東西很多，卻對茄子情有獨鍾，席雲芝摸了幾回他的喜好，如今總算有些眉目，不禁心喜。步覃見她在一旁笑了，便將自己的酒杯送到席雲芝嘴前，親自餵她喝了一小口。

席雲芝覺得有些辣嘴，步覃便噙著嘴角，又往她嘴裡送了一口蝦仁，這才緩了緩那股熱呼呼的辣勁兒。不知是酒的原因，還是咳嗽的原因，席雲芝的臉頰透著紅潤，看起來有股別樣的誘人風華。

步覃噙著笑，又替席雲芝斟了一杯。

席雲芝半推半就，又喝了一小口。

燭光中，倒影出兩人互相交纏的姿態，別樣溫馨……

深夜時分，席雲芝疲累至極，沈沈睡去，步覃卻自她身邊坐起了身，看著她有些微皺的眉頭，不禁溫柔地彎了彎嘴角。看來真是累了呢，下回看能不能再克制些。可是也不知怎的，只要碰上了她的身子，他便不願輕易歇手，像是著了魔般，非要做到筋疲力盡才肯甘休。

伸手將她的眉心撫平，掀被下床後，又輕柔地替她掖好了被角，一系列的動作之後，步覃不禁失笑，他從不知道原來自己竟然也能有這麼溫柔的一面。

走出房門，韓峰和趙逸已經在院子裡等候，他走過去，兩人齊齊單膝跪地，說道：「爺，找到了！在城北巷的一座破廟裡，就他一個人。」

步覃點點頭，對韓峰他們揮揮手，三人便翻身出了小院。

席雲芝醒來後發現夫君不在身邊，她已經習慣了他的早起，只是有時候會覺得奇怪，明明夫君睡得比她晚，用力比她多，他怎麼還能起那麼早，並且絲毫不覺疲累？

她掀被子下床，發現平常該起身了的韓峰和趙逸今日也不在院子裡。她煮了一些早飯放在鍋裡之後，便收拾收拾，趕去了店裡。

張延自從住進店裡後，每日都很勤快，早早便將店門打開了。席雲芝走入空無一人的前堂，聽到後廚有些響動，便走過去，掀簾子看了看。

只見張延正吹著口哨燙雞毛，從席雲芝的角度看去，他的背影還真有點婀娜多姿的模樣。不會真給趙逸說著了，是個從宮裡出來的小太監吧？

向來對別人的事不多干涉，席雲芝便放下了簾子，兀自站到了櫃檯後頭，誰知算盤還沒拿出來，便見店裡走進來一個人，正是昨日前來買雞的那小廝。

不等席雲芝開口詢問，他便自己開口說道：「掌櫃的有禮，城北王員外家的宴席可辦結束了？我們樓裡的娘子日日聞著貴店傳出的香味，都饞得很，囑咐我今日務必買回去。」

「這……」席雲芝聽後，眼波流轉，露出一副有些為難的樣子。「客倌，實不相瞞，雖然王員外家的宴席已經結束了，但……我這後廚的師傅卻說這些天太累了，要休息幾日才肯上工。」

那人有些意外。「嗄？有生意做還休息什麼呀？妳這後廚的師傅未免也太大牌了！」

席雲芝煞有介事地點點頭。「客倌說的不錯，這位師傅可不是普通人。偷偷告訴您吧，他呀……是從宮裡出來的，從前伺候的可都是高高在上的主子，我可不敢得罪了他。」

「宮裡出來的？」席雲芝的話，成功吸引了那人的注意。

「是啊，宮裡出來的。我若把他逼急了，他一氣之下拂袖走了，我這店還要不要開下去了？客倌您說是不是？」

「……」那人面露難色。「可是，我們娘子……」

席雲芝誠懇地對那人嘆了口氣，無奈地走出了櫃檯，邊走邊說道：「算了，都是生意人，我也不能眼看著您為難，有生意誰都想做不是？我進去給您問一問，求一求吧！」

大概過了一盞茶的時間，席雲芝臉色不善地從後廚走出，磨磨唧唧地承諾了那人兩隻，那人才歡天喜地地離開了鋪子，說下午來取。

張延將雞都上了爐子，這才用圍裙擦著手從後廚走出來，站到櫃檯前和席雲芝說：「我那些兄弟可說了，城裡百姓們已經都在討論京裡來的御廚什麼的，就是半句不提咱們店。妳說我張延辛苦這麼些天，到今天為止才賣出去兩隻，這……中午我可得喝兩杯慶祝一下啊！」

席雲芝見他神情有些不屑，自然知道他又在諷刺自己，也不計較，溫和地點點頭說道：

「好，那就喝兩杯。」

張延哼了一聲，便又在店裡囂張地大叫。「翠丫，給我去買些酒回來！翠丫！」可是翠丫根本沒來鋪子，他的叫聲自然沒有人回應了，張延不禁對席雲芝說道：「還沒來？這都什麼時辰了？她還真把自己當盤菜了？」

席雲芝看了看豔陽高照的鋪子外頭，勾唇說道：「許是有什麼事耽擱了吧。你去忙，一會兒我給你買酒。」

張延又嘮叨了幾句什麼「治下不嚴，要出亂子」之類的話之後，才肯罵罵咧咧地進了後廚。

翠丫這時才從外頭一路打著哈欠走進了鋪子，進來後跟席雲芝問了聲好，就從櫃檯倒了一杯熱茶，坐到堂中喝了起來。

席雲芝看著她，不禁問道：「翠丫，王嬸家的房子住得可還舒服？」

自從收留翠丫的第二日，她便在城裡賣菜的王嬸家給翠丫租了間屋子，離店鋪不過半盞茶的辰光，應該不至於每日都這般晚到才對。

翠丫聽到席雲芝的問話，眼波有些轉動，眨巴兩下眼睛這才說道：「舒服……也談不上吧？王嬸家那屋子簡陋得很，根本比不上席府的下人房，而且她孫子剛出生，整夜的吵鬧，哪裡能睡得著啊！」

席雲芝停止了打算盤，看了她一眼，又道：「妳這幾晚，被王嬸的孫子吵到了？」

翠丫誇張地點頭。「是啊，那孩子一入夜就哭！」

席雲芝又「喔」了一聲，這才低頭繼續算帳。

翠丫則不情不願地拉了一塊白布，在店鋪裡有一下沒一下地擦著桌子。

晚上回到家裡，席雲芝想讓韓峰或者趙逸替她偷偷去王嬸家打聽看看。翠丫的話有假，王嬸的孫子早在半個月前就被王嬸的兒媳接回了娘家住，她晚上又怎會被吵得睡不著呢？不是那屋子有問題，就是翠丫有問題，很可能她根本就沒去王嬸那兒住。

推開院門，席雲芝只覺得家裡靜得很，院子裡一個人都沒有。轉了一圈，竟然在她房門外看到了站在門邊探頭探腦的趙逸，於是便走去喊了聲。「你們在幹什麼？」

席雲芝說這話時，也將目光往裡頭看了看，只見一個衣著怪異的男人站在步覃旁邊，夫君正抬著一條腿，面色有些痛苦，席雲芝當下便要進去，卻被趙逸拉住了。

趙逸對她說道：「夫人，別去，閻大師診治的時候，不喜歡有人在身邊看著。」

席雲芝不解地看著他。「閻大師……是誰啊？」

趙逸告訴她，閻大師是南疆蠱門的人，精通以蠱制人，夫君的腿，腳筋被挑斷了，若是尋常醫法定是無效的，因此早些時候，便著令韓峰去南疆找他。只是此人性格古怪，當韓峰訴明原由，他果斷拒絕之後就跑了，趙逸和韓峰都以為那人跑去了塞外躲起來，沒想到現在他又改變心意，直接找來了洛陽。

閻大師治療的時候從不讓旁人進去，他們只需要在屋子外頭聽候他的指示，準備他需要的器具與藥材便好。

然而，真正辛苦的卻是席雲芝。步覃的藥每個時辰都要熬一份新鮮的出來，兩碗熬成一碗，接連不斷地換。六天七夜，席雲芝只是在藥罐旁小睡片刻，便又起來換水、換藥。韓峰和趙逸看不下去，想要幫忙，但席雲芝卻不想將伺候夫君用藥這種事假手他人而拒了。

她每天不斷熬藥，店鋪暫時交給張延打理，幸好張延也是個知事的，按照席雲芝的吩咐打理店鋪，倒也沒出什麼亂子。

第七天的時候，閻大師終於從步覃的房中走出，說是治療告一段落，接下來就看步覃本身的恢復力了。

席雲芝第一時間走進了房間，便看見步覃臉色蒼白地靠臥在床，不過幾天的工夫，他便瘦了好多，席雲芝有些心疼地撫上他的臉頰。

步覃有氣無力地看著她，搖頭道：「我沒事。這幾日辛苦妳了。」

席雲芝彎下身子，在他床邊蹲下，將一縷亂髮夾到耳後，對他搖了搖頭，說道：「不辛苦，只要夫君能好起來，讓我做什麼我都願意。」

說完之後，席雲芝便爬上床，將腦袋枕在他的手臂之上，想讓自己休息一下，可是，才剛剛碰到床鋪，止不住的倦意就席捲而來，雙眼皮也開始打架，再也撐不下去，昏昏沈沈地睡了過去……

再次睜眼，看到的便是夫君那張冷情的俊顏，黑亮的眸中染上了微微的擔憂，那抹擔憂不知怎的，令席雲芝沒來由地笑了起來。陽光自窗櫺射入房內，將房間都染成了金色，每一處都像是鍍了金般明亮刺目。

這樣毫無芥蒂的開懷笑容讓步覃看呆了，他從不知道一個姿色並不出色的小女子的笑容會這般令他驚心，整個人彷彿被她吸走了魂魄般，一動都不想動，只想沈溺於這樣的笑容中。

「夫君，你的腿……」席雲芝的聲音有些沙啞。

步覃伸手按上她的唇，對她搖了搖頭，讓她不要說話。「閻師弟在我的腳腕處種了引脈蠱，只需以自身血肉餵養此蠱兩個月，便可令斷掉的經脈恢復。」

步覃的腳被纏著厚厚的繃帶，席雲芝看不到他的傷口是怎麼樣，對他說的醫理也一知半解。突然，她從床上坐起來，轉頭看向步覃。「閻大師是……夫君的師弟？」姑且不論兩人的風格完全不同，單就年齡而言，也應該閻大師是師兄吧？

步覃見她瞪著兩隻圓圓的眼睛，覺得有些好笑，伸手揉了揉她的頭頂，說道：「誰說年齡大的就一定是師兄？他入門比我晚，是轉投我師父門下的。」

「……」席雲芝不懂那些，便點點頭，揉了揉眼睛。

步覃勾唇一笑看著她，她這些天的疲累早就被趙逸他們渲染了好幾倍告訴他了，他又豈會不懂她的心意？

「師弟走之前讓我轉告妳一些話。」步覃故意吊著她的胃口，說了一半便不說了。見她神情有些緊張，步覃才微笑道：「師弟說，妳很好。如今的世道，像妳這般心地善良、敢做敢當的女子不多了。」

「……」

席雲芝怎麼也沒想到，自己十多日沒來飯莊，張延倒是把店經營得有聲有色的，竟然陸續也有人進來吃飯了。

她走進了店裡，正好碰見張延從廚房裡端了一盤菜送到客人桌上，看見她就直嚷嚷。

「哎喲喂，我的姑奶奶，妳總算來了！快快快，我都快忙瘋了！那桌、還有門口那桌都說要結帳，妳給算算去！」

店裡的菜單全都是席雲芝自己擬定的，因此價格她自然清楚，一邊收錢，一邊對忙碌的張延問道：「翠丫呢？怎麼不見她人？」

張延的腳步一頓，怒上眉梢。「那丫頭早出晚歸，誰知道她死哪兒去了！」

「……」

店鋪的生意一天比一天好，出自張延之手的菜餚，凡是做出來，就必定賣得出去，特別是烤雞，人們一傳十、十傳百，買到的傳口味，買不到的傳名聲，弄得現在供不應求，張延沒辦法，只好限定每天烤兩、三爐，也就是八十隻左右，一隻二十文錢。雖然價格比別家的要貴上幾分，但特意來買的人卻是只增不少。

中午吃過了飯後，席雲芝回到店中，看見翠丫坐在櫃檯後嗑瓜子，有一下沒一下地翻看著帳本，席雲芝見狀也沒說什麼，將一籃子山梅放到桌上，溫和地說道：「翠丫，來吃些山梅子，新鮮著呢。」

櫃檯後的翠丫嚇了一跳，趕緊合上了帳本，一把拋了手裡的瓜子，從櫃檯後走出，對席雲芝說道：「大小姐，妳真是太好了，我最喜歡吃山梅子了！」

接著便跑過來，接過了席雲芝手裡的籃子，坐到一邊吃了起來。

席雲芝打了水擦桌子，翠丫吃著吃著，卻突然來到她身旁，期期艾艾地輕聲說道：「大小姐，有件事想跟妳說一下，最近我鄉下的姨婆進城了，我想給她買些東西，可是身上的錢都用完了……我剛才看了看帳本，咱們店裡賺了不少錢，不知道能不能借我一些急用？」

席雲芝垂了垂眼眸，不動聲色。「妳想要多少？」

翠丫的眼珠子轉了轉，這才將一隻手伸直了，對席雲芝比了比。「五兩，行不行？」

席雲芝笑著替她順了順劉海，點頭道：「行，去櫃檯拿吧。」

翠丫放下籃子，歡天喜地跑到了櫃檯後，輕車熟路地從櫃檯下的鐵盒子裡拿出了一錠嶄新的銀角，對席雲芝又是點頭又是道謝後，便捧著銀子和山梅籃子，疾步走出了飯莊。

張延從後廚走出，正巧看到這一幕，不禁對席雲芝嗤之以鼻。「哼，她就是被妳慣出來的！我還真沒見過哪個掌櫃會讓一個丫頭去翻錢箱的，妳的心也忒大了點吧？」

席雲芝但笑不語，將布巾在地上的水盆中搓了搓，繼續擦拭桌子，對張延的埋怨充耳不聞。

夜晚，席雲芝坐在腳踏上替步覃按腿，步覃臉色依舊蒼白，整個人清瘦了好多。也不知閣大師給他用的什麼藥，補了好些天仍不見好轉，甚至有越來越嚴重的感覺。

席雲芝愁在心中，卻是不敢在步覃面前表現出來，生怕他多心，不利於康復。

靠在床頭假寐的步覃突然開口說道：「聽趙逸說，妳店裡出了個細作？」

席雲芝想了好久才明白「細作」這個專業術語是什麼意思，不禁失笑。「夫君，又不是行軍打仗，怎麼能叫細作呢？」

步覃睜開深邃的雙眸，半瞇著看她的神情別有一番俊美的感覺，令席雲芝不禁低下了頭，不敢再看他。

「可應付得過來？」步覃不知道席雲芝為何低頭，只想與她好好說些話。

席雲芝點點頭。「應付得過來，原也不過就是些動動心思的小事。」

步覃像是突然有所感悟。「人心，才是最難掌控的。」

席雲芝勾唇笑了笑，決定不再繼續這個話題。「閻大師不知給夫君用的什麼藥，怎的這麼些天都不見轉好？從前還能獨自下地走走，如今卻只得依靠雙柺。」

步覃將目光落在自己纏滿綳帶的右腿之上，幽幽地說道：「這蠱便是這藥性。耗上兩、三個月，大約便可痊癒。」

席雲芝雖然聽了步覃的話，卻在心中對那閻大師產生了一種不信任的感覺。不過，她早已打定主意，不管夫君是健全也好、瘸子也罷，即便他癱瘓在床，她也會好好守候在他身邊的。

第二天一早，她在鍋裡熬了雞湯，便去了店鋪。

踏入店鋪，發現堂內站了幾個人，席家二管家桂甯正在她櫃檯前轉悠，拿著一件小擺設在手中把玩，見她入內，趕忙就換了副嘴臉，迎了上來。

「喲，大小姐來啦！桂甯給大小姐請安了。」

席雲芝心中奇怪，卻也不動聲色。「桂總管別來無恙，怎的行如此大禮？」

桂甯一臉諂笑，在席雲芝面前踱了幾步，才說明來意：「大小姐，實不相瞞，這家鋪子是五奶奶親自看中的，原想叫我買下來，收入席家產業，可劉老頭食古不化、不識好歹，說就算賣給鬼，他也不賣給席家！哈哈哈，哎喲喂，真是笑死我了，最後他不還得賣給咱席家人嗎？」

席雲芝面帶微笑地聽桂甯說話，聽到他話裡竟然將這家鋪子直接歸到了席家產業之中，便面不改色地笑道：「桂總管真是貴人多忘事。劉老頭那句話，也沒說錯。」

桂甯收斂了些臉上的笑容，吊白眼看著席雲芝。「怎的，大小姐是什麼意思？」

席雲芝不想與他兜圈子，便直接說道：「我早在兩個月前就出門了，夫家姓步，這鋪子，便是夫家出錢買下的產業。」言下之意就是，這鋪子可跟席家沒有任何關係。

桂甯冷哼一聲，罵了一句。「好個忘恩負義的！從前老太太那般疼愛大小姐，妳便是這般報答她的？」

席雲芝但笑不語。

桂甯將先前從櫃檯上拿著把玩的小物件隨手一拋，惡狠狠地指著席雲芝說道：「好，太好了！原本我知道這家鋪子是大小姐開的，還想給妳指條明路，這下妳就別怪我對妳不客氣了！不出三個月，我保證讓妳關門大吉，到時候大小姐就是來府上求我，我也絕不會留情面了！」

席雲芝沒有回答他的威脅之言，對他抬了抬手，輕聲說了一句。「桂總管，請。」

桂甯對她翻了一記大白眼，帶著幾個家丁離去時，每人都抬腳踢翻了一、兩張長凳洩憤，像一幫地痞流氓般，走出了鋪子。

桂甯他們走後，張延才敢從後廚探出腦袋，急忙跑出來對席雲芝問道：「怎麼樣？怎麼樣？他們是不是想買這鋪子？剛才那麼多人一起湧進來，還凶巴巴的，嚇死我了！」

席雲芝冷冷瞥了一眼沒出息的他，淡然說道：「不是想買鋪子。」
張延不解。「那他們想幹什麼？」
席雲芝嘆了口氣，說道：「想不花錢收了鋪子。」
「什麼?!」張延吃驚大叫。「他們以為自己是什麼？是土匪啊？就是土匪還要靠山吃山，他們靠的是什麼？」
席雲芝沒有說話。
張延有些不放心，畢竟鋪子的生意才剛剛好了些，他錢可還沒賺夠，怎麼能說被收就被收了呢？
這下可怎麼辦啊？

第四章

席雲芝安排好了店裡的事情，下午便出去了。

在洛陽城外，有一座慈雲寺，寺裡住著一位鏡屏師太，從前是席府的掌事三娘，後來不知為何突然出家，席雲芝一有麻煩事，便會到慈雲寺求見鏡屏師太，以得寬慰與良策。

她出嫁前在席家偷生，那是她一個人的事，但現在她嫁人了，不能讓夫家也跟著她在席府的掌控之下偷生。

她在慈雲寺大殿拜了菩薩，添了香火之後，小尼姑帶著她去了鏡屏師太所在的後院，卻被攔在門外。這時，從禪房裡走出另一名尼姑，從前她叫阿萼，跟席雲芝差不多年歲，是三娘的貼身丫鬟，如今她跟在三娘後頭學得佛法，也有了自己的法號，叫做靜一。

「鏡屏師太偶感風寒，不宜見客。」靜一對席雲芝雙手合十，見席雲芝還想說話，便又從寬大的袖中拿出一卷紙張，交到席雲芝手中，說道：「師太得知施主前不久已然成親，來不及恭賀，便備下此賀禮，請施主務必收下。」

席雲芝不知道這是什麼，她對三娘是亦師亦母的感情，長時間不見，如今想見她一面的心思很是旺盛，便急急上前一步，對靜一說道：「請師太寬容，小女子已多日不見鏡屏師太，心中有千言萬語不得訴，還請師太賜見。」

誰料靜一給了紙張後，便一邊唸著佛經，一邊回到了禪房之中，留下滿臉遺憾的席雲芝在院子裡獨站良久。

一直等到日落，院子裡滿是夕陽西下的金黃餘暉，席雲芝這才嘆了一口氣，轉身離去。

回到家中，趁著生火做飯的空檔，席雲芝攤開鏡屏師太給她的一卷紙張，上面只有寥寥數行字，娟秀的字體依舊那樣悅目。她看完之後，便輕輕合上，將之送入了鍋堂。

步覃拄著雙柺走進廚房，見席雲芝臉色有些凝重，便找了一張高凳坐了下來，語氣略帶關切地問：「今日鋪子裡有事？」

席雲芝撿了一根粗柴放入鍋堂，看著火光耀眼，點了點頭。「席家的二管家桂甯今日去了店裡，聽他的口氣是對鋪子勢在必得了。」

步覃看著她現出擔憂的眸子，脫口問道：「我能做些什麼？」

席雲芝看著步覃，這是夫君第二次問她這句話，語氣比第一次還要來得關切。她深吸一口氣，猶豫了一會兒，便將憋在心中的話一股腦兒全都說了出來。「席家在洛陽已有好幾十年，共有七十三家店鋪，涵蓋各個銷金行業，家大業大，若是正面迎戰，我必敗得體無完膚，如今唯有『迂迴』一法。」

步覃眼中閃耀出一種極其欣賞的目光，一個從未打過仗的女子，對戰略竟有著自己獨到的見解，這是極其難得的。兩廂對視片刻後，步覃又問：「可有把握？」

席雲芝看了一眼鍋堂中早已燒作灰燼的紙，點點頭。「之前沒有，現在有了。」

步覃用雙枴撐著起身。「慈雲寺的那位有所透露嗎？」

席雲芝有些奇怪夫君如何知道她今日去了慈雲寺的？但聽他提起，便也不做隱瞞。「是，慈雲寺的鏡屏師太是從前席家的掌事夫人，她對我很好。」

步覃聽了席雲芝的話，便點點頭，撐著枴杖走出了廚房。

席雲芝看著他日漸消瘦的身影，欣慰地笑了笑。雖然夫君沒有插手幫她做任何事，但有時候一個男人對一個女人能力的信任，也是一種愛的方式，因為那是他發自內心地覺得，妳與他是平等的，無須依傍他才能生活，他覺得妳也可以擁有自己的一片天、一份事業，他不會加以干涉，卻會給妳最大的自由與支持。

不知道旁的女人怎麼想，反正她是很喜歡那種被他信任的感覺。

第二日，席雲芝剛到店裡，張延便從後廚跑了出來，眉開眼笑，恨不得攙著席雲芝走進去，邊走邊說：「昨兒下午去哪兒了呀？妳可不知道哇，隔壁春熙樓的頭牌芳菲姑娘……的貼身婢女倩倩，昨兒下午親自來找妳呢！」

席雲芝走到櫃檯後，正要拿算盤，聽了張延的話，不禁抬頭。「春熙樓？」

張延以為她不知，特意解釋了一下。「就是隔壁那個妓、館。芳菲姑娘那可是洛陽府的紅人，就連知州大人都排隊等著見她呢！」

「喔。」席雲芝淡淡應了一聲後，便恢復了手中的動作。「找我做什麼？」

張延兩眼放光，一副「妳走運了」的模樣，整個人幾乎趴在櫃檯上，眉飛色舞地說道：「我軟磨硬泡，倩倩才肯告訴我……」他神秘兮兮地左顧右盼，好像周圍還有其他人似的，掩著嘴唇對席雲芝說道：「芳菲姑娘想買下咱們店！妳猜出多少錢？」

席雲芝眉峰微蹙，真是瘦田無人耕，耕了有人爭啊！她這家店不過開了兩、三個月，就招來這麼多垂涎之人，她真不知道該哭還是該笑。

「多少錢？」

有人願意出錢買她的店，那就說明她的經營策略是正確的，只要價格適宜，她倒也不介意賺一筆。

張延得意洋洋地對席雲芝比了比手指。「五百兩！倩倩說要是妳同意，今兒個下午就到星月湖的翡翠軒去，芳菲姑娘今日會在那裡出沒。」

席雲芝被這個價格「嚇」得笑了笑。

張延見她臉上微微流露出不悅，以為她一時還沒算清這筆帳，便急忙搶過她手裡的算盤，噼哩啪啦就是一陣計算。

「五百兩不少了！妳想啊，我現在每天烤八十隻雞，一隻賣二十文，五隻就是一兩，八十隻就是十六兩，除去一半的成本，也就是淨賺八兩，再加上中午、晚上的散客，一日至多不過十幾二十兩的收入，這還得每天起早貪黑。有錢不賺，這麼辛苦幹什麼呢？」

席雲芝不動聲色地等他把帳一筆筆算完，這才拿回他手中的算盤，垂頭說道：「現在每天店裡收入若是淨二十兩，我得六兩，你得十四兩，店開著，你便有錢拿。一旦店賣了，就沒你什麼事兒了，你確定要賣給她？」

張延面上一愣，突然清醒了過來。「啊，那什麼……我還有事兒，妳再考慮考慮，不急、不急啊！」

看著張延慌亂逃走的身影，席雲芝不自覺地勾起了嘴角。不論是誰，這家店倒不是不可以賣，但是五百兩嘛……

春熙樓的頭牌芳菲姑娘，她的名聲席雲芝在外多少也聽說過，豔冠群芳、絕代風華，以至於不過短短一年的時間，便成了洛陽社交圈中最炙手可熱的花蝴蝶，高官富賈的宴會都以請到芳菲姑娘出席相伴為榮。

沒想到她這家店竟然受到這位美人的青睞，當真榮幸之至，若不好好做一番文章，反倒對不起這個撞上門的好機會了。

將算盤擺在櫃檯上，席雲芝打開櫃檯後的抽屜，帳本原封不動地放在抽屜裡，她拿出一本放在手中翻了翻，像是看到了什麼，滿意地笑了笑，便又將之合上，關入了抽屜。

這時，翠丫打著哈欠姍姍從店外走來，見到席雲芝已經站在櫃檯後，生怕她對自己說教，便趕忙在客桌上倒了一杯茶給席雲芝送了過去。

席雲芝抬眼掃了掃她，卻是沒有說話。

她黑亮亮的眼神看得翠丫直冒冷汗，因此語氣略帶緊張地說：「大、大小姐，怎麼這樣看著人家？怪、怪怕人的。」

席雲芝誇張地嘆了口氣，翠丫就更緊張了。

只見席雲芝接過了手中的茶杯，對她說道：「唉，這店怕是開不下去了。」

翠丫大驚。「大小姐……發生什麼事了嗎？」

席雲芝看著她，故意不說話，等看到翠丫的笑容快要撐不下去的時候，才張口說道：「唉，這件事我原本也不該說的，可是，畢竟是自家姊妹，我也替雲秀妹妹著急不是？」

翠丫屏著呼吸，不敢大聲說話。「雲、雲秀小姐？」

席雲芝點點頭，做出一副不願跟她賣關子的樣子，爽利地說道：「我把妳當自家姊妹才告訴妳的。妳也知道，席、盧兩家定親，雲秀下月就要嫁入知州府了，可是昨兒春熙樓的婢女卻來尋我，說是知州公子盧光中知道芳菲姑娘愛吃我們店的菜，便要用兩千兩將我們店買了去，送給芳菲姑娘。妳說，雲秀這還未進門，知州公子便與那青樓女子不清不楚，我怎能不為雲秀擔憂呢？」

翠丫聽得大為震驚，但見席雲芝言之鑿鑿，不像作假，況且昨天下午確實有春熙樓的婢女到店裡來找，當時席雲芝不在店裡，她便與張延在後廚說了好一會兒話才出來。

如此說來，大小姐說的肯定是真的了！

若是那知州公子真的花了二千兩將這家店買了送給芳菲姑娘，那……席家這回的臉可就丟大了！

席雲芝看著翠丫魂不守舍地轉身，便就垂頭兀自算起帳來。

席家後院掀起了軒然大波。

五奶奶商素娥一拍桌子，二管家桂甯便嚇得跪在了地上，只聽她厲聲指著桂甯說道：「你所言可是真的？」

桂甯連連點頭。「真的真的！那丫頭昨兒剛把大小姐店裡的帳本給我偷了過來，我抄了一份，她又還了回去，大小姐根本不知道這事兒，還把那丫頭當作姊妹般信任，才將這般私密的事告知於她。」

商素娥面帶疑惑，一邊轉動手腕上的玉鐲，一邊若有所思地問：「席雲芝當真沒有懷疑翠丫？」

桂甯拍著胸脯打包票。「一點都沒有！大小姐感念翠丫之前幫過她，根本就沒往那方面去想，平日裡對翠丫好得不得了，要什麼就給什麼，若有好東西也是第一個留給翠丫！」

商素娥陷入沈默，踱了好一會兒步子後，才又道：「那知州公子與那妓子之事，也是她告訴你的？」

「是。」桂甯點頭，獐頭鼠目的臉上露出一種即將立下大功的欣喜。「小的也怕有假，便暗中派人去調查了一番，昨日那妓子的貼身婢女確實去過大小姐的店逗留好些時候，而且……」

見桂甯有些猶豫，吞吞吐吐的，商素娥一記厲眼掃過。「說！」

「而且……小的一年前就聽說過知州公子為奪花魁芳菲初夜，與人大打出手之事。他癡戀那妓子，這回為討她歡心，就是買下一個店送給她亦不足為奇。」

商素娥聽了桂甯之言，氣憤之色溢於言表。「哼，傷風敗俗！」

桂甯被罵得往後縮了縮腦袋，見商素娥滿臉怒容，便只敢試探著說道：「五奶奶，四小姐出嫁在即，這事兒……」

商素娥狠狠瞪了他一眼，罵道：「這事兒給我封死了！要是被我知道哪個賤蹄子捅了出去，我便要了她的命！」

桂甯嚇得屁滾尿流，連連點頭。「是是是，小的知道，絕不會透出半絲兒的風！只是……老太太那兒要去通報嗎？」

商素娥白了他一眼。「通報什麼？席家四小姐出嫁在即，新郎倌卻豪擲千金討個妓子歡心？這事兒你好意思說，老太太都不好意思聽！」

怎麼偏就在這節骨眼兒上呢？知州府那裡也不好明著去打聽，人家只需一句「空穴來風」，便可將席家的嗓子眼兒堵得死死的。若是硬鬧，兩家都不好看；若是不鬧，四姑娘嫁過去還有什麼威信可言？四姑娘在知州府沒了威信，那便是落了席家的臉面，真要到了那步境地，大家全都得掩著帕子出門，不要見人了。

為今之計……商素娥沈吟片刻後，對桂甯問道：「你說那知州公子欲花多少錢買下席雲芝的鋪子？」

桂甯想了想，比了個手勢：「二千兩。」

商素娥一拍桌子，怒道：「那你就給她三千兩！就說那鋪子我席家買下來送給四姑娘做陪嫁！」

桂甯不解。「五奶奶，買那破鋪子花三千兩？您給小的幾天時間，小的讓您一分錢不花，就拿下那鋪子。」

「不！」商素娥目光沈著，冷道：「就是要實打實地花三千兩去買。我要讓所有人都知道，那鋪子是我席家花三千兩買下來，送給四姑娘作陪嫁的。」

如此，一來可以不動聲色地告訴盧家她席家的財力，使之不敢小覷；二來也可以順便打一打那無良公子的臉。新娘子的陪嫁品正是他要送給外頭情人的東西，她倒要看看，他今後怎麼在妻子和情人的面前做人！

晚上，席雲芝給步覃按了一會兒腿後，便扶著他在院子裡走。她一手扶著他的後腰，搭了雙枴的步覃也摟住席雲芝的肩膀，讓兩人靠得更近。

席雲芝將白日裡店鋪發生的事情一股腦兒全都跟步覃說了說，步覃的話不多，便聽著席雲芝說，偶爾也會出聲說一句表示他的看法。

步家的院子不大，夫妻倆說著話兒，不知不覺中就走了好幾圈。回到房裡，席雲芝又是打水、又是擦臉，將步覃服侍得舒舒服服地坐上了床，她才又坐到床沿，縫製一些小物件。

步覃拿著書冊看幾頁，就抬頭看一眼席雲芝，這樣寧靜的日子是從前想都不敢想的，不禁勾起嘴角笑了笑。

敏銳的席雲芝看到了，只見她也勾著唇角，對步覃問道：「夫君，你從前生活的世界，是什麼樣的？」

步覃兀自沈靜在安寧的心緒之中，驟聽席雲芝的問題，不禁一愣，看著她小小的臉上滿是興奮，目光中透著無限期盼，斂眸想了想後，道：「小時候是祖宗家訓，少年時是大漠黃沙，成年後是手握兵權，血肉橫飛、封賞無數。」

席雲芝聽步覃寥寥數語概括了他的過往，腦中想像著他所說的一切。那樣生活在雲端的一個人，怎麼就突然掉了下來，還不偏不倚，就掉在了她的面前？緣分這東西，當真奇怪。

正失神之際，卻聽步覃轉而問她──

「妳呢？說說妳小時候的事吧。」

正在用針的席雲芝只覺指尖一痛，血珠緩緩凝聚，她看著失神。

步覃見狀，趕忙放下手中的書，拉過席雲芝刺傷的手指，想也未想，便放入口中輕含。溫熱柔軟的觸感將席雲芝的思緒拉了回來，她羞赧不已，想要抽回手，卻被步覃牢牢抓住。看著他認真的模樣，席雲芝這才緩緩地開口。「我的娘親……死得不清白，小時候爹娘健在，我和弟弟雲然的日子都很好過，娘親死了之後，弟弟被送走、爹染上了酒癮，自此不再歸家，我便一個人生活到了今日。」

步覃聽著她的話，靜靜地看著她。許是想到些什麼，席雲芝的雙目有些微紅，低著頭，一副做錯了事的模樣，步覃見狀，心中沒來由就是一悸，突然俯身親了上去。

私密的空間十分靜謐，夾雜著唇舌接觸的水聲，聽起來格外明顯。步覃將手指插入席雲芝的髮髻，讓她散開了髮，不算黑的長髮滑落在肩，透出了她的別樣風情。步覃越吻越深，舌尖掃過她的上顎，感覺席雲芝的身子有些發抖，他這才大張雙臂，將之摟入了懷。

席雲芝掙扎著推拒了兩下。「夫君，你的傷……」

步覃一聲低吼。「不礙事！」

席雲芝一聲嬌吟，便被壓入了帳中，步覃扒了衣衫便是長驅直入。她怕扯著夫君的傷口，只好全面配合，進進出出好幾回後，步覃才給予最後一擊，趴在她的身上喘著粗氣。

席雲芝也同樣喘息不已，指尖輕輕劃過步覃的背脊，只覺身上的人一動，席雲芝便收回了雙腿，想下床去清理一下，卻不料剛一轉身，又被拉入了帳中，就著她向後跌倒的姿勢，步覃又瘋狂要了她一回，這才肯甘休。

第二日，席雲芝渾身痠痛，便晚了一些去店裡，想著今日可能會發生的事，早早就跟夫君借了韓峰和趙逸一同前去。他們剛在巷口出現，便被在鋪子外頭眺望的張延給看見了，飛奔似地向她跑來，咋咋呼呼的。

「唉唷我的媽呀，妳終於來了！出大事了、出大事了！」

席雲芝莫名其妙便被張延拉著跑回了店裡，看見店裡的陣仗，韓峰和趙逸嚇了一跳，不明所以，席雲芝的臉上倒是沒表現出太多的驚訝。

席府二總管桂甯一臉失去耐性的表情，看見席雲芝後，這才沒好氣地站起了身。「大小姐，妳這掌櫃做的可不地道啊！」

「嘿！」

席雲芝沒有理他，直接勾著唇走入了櫃檯，彷彿沒看見這大堂中的人般。

從前桂甯眼中的席雲芝是懦弱的，見人總是帶著幾分討好的笑，生怕你惱了她去，可是今日卻有些不同。桂甯審視著她，走到櫃檯前。

席雲芝像是才看見他似的，說：「桂總管來得可夠勤的。」

桂甯地痞一般地晃了晃身子，這才說道：「怎的，大小姐不願意見我過來？」

席雲芝見他出言挑釁，卻也不怒，深吸一口氣後，便將雙手撐在櫃檯之後，如釋重負地說道：「我就算想再見到桂總管，怕是也見不到了。這店，我已經賣給旁人了。」

桂甯聽他這般說，不禁一哂。「賣給誰了？盧家那位公子？」

見席雲芝臉色一變，桂甯更加得意。「大小姐真是不地道，有好事兒怎麼不想想咱們這自家人呢？」他邊說著話，邊從袖口中掏出了一疊銀票，在掌心拍了拍。「不管妳賣給誰了，都得要回來。五奶奶說了，大小姐難得做回生意，她得捧場不是？」
席雲芝看著捲起的銀票，不以為然。「桂總管可知那位公子出價多少嗎？」
桂甯哼哼兩聲。「不就是二千兩嗎？我這裡可是萬金銀號剛開出來的三千兩銀票，大小姐，賣是不賣啊？」
見席雲芝還是滿臉的不信，桂甯便將銀票一張張攤在櫃檯上頭，每張都是五百兩的大票，一共六張。席雲芝心中暗喜，但面上卻沒表現出來，淡然地伸手去將那六張銀票收入手中，爽快答道：「張延，筆墨伺候，我要與桂總管寫條款簽字畫押。」
席雲芝將條款字據一氣呵成，彷彿早已練習過千遍，上頭將店鋪地址、店主姓名、何人購買、購買金額等一應寫入條款，在末尾處按上指印，叫趙逸將之遞到桂甯面前，桂甯上下看了兩眼，也蓋上了指印，合同便算是簽成了。
席雲芝將三千兩銀票收入襟中後，便將準備好的店鋪的地契交到了桂甯手中，無比親切地說道：「桂總管，這家店出名的便是烤雞，我讓師傅將烤雞的秘方送給你。」
桂甯將地契傳給身後一個師爺打扮的人收好後，自己則站起來，負手在店裡轉起了圈。
席雲芝心中升起警戒，對韓峰他們遞去一道眼神，叫他們小心留意狀況。
只聽桂甯得意地說道：「既然店已經買下，那我也就走了。」
席雲芝不著痕跡地向後退了一小步，對桂甯比了個「請」的手勢，謙和地說道：「桂總管慢走，我今日便會將東西收拾了，明日全都搬遷結束。」

桂甯一步步來到席雲芝面前，韓峰他們怕桂甯對席雲芝不利，蠢蠢欲動，卻被席雲芝在背後做了個「等等」的手勢阻住。

只聽桂甯又道：「收拾就不用了，這店裡所有的東西就照原樣擺著，我下午會從辛香樓調來一個廚子。不就是烤雞嗎？從前不知道，原來賣雞也能日進百兩，大小姐三千兩賣了這店，說不得以後會後悔的。」

日進百兩？席雲芝知道他定是看了翠丫偷回去的假帳本才會這麼說，但面上卻聲色不露，故意冷笑了下，問道：「桂總管怎知我店裡帳目？」

桂甯高深莫測地笑了笑，搖頭晃腦，得意得不行。「行了，我自有我知道的方法，倒是大小姐妳……交出來吧！」說著，便對席雲芝伸出了一隻手。

席雲芝不解。「桂總管這是何意？」

桂甯輕咳了兩聲，好整以暇地整了整自己的褂子，露出原本的地痞模樣。「不懂啊？好，那我就明說了。大小姐不會真的以為，自己能得了這錢吧？三千兩這個數，夠尋常百姓家吃上一輩子了，大小姐覺得自己憑什麼得？」

席雲芝斂下了笑容。「就憑那一紙合約。」

桂甯大笑。「一紙合約？哈哈哈，對，合約是簽了，我錢也付了啊，不過是大小姐妳保管不當，被惡人搶了去，這難道也能怪我、怪席家？」

說著，桂甯便揮了揮手，只見他身後的十幾個大漢一擁而上，一個個舉著拳頭就對席雲芝揮過來。

席雲芝只覺得面前一陣黑暗，頓時嚇得花容失色，以為那些拳頭終將落在她的身上，準備閉眼承受了，可預期的痛並未發生。她僵立原地，偷偷將雙眼睜開一條縫，只見韓峰和趙逸擋在她身前，出手如電，將準備圍攻她的大漢們打得落花流水，抱頭鼠竄。

桂甯捂著被掃到的臉頰，一顫一顫地指著韓峰和趙逸，厲聲道：「你、你們是誰？敢管老子的閒事，信不信老子叫人活劈了你們！」

韓峰冷哼一聲。「哼，你對我們家夫人動手，還問我們是誰？活劈是嗎？來呀，爺兒們等著！」

趙逸意猶未盡地轉動拳頭。「等什麼呀？看小爺我先徒手劈了他們！」說著便要衝上去。

桂甯一群人狼狽地轉身就跑，邊跑，嘴裡還邊罵罵咧咧，說什麼要回來報仇之類的。

席雲芝追出了店外，大聲叫道：「桂總管，那就這麼說定了！我們明日搬遷。」

桂甯頭也不回，撒丫子便跑得無影無蹤，也不知他聽見沒聽見。

席雲芝笑著轉過身，看見韓峰和趙逸臉上都露出不可思議的神情。

趙逸咋呼。「夫人，妳什麼時候把這店給賣出去了？還賣了……三千兩！這、這也太厲害了吧！」

席雲芝但笑不語，將銀票從襟中掏了出來，走入大堂叫道：「張延，他們走了，出來吧！」

對某人的膽色，席雲芝多少還是知道的，遇事就別指望他敢衝上去，第一時間就會像老鼠一般躲起來。

果然，經由席雲芝一叫，張延便從後廚房走了出來，還一副正在裡面揮汗如雨幹活被打擾的不爽樣。

「幹什麼？妳不是說不賣店的嗎？這才說了幾天啊？」

他當然心情不好，正如席雲芝所說，這家店開著，他每天多少不等還有錢進帳，要是不開了，他還有個毛球呀！

席雲芝勾著笑，從一疊銀票中抽出一張遞到他面前，說道：「這是五百兩，算是遣散費，夠不夠？」

張延又驚又喜，恨不得把頭點得像搗蒜。「夠、夠，太夠了！掌櫃的，妳太仁義了，我張延總算沒看走眼！哈哈哈哈！」

層出不窮的誇獎讓席雲芝哭笑不得，張延這人不去天橋說書，還真對不起他那滔滔不絕的口才。

席雲芝不再理會張延的謝天、謝地、謝祖宗，去了後廚。既然錢已經到手，店也賣了出去，她是不能再多逗留了。看了看廚房裡的用具，也沒什麼好帶回去的，上回老劉送她的一罈醬汁她也不打算帶走了，便送給張延，隨他以後是自己煮了吃，還是去外頭開店用。

張延又是一陣喜極而泣，抱著席雲芝的大腿，怎麼拉都不肯鬆手。

飯莊開了兩個多月，裡面凝聚了她不少心血，真的要走了，多少還是有些不捨得。

趙逸一個借力，從一旁的牆壁上飛身而上，將那塊黑底紅字的匾額取了下來。

「夫人，席家肯定不會要這塊匾額的，咱們帶回去，留個紀念也好啊，是不是？」

席雲芝笑了笑，便由著他了。

一行三人，一塊匾，迎著晚霞走向了回家的路。

晚上吃飯的時候，席雲芝便將賣掉鋪子的事對大夥兒說了一遍，堰伯對她的手腕佩服得不得了，步承宗也對她讚賞有加。

吃完了晚飯，席雲芝攙著步覃去了步承宗的後院，他正和堰伯下棋。

見他們過來，堰伯便主動給步覃讓了位。「少爺，還是你來吧，老爺非讓我跟他下棋，可我的棋藝實在太臭了。」

席雲芝和堰伯合力將步覃扶著坐到了步承宗對面，步覃將雙枴交給席雲芝擺在一旁，自己則捏著一顆黑子縱觀全局。

步承宗佯裝糊塗，半瞇著雙眼，說道：「恢復得怎麼樣了？」

步覃在白山黑水間落下一子，淡然地說道：「快了吧。」

步承宗應對自如，不緊不慢地在邊角下了一子，又漫不經心地說道：「我說的是心緒。」

步覃瞥了一眼步承宗的棋子，碰巧席雲芝過來奉茶，正要彎腰走去步承宗那一邊，就被步覃截住了，他將她手中的茶杯接過，直接放到步承宗面前，然後指著自己身邊的空處，讓她坐下歇歇。

席雲芝不好意思地低下頭，說自己不累，便想過去侍奉步承宗，卻被步覃按著不讓她起來。

步承宗看得好笑，故意拖長了語調說道：「我當初就說雲芝是個好姑娘，如今看來，果真不假。這男人啊……總是繞不開三尺紅綢，當初何必較勁呢？」

見步覃鼻眼觀心不說話，步承宗繞過他，探頭看了一眼席雲芝，為老不尊地對她眨眨眼。「妳說是不是，孫媳婦？」

席雲芝噙著笑，看了一眼強裝鎮定的步覃，這才點了點頭，算是答了步承宗的話。

「我要是你，就好好看看這盤棋該怎麼救？我的大軍已兵臨城下，你卻仍夜夜笙歌，這可是要亡國的前奏啊，爺爺。」步覃冷著面孔，一派老成地對步承宗說道。

誰料步承宗只是垂目看了一眼棋局，便隨手落下一子，輕而易舉地殺出一條血路。

「嘴巴還是那麼毒，看來是好得差不多了。就孫猴子的這點把戲，能逃過如來佛祖的手掌心嗎？我這便殺出血路，封了你的援軍，看你如何應對。」步承宗不甘示弱，薑畢竟還是老的辣，轉手幾回又將步覃攻了回去。

「封了援軍，我便轉戰，又有何難？」

一老一少，白山黑水間無聲地廝殺著，落子皆有一種大丈夫雷厲風行的霸道。席雲芝雖然也懂下棋，但卻都是女人家的彎彎路子，不比他們直面迎敵，兵法萬千。

步承宗已經好久沒有下棋下得這般痛快了，一直拖著步覃他們不讓走，最後還是席雲芝忍不住掩唇打了個哈欠，步覃才速速解決最後一局，不顧步承宗跳著腳挽留，將席雲芝帶了回去。

他們走後，步承宗有些酸溜溜地說道：「去！開始說不要娶妻的是他，如今寵的人也是他！幸好孫媳婦是個好的。」

堰伯正在給他鋪床，聽了他的話，不禁說道：「幸好少夫人是個好的，不然就她這翻手雲、覆手雨的手段，倒真叫人害怕了。」

步承宗卻不以為意，吹鬍子瞪眼地維護道：「怕什麼？咱們步家從前就是沒有一個厲害的當家主母，才會被那幫小人陷害了！若是春蘭和秀琴有孫媳婦一半的手段，咱們都不至於落得如此境地。」

春蘭是老夫人的閨名，秀琴則是夫人的，提起那兩個溫婉軟弱的主母，堰伯便是一陣唏噓。

「老爺，只要少爺能恢復過來，咱們步家不是沒有捲土重來的機會。少爺在軍中的威望，不是我堰伯吹噓，咱們蕭國境內，無人能及！」

「唉……洗洗睡吧。」

步承宗心中頗矛盾，既想著讓步家重返權力之巔，又不願再回到那詭譎、吃人的圍城內。其實像如今的生活方式也挺好，他知道，自己已經老了，打了一輩子仗，此時才明白，人求的，不過就是那一世安寧。

席雲芝不用去店裡之後，每天有更多的時間陪在步覃身邊，從打水幫他擦拭、換衣梳洗，再到扶著他滿院子轉悠，事無巨細，都安排得妥妥貼貼的。

兩人感情迅速升溫，幾乎走到哪裡都能看到他們夫妻相隨的畫面，郎情妾意、形影不離，膩膩歪歪的勁頭讓趙逸他們都有些受不了，一個個躲在背後偷笑。

席雲芝被他們笑得有些不好意思，生怕旁人說道她不矜持，有時候便會刻意與步覃稍稍拉開幾步，但很快地步覃就會跟上來拉住她，絲毫不介意旁人的眼光。

這日午後，趙逸和韓峰被步老爺子叫去了後院，席雲芝在豔陽高照的前院裡幫步覃洗頭，她先用梳子沾濕了水替他通髮，步覃靠坐在椅子上，瞇起雙眼，全身放鬆，夫妻二人久久沒有說話，席雲芝還以為夫君就這樣睡著了，卻不料他又忽然開口道——

「聽說爺爺將鴛鴦珮給妳了？」

席雲芝聽到他說話，手中的動作頓了頓，這才點頭答道：「嗯，給了。」

「什麼時候給的？」步覃依舊閉著雙眼，語氣平淡，聽不出喜怒。

席雲芝有些緊張，因為她不確定夫君這麼問是什麼意思，心下忐忑地答道：「成親第二日。」

步覃沈默了片刻，然後才睜開雙眼轉頭看著她，墨玉般的眸子裡閃著灼灼寒光。「那為何不戴？還在惱我嗎？」

席雲芝鬆了口氣，溫柔地搖了搖頭，白皙的肌膚在陽光下彷彿透著光，開口說道：「我是想等夫君真心接受我之後再戴的，畢竟那是鴛鴦珮，若只有我一人佩戴，豈不是遭人笑話？」

步覃看著她的眸子微微斂起，轉過頭，繼續靠在椅子上閉目養神。「明日都戴上吧。」

席雲芝歡快地點點頭。「是，夫君。」

午後的時間流逝得飛快，席雲芝發現夫君很喜歡她給他梳頭，那閉著眼睛享受的模樣，就像從前四嬸娘養的一隻通體雪白、血統高貴的獅子貓，明明高傲得不得了，卻在被人順毛摸的時候會不由自主地發出喵喵聲。

想到這裡，席雲芝不禁噗哧一聲笑了出來，步覃立刻「嗯？」了一聲，席雲芝猶豫了片刻，便決定大著膽子告訴他，她此刻的想法。「我覺得，夫君像一隻貓，高貴又慵懶。」

「……」步覃睜開雙眼，轉頭看了看那個笑靨如花的女人，她明亮的笑顏那樣清澈地顯現出來……算了，看在她笑得這麼美的分上，就不與她計較了，只伸手繞過椅背，在那個他在被中撫過無數次的翹臀上捏了兩下，嚇得席雲芝左顧右盼，驚叫出了聲，他這才滿意地勾了勾唇角。

席雲芝捂著雙臀，面上飛過兩抹彩霞。幸好沒人看見，不然她真是要被笑死了！見夫君唇角帶笑，席雲芝當然知道自己被戲耍了，只得在他肩頭象徵性地敲了兩下，卻又被步覃乘機抓著她濕漉漉的手不放。

夫妻二人無聲地嬉鬧了一陣。

夜深露重，席雲芝在床上給步覃按腿，總覺得夫君最近腿上多了些氣力，她喜在心頭，抬頭看了一眼正在看書的步覃，試探著開口說道：「夫君，有件事想跟你商量一下。」

步覃的目光落在書頁上，沒有抬頭，只是「嗯」了一下，席雲芝知道他在聽，便停下按腿的動作，坐直了身體說道：「曆山腳下空地至少有千頃，就這麼空著，倒是可惜了。」

席雲芝說完，坐在那裡等待步覃的回答。

可步覃看書入了神，半天才做出反應，只見他放下書冊，看了席雲芝一眼，便用書冊指了指腿，卻是叫席雲芝繼續按，不要停。

席雲芝趕忙繼續按壓，以為夫君不願與她討論這個話題，就沒再說話，卻不料過了一會兒，又聽步覃開口問。

「怎麼不說了？空地千頃又如何？」

席雲芝看了看他，這才說道：「空著也是空著，若是能開墾出一片良田，那咱們豈不是可以自給自足？餘糧拿去買賣，也是一項收入啊！」

又是一陣靜謐，步覃過了好一會兒才說道：「嗯，那妳看著辦吧，找些務農熟練的百姓，先規劃規劃吧。」

席雲芝欣喜地看著步覃。「夫君，你同意了？」

步覃沒有出聲，只是頭在書冊後點了點。

席雲芝開心地在步覃腿上越敲越賣力，又是捏，又是揉的。

沒一會兒，步覃便默默地將書冊合上，放到枕邊，然後抓住席雲芝的手，以沙啞的聲音說道：「夜深了，睡吧。」

說著，他用力將席雲芝拉到了身邊，翻身覆在身下，不顧席雲芝的矜持，在她身上熟練地操作起來，各個關口如履平地，操作技術爐火純青，進軍速度已臻化境。

又是一夜嬌喘連連……

席雲芝做事不喜歡拖沓，既然已經得到夫君首肯，她便放手去做了。

曆山附近便有個村子，村裡的人大多以務農為生，看天吃飯，家家戶戶雖有餘糧，但卻不算富庶，席雲芝親自去村裡找了村長，勞他吆喝一嗓子，說是有夫人請他們幹活兒。

倒是出來幾家漢子，席雲芝在他們當中挑了四、五個好手，先讓他們去看看地方，合計一下需要哪些步驟，這些步驟又需要多少人來完成。

農戶中有一老者，村民們都叫他做福伯，無妻無子、孤寡一人，雖然年紀大了，體力跟不上年輕人，但卻是村裡公認的長老，哪家地裡有不懂的地方，只要去問福伯，第二天基本上就能找出原因。

席雲芝雖然自己也種過一些小菜，但對於這種大型農業活動還不算瞭解，便就將一切都交給以福伯為首的幾名村民去規劃。村民淳樸，雖然席雲芝還未承諾規劃好之後，會僱傭他們，但他們做起事來還是相當負責。

兩天之後，福伯便帶著結果來找席雲芝彙報了。

照他們所言，若要將步家周圍的千頃荒地都開墾出來，沒有個幾百人是不行的。如今市面上的工價是一日五文錢，若是以三百人為例，一日就需十五兩銀子支出，這樣開墾半個月才能出個大概的渠道。這還不算之後的灌溉和栽苗所花的成本。

席雲芝粗略算了算，手中的銀錢倒是夠了，只是這樣一來，手頭又不寬裕了，而且，收成好壞還不知道，賣不賣得出也是未知，如此盲目投入，風險似乎太大了些。

晚上與夫君把帳算了算後，這一想法便暫且作罷了。

轉眼便是四月初，步覃的腿終於到了能夠拆除繃布的時候。席雲芝在豔陽高照的院子裡給他搬了一張躺椅，讓他的腿架在自己腿上，用剪子小心翼翼地給他拆著繃布。夫君的腳露了出來，腳踝處有一圈傷痕，像是之前被挑斷腳筋那道傷痕的延伸。

步覃緩緩將腿收回，踩在地上就要站起來，席雲芝趕忙湊上前去相扶，卻被步覃抬手制止，席雲芝不放心地放下了手，警戒地跟在他身邊，以防他突然跌倒。

走了兩步，步覃停下來轉動了下腳踝，便又接著走。

一旁的趙逸和韓峰雙眉緊蹙，緊盯著步覃。

席雲芝看著他走路的模樣，夫君走路的時候，右腳不再一踮一踮了，步履雖然緩慢，卻十分平穩。

步覃的腿傷果真在閻大師的妙手回春之下，奇跡般地痊癒了！

當晚，步承宗高興極了，硬是不顧堰伯和席雲芝的阻止，喝了足足一罈子的燒刀子，最後趴在桌上，不省人事。

步覃本人倒沒有他爺爺那般高興，像是早已知道這個結果，淡定得好像恢復的是別人的腳，與他無關一般，照常吃了飯，去書房寫一會兒字，再與席雲芝一同坐在床上看書。

然後，毫無意外地，看著看著，就睡到了一起……

事後，席雲芝靠在步覃袒露的胸膛之上，聽著他強健有力的心跳，安心地閉目養神。

步覃輕撫著她如玉般潤滑的背脊，愛不釋手，根本停不下來，知她未曾睡著，便開口說道：「過些天我要出去一趟。」

席雲芝睜開雙眼，從他胸膛上掙扎著起身，水汪汪的大眼睛看著步覃。

如今的她比剛成親時要豐潤一些，看著沒那麼瘦弱了，臉色紅潤，瞪得老大的雙眼看起來也就沒那麼大得可怕，反而多了幾分玲瓏可愛的感覺，步覃不禁又將手撫上了她的臉頰，輕輕揉捏起來。

「夫君要去哪裡？去多久？」

見她一副「你走了，不會不回來了吧？」的緊張神情，步覃不禁笑了，將她的後腦往下壓了壓，雙唇相接好一會兒，席雲芝嬌喘得快不行的時候他才肯放鬆手臂，又以指腹在她有些發腫的雙唇上輕撫了撫，這才說道：「去一趟南寧，最遲下個月就能回來。」

得到了確切的時間和地點，席雲芝這才好受了些，但卻還是止不住有些悶悶不樂。

步覃靜靜地摟著她，偶爾在她耳郭親上兩下，好不容易才將她哄騙著睡了過去。

看著她清麗的睡顏，他只覺得全天下再也沒有比這張臉更加生動好看的了。

從前聽旁人說，丈夫出遠門會憂心妻子在家不安分，雖然明知道她絕對不會，但那個畫面步覃只是想像就覺得心慌不已，看來他真是病了，還病入膏肓，無藥可救了。

越想越心煩，步覃無奈地轉頭看著睡得一臉香甜的席雲芝……如果她手頭有事做的話，他是不是就沒那麼擔心了呢？

曆山的東南角，有一處營地，營地駐紮五百士兵，為半山腰的陵寢鎮守之用。

因為沒有將領，故這五百士兵從追隨前揚威將軍步覃來到洛陽之後，便是一盤散沙。

走入營地，不覺整齊肅靜，反而髒亂不堪、人聲嘈雜。趙逸和韓峰從步入營地的那一刻開始就知道，今天有好戲看了。對視一眼後，便從腰間拿出一支集合號角，吹了起來。

營地中先是一陣寂靜，然後又是一陣比先前還要嘈雜的聲響，過了好一會兒，才陸續有士兵從營帳裡跑出來站隊。

出來一個人，韓峰便在紙上記錄一個，趙逸則在一旁繼續吹號，指揮站立地點就這樣零零散散、斷斷續續，足足用了一盞茶的時間，才歪歪斜斜地站了十幾隊，每隊也都十幾個人的樣子。又吹了一會兒，見營帳內不再走出人來，趙逸才將號角歇了。

韓峰將紙放下，走到那些士兵面前，大吼一聲。「報數！」

士兵們當然知道趙逸和韓峰是誰，全都面面相覷一會兒後，站在第一個的士兵才用輕若蚊蚋的聲音喊了一句。「一。」

其後陸續有數報出，報完之後，一個五百人的營地，現在竟然只剩三百八十二人，韓峰心叫不好。

趙逸搬了張太師椅過來後，步覃這才負手走入，面無表情地在這些士兵面前坐下。

「剩下的人去哪兒了？」韓峰從前也是三品參將，生就一副鐵面，板著臉呼喝的模樣，確實有些震懾人。

「回、回大人，都……都在城裡。」為首的一個士兵顫抖著聲音答道。

韓峰冷眉以對。「將領何在？」

現場又是一陣死寂，過了好一會兒，還是那個士兵顫顫巍巍地回答：「昨日知州府辦喜事，咱們營的七個頭全都帶著親信分子賀喜去了，可能喝高了，才到現在還未回來。」

正說著話，只聽營地外頭傳來一陣吆五喝六的哄鬧聲。為首的叫王沖，他是營地的長官，此刻卻像個鬧事的流氓般大聲喧鬧著。

一行人打打鬧鬧地走進了營地，一個個還在回味知州府的酒有多醇、菜有多好、婢女有多漂亮……卻發現整個營地的氣氛都不對了。

王沖眯起醉醺醺的眼睛，定睛看了看，這才像洩了氣的球般，腿軟了。

「步、步將軍……」

步覃冷著面看了他一眼，王沖便承受不住地跪了下來。步覃冷冷地對韓峰問道：「前一百個出來的都記下了？」

「記下了，都站在前七排。」韓峰立刻將手中的紙遞了上去，步覃卻揮手不看，韓峰知道他的意思，便直接下令道：「前一百個出來的，步將軍便赦了你們軍容不整之罪。後面出來的全都趴下，每人三十軍棍，若有不服，站出來！」

韓峰的威信猶在，早已失了熱血的頹兵自然不敢站出來挑戰，一個個你看我、我看你。站在前七排的一百個士兵心中竊喜，當即便行動，拿好了棍子，等候命令。

韓峰一揮手，整個營地中便是遍地哀嚎，求饒聲不斷。

步覃充耳不聞，手裡端著一杯趙逸剛剛奉上的茶，悠閒地喝著。

三十軍棍，不一會兒就打好了。這刑罰說重，卻不致命；說不重，對於一些窮於操練的士兵來說，卻也能叫他們十天、八天起不來身。

跟著王沖出去夜不歸宿的那幫人全都被嚇傻了，他們怎麼也沒想到不過出去喝了一頓喜酒，營地就發生了劇變，之前明明像是廢了的一個人，怎會突然醒悟過來，發瘋似地跑來整治他們？

「爺，軍棍打好了。那幫人……又該如何處置？」

見韓峰問起他們，王沖等人背脊一僵，直到聽到步覃說的話之後，才徹底萎了下來。

「吊曬五日。」

韓峰立即領命。「是！末將這便立起最高的架來吊起他們！」

「……」王沖嚇得就連求饒的氣力都沒有了。他從前在步覃手下當過兵，知道這位說一不二的脾氣，縱然步覃此時已不像從前那般手握重權，但餘威猶在，令他根本不敢反抗。

但人群中，也有第一次見識步覃手段的士兵。他們知道吊曬是軍中刑罰中最為殘酷的，便是將犯錯之人吊在高高的竹竿上，不給吃喝，對著太陽曬足五日，五日之後有沒有命下來，全看造化。

他們並不覺得自己犯的錯嚴重到需要付出生命的代價，當即反彈。

其中一個身材魁梧的人走了出來，指著看似羸弱的步覃說道：「你一個敗軍之將，憑什麼要我們的命？誰給你的權力？」這人知道步覃從前的威風，但也知道他如今只是個打了敗仗、斷了腿、又被趕出京城的廢人，因此話語間便越發地有恃無恐，斷定步覃奈他不得。

隨著他的話，人群中也多了幾聲應和，到後來加入的人就多了，連之前被打了軍棍的人，也開始說出一些逆反的話來。

韓峰和趙逸對視兩眼後，雙雙退到步覃後頭。

「有誰不服的，儘管站出來。我倒要看看，我這個敗軍之將，有沒有這個權力！」

半盞茶之後，步覃帶著韓峰和趙逸走出了營地。

在營地的正南方高高豎起了數十幾根手臂粗的竹竿，每根竹竿上都掛著一張鼻青臉腫、連爹媽都認不出的豬頭臉，像風鈴一般，在風中晃蕩……

第五章

十天之後，步覃帶著韓峰和趙逸離開了家，往南寧出發。

他們出發之後，席雲芝還來不及想念，家中就陸續有人過來敲門，都是守陵處的士兵，說是營中閒來無事，便下山來看看夫人這裡有什麼事讓他們做的。

席雲芝見他們說話的時候，臉色多少都帶著一些尷尬，她不明緣由，卻也不好明著多問，便讓堰伯去買了好些酒肉回來，好好招待了他們一頓飯，將之打發回了營地。

原以為事情就這樣了，沒想到第二天竟然來了比昨天多一倍的人，也是一口一個求夫人安排他們做事，順便再賞他們口飯吃的話。

席雲芝心中有些納悶，又是好酒好肉地招待了一番，趁他們吃飯的時候，她喊了一個人到旁邊問了問。

「夫人，我叫王韜，是將軍臨行前特意——呃……囑咐我們來的。」

是夫君囑咐的？席雲芝仍舊不解。

只見另一個士兵塞著滿口的肉，湊過來對席雲芝說道：「夫人，您有什麼事兒，就指使我們做好了，您待我們這般好，我們願意替您做事！」

那人說話的聲音有些大，卻贏得了院中三桌人的共鳴，一個個都對席雲芝七嘴八舌地說

了起來──

「是啊！夫人，您待我們真好，我們已經好久好久都沒吃過肉了！」

「夫人，讓我們做事吧，這樣我們就天天都有飽飯吃了！」

「……」

看著他們積極的樣子，席雲芝兀自納悶。「可是，我這裡沒什麼事讓你們做──呃，等等。」席雲芝像是突然想到了什麼，看著王韜問道：「你們一共有多少人？就你們幾個嗎？」

王韜咬了一大口肉，胡亂搖頭。「不止，我們營有五百人呢！不過現在能做事的，也就我們百來個人，再過幾天，人還會多一點。」

席雲芝咬著下唇蹙眉。「你們……都來替我做事？無論做什麼嗎？」

王韜正忙著吃，另一個士兵就搶過了話頭。「是啊！夫人，只要天天有肉吃，就是讓我去掏茅坑我都願意！」

那人的話，引起了滿堂哄笑，席雲芝也不禁笑了出來。看著他們的模樣，席雲芝終於明白，這是夫君在幫她找人幹活兒呢！想得這般周到，讓她心中沒來由甜蜜了一陣。

席雲芝不知道她家夫君內心真正的想法，只知道這是個機會，有了這些士兵的幫忙，她的確可以省下一筆不小的工費，用在其他地方。倒不是她小氣、捨不得銀子，只是這項工程太過浩大，她手中的資金也很有限，不得不一個銅板掰開做兩個花才行。

當日下午，席雲芝便叫堰伯去請來了窯村的福伯和幾個能手，計算好了要用的工具，讓堰伯帶著幾個士兵上街去買了回來，然後又安排了人手，便正式開工了。

如今是四月初，福伯說，若是動作麻利些，還能趕上種一趟稻子。席雲芝對農活兒只是一知半解，便不去插手，交由福伯和堰伯兩位老人家全權管理，她則在院子裡架了柴火，帶著幾個伙頭兵給幹活的人做飯吃，保證他們餐餐有酒、頓頓有肉，米飯麵饃管飽。

這樣過了大概十多天，開墾的隊伍已經從開始的百十來人壯大到了如今的三百多人，步家周圍的田地也已經挖出了一道道的渠痕，放眼望去，光禿禿的有些荒涼，但若是這麼大的地能全長出糧食，那看上去定會是別樣風景。

席雲芝除了每日給他們提供酒肉吃食之外，還讓他們自行選擇隊友，列分了十個小隊，每天都會有一個幹得又快又好的小隊獲得一份額外的獎勵，有可能是幾罈酒、有可能是幾錢銀，東西不多，但卻能激發出每一小隊的競爭力來，時間久了，這些士兵所求的就不再是東西了，而是求一個獲勝的榮譽，因為他們確實已經很久都沒有體驗過被人人稱讚與認可的感覺了。

士兵們的幹勁很大，但，也有例外的。

這日大家吃過了午飯，席雲芝正在收拾，卻見王韜從田裡衝出來，在門外拉住了一個剛吃飽飯就要走的士兵，兩人爭執了好久，王韜還是沒能拉住那人，看著那人離開的背影，王韜有些憤怒，一拳便打在路邊的樹幹上。

席雲芝將手在圍裙上擦了擦，走過去問道：「發生什麼事了？」

王韜見是她，便趕緊收斂了情緒，來到她跟前，像是做錯事的孩子般說道：「夫人，我們隊有人不幹了……」

王韜是她所劃分出的一個小隊長，工作盡職盡責，已經得了好幾回的優勝。席雲芝看了他們剛剛的動作，也早已猜到是這個情況，就安慰他道：「算了，也許他做累了，走就走吧。」

王韜的情緒又一次高漲。「不是的！夫人，妳不知道，他是見王沖他們轉投了知州老爺後都當上了小吏，他心動了，也想去討個小官兒做做。這種人在軍營中就是叛變，就該讓將軍也把他吊曬幾日才行！」

席雲芝聽了之後，倒沒有王韜那麼激動，頂多就是覺得可惜。「算了，他們要去知州府，那便去好了，人往高處走，沒什麼不對的。回去幹活兒吧。」

王韜點點頭，罵罵咧咧地回到了田裡。

席雲芝想起先前他話中提到的「王沖」，正是營地的一個小長官，之前一次見他，他就對知州府讚不絕口，這回倒戈她也沒感到太意外。

福伯和堰伯簡直像是失散多年的兄弟，配合默契度相當之高，福伯管技術和人員，堰伯管採購和分配，兩人互相搭配，田地很快就開墾出來了，接著便是開渠拋苗。

席雲芝每天變著方地給做工的人們做吃的，米麵消耗極快，但就是多花些錢，她也不會在吃食上剋扣大夥兒。福伯村裡的熱心大嬸們有空的時候也會來幫忙，她就能輕鬆一些。

時間過得飛快，眼看大半個月就過去了，席雲芝下午無事便坐在田岸上一邊給夫君納鞋底，一邊盯著路口，目光中透著無限的期盼。

從前見詩詞中說婦人盼郎歸的心情，當時只覺得那些婦人無病呻吟，郎君在與不在，不都是那樣生活嗎？可如今真落在她的身上，才知道那種深入骨髓、纏綿悱惻的思念是多麼令人心焦。

正穿好了一根線，突然，耳中聽到一陣車軲轆轉動的聲音，席雲芝心中一喜，以為是自己心心念念的郎君聽到了她內心的呼喚，提前回來了，趕忙抬頭看向路口，可是，郎君她沒看到，倒是看見了一輛又小又舊的馬車。

馬車看著是市面上最小的那種樣式，通常一、兩個人出行的時候會用這樣的車代步。這輛馬車的軲轆有些歪，轉動起來馬車上下顛簸得很明顯，車身圍著藍布，車頂是那種洗得泛白的紅絨布，材料極其破舊。一個瘦骨嶙峋的車伕趕著一匹同樣瘦削的馬，吃力地拉著車往前走。

這是誰家的馬車？怎會走到這裡來？

席雲芝轉頭看了看四周，橫豎這曆山腳下也就只有她步家一戶人家，難不成這馬車便是來找她家的？

思索著站起了身，將針線鞋底收入了圓鉢，馬車也正好駛到她家門前。

趕車的瘦弱車伕用帶著口音的話對她問道：「借問，主人家是不是姓步？」

席雲芝迎了上去，點頭道：「是姓步。不知尊駕何人？」

那人搖了搖枯瘦的手。「俺不是尊駕，別問俺，俺就送這些人過來。謝謝啊，五兩銀子。」

席雲芝不解地看著他，正疑惑納悶時，卻聽見馬車裡傳來一陣嘈雜的聲音，像是一群女人在七嘴八舌地說話，你一言、我一語，毫不相讓，那聲音就像是搶食的鴨群，嘎嘎嘎嘎的，吵個不停。

在席雲芝探詢的目光中，車簾子終於被掀了開來，出來的不是人頭，卻是一副碩大的屁股，一副包裹著錦衣華服的……屁股。

「唉唷，可擠死夫人我啦！這一路顛得我，都快把前兒的晚飯給吐出來了！」

「擠擠擠，妳還不快給我出去！」

「是呀，出去、出去！」

「嘿，擠什麼呀？我的包袱！包袱裡可是有太后賞賜的寶貝，給我擠壞了，妳們擔當得起嗎？」

「什麼寶貝？誰包袱裡沒幾樣寶貝？在車裡也沒見妳讓著它們坐呀！」

席雲芝頭皮發麻，根本搞不清楚車廂裡有多少人，直到那大屁股的女人終於從車裡找到了她的包袱，這才掀了簾子轉過身來，因為掀簾子的動作太大，不堪一力的車簾，就那麼「嗤啦」被拉了下來。

車廂裡的情景，是席雲芝這輩子看到的最熱鬧的一次。狹窄的車廂裡，前前後後、左左右右、上上下下全都擠滿了人，一個個憋得面紅耳赤，擠得髮髻凌亂、狼狽不堪。

那個穿著華服的胖女人跳下了車，嘴上的胭脂早已化在嘴角，濃妝豔抹的她，臉上五顏六色的，此刻看起來倒像是戲臺上的丑角兒，滑稽得不得了。

在她之後，車裡的人們陸續走下，一個個全都是一副遭受災難的模樣，足足下來了九個人。就在席雲芝納悶她們是怎麼擠進那樣小的一輛馬車的時候，只見她們在席雲芝面前一字排開，由開始的那個胖女人帶頭，清了清嗓子，便在門口異口同聲地喊道——

「老太爺，姪媳婦（外甥媳婦）（姪女）（外甥女）（姪孫女）前來投靠，還望老太爺收留！」

如此凌亂中帶著整齊、整齊裡透著凌亂的呼喊，徹底震懾了席雲芝從容淡定的心。

步承宗端著一杯茶，維持雙手捧杯的姿勢已經有一炷香的時間了，若不是他的神情有些呆滯，還真有一種亂軍中鎮定自若的大氣。

他的周圍是一團亂麻，九個女人轉完了廳裡轉院裡，恨不得連主臥和後院都去參觀一番才肯甘休。

席雲芝又去沏了一壺茶，幾個沒喝到茶的女人便又一窩蜂地湧了進來。之前第一個下車的胖女人倒比較矜持，將茶杯置於鼻端，看起來一隻手像是摟著自己的腰……其實就是把一隻手肘搭在肚子上，只見她端著茶卻不喝茶，而是將席雲芝上上下下全都掃了個遍，這才開了口。

「妳就是我大姪兒的媳婦？」

席雲芝看了一眼步承宗，卻發現他依舊神遊太虛，指望不了他給她介紹，只好端著笑容朝對方福了個身子，答道：「是。」

胖女人點點頭。

周圍的女人聽見她們在說話，竟然也全都放棄了對庭院的挑剔和批判，一窩蜂地湧了過來，指著席雲芝嘖嘖稱奇地道——

「什麼？她就是覃兒（表弟）的媳婦啊？看著也不怎麼樣嘛！」

「對呀，長相平平、身材平平、屁股也平平！」

「就是就是！妳看她這身衣服，粗布青衫，這料子連月影閣的下腳料都比不上吧？」

「哎喲，妳看她頭上這簪子，早十幾年前，京裡就不戴了吧？」

「……」

七嘴八舌，吵得席雲芝頭疼。很顯然，這些女人把對屋子庭院的挑剔精神都發揮到了她的身上。因為不清楚這些人的身分，聽著像是跟步家沾著親，她不好說什麼，畢竟來者是客，她們說的也大多是事實，倒沒聽出多少惡意來，席雲芝便任由她們指著評頭論足了。

哄鬧的聲音拉回了步承宗的思緒，只見他重重把杯子往桌上一放。「都給我住嘴！」

許是經年餘威尚在，步承宗一聲怒吼之後，整個廳中便靜了下來，一幫女人全都像隻鵪鶉般，低下了頭攪動手帕。

步承宗橫著眉頭，站了起來指著她們說道：「妳們不好好待在京城，跑來這裡湊什麼熱鬧？」

眾女妳看我、我看妳，最後不知道是誰在那個胖女人身後推了一把，她才趕鴨子上架，對上了盛怒中的步承宗，期期艾艾地說道：「老太爺息怒，我們……要是能待在京城，幹麼還來這鳥不拉屎的地方啊？就是待不下去了嘛！」

步承宗冷眼一掃，女人們全都心虛地低下了頭。

只聽胖女人繼續說道：「我們從前都是依傍步家過活的，如今步家垮了，要我們這些女人怎麼生活啊？」

「是啊，大舅舅，我們的男人都為步家戰死了，我們都沒了依傍，不來投靠您的話，去投靠誰呀？」這回說話的是個極瘦的中年女人，就是她剛才說道席雲芝衣衫的。

「就是！大爺爺您可不能不管我們呀！我爹死在戰場上，我從小就把您當我親爺爺看待，您可別趕我走啊！」跟著那極瘦的女人後頭，又出來一位青年女子，看著三十歲上下，對步承宗卻是一口一個爺爺。

步承宗被她們說得無話可說，憋了好一會兒才嘆了口氣，指了指這周圍，無奈地說道：

「可妳們也看到了，如今的步家，今非昔比，我拿什麼養妳們？」

女人們聽了步承宗的話，妳看看我，我看看妳，最後也不知是誰起的頭，竟然集體坐在地上撒起了潑，一時間廳堂內的哀嚎哭泣聲響徹雲霄，從外頭看進來，還不知這廳裡發生了什麼樣的人間慘劇呢！

步承宗被她們哭得頭都快炸了，抱著腦袋丟下一句話。「算了、算了，我不管了，隨妳們怎麼著吧！」說完，便就抱著頭衝回了自己的後院躲了起來。

席雲芝看著他落荒而逃的背影，還有陸續從地上爬起來，臉上沾沾自喜、哪有半點淚痕的女人們，欲哭無淚。

席雲芝臨危受命，被不負責任的老太爺推上了風口浪尖，不得不站出來應對這件突發事件。

原來這九個女人全都跟步家沾著親，她們都有個共同點，就是所嫁之夫都為步家上過戰場，並且全都戰死，沒有回來。因此，步家對她們多少帶著點虧欠，便一直出資養著她們。誰知，步家一朝被貶，這些女人失了依傍，這才鋌而走險，一路從京城趕來了洛陽。

不料，路上卻因為用度不知節制，在還有一半路程的時候，便花光了身上所有的銀兩，最後迫於無奈，只能從太原用一枚銀戒指租了四輛小馬車上路，可又因為路途遙遠，小馬車人困馬乏，在經過崎嶇山路的時候顛壞了三輛，九個女人被困在半路。那趕車人無奈，便想丟下她們，她們見路上前不著村，後不著店，只好死拖住車伕，不讓他走，並用五兩銀子的高價誘騙他繼續將她們送到洛陽城的靨山腳下。

然後，才有了席雲芝中午看到的那個畫面出現。

知道了箇中緣由，席雲芝於情於理都不能將她們拒之門外，可不拒之門外，就要妥善安排她們，步家總共也就這麼幾個房間，但讓她們住在其他地方也不方便……

席雲芝想了又想，最後還是決定把自己的主臥房讓出來。雖然九個人住一個房間有些擠，但她和夫君的主臥無疑是這個家裡最大、最好的房間，在沒有其他選擇的情況下，這是最好的方法。

這麼決定之後，席雲芝便喊了兩名士兵與她一同進城，推了兩臺小推車，去買棉被和盆子等生活所需品，經過糕點鋪時又順道買了些話梅、糖飴和招牌棗糕什麼的。女人都愛吃點小東西，這麼遠的路，也確實是辛苦她們了。

席雲芝回來之後，便又緊趕著去房間替她們鋪被褥，因為主臥只有一張床，最多睡兩個人，但是房間地上能鋪一床，屏風外鋪一床，然後最東面，她那一間小小的繡房裡還能鋪一床，這樣一來，房間裡就有四張床了，九個人怎麼著都能對付著睡下才是。

她將堆成山的棉被捧下了推車，現在是四月分，天不算冷，但也還沒徹底熱起來，她便按照下面墊三床、上面蓋一床的原則，給她們鋪了地鋪。出去房間一看，她買回來的糕點都被吃得差不多了。九個不算年輕的女人，或坐或站或紮堆兒說著話，見她出來，也沒道聲謝，就一個個都鑽進了房。

席雲芝緊接著又幫著村裡的嬸子們一同做飯，趁著天還未黑透，讓士兵們吃完了，她和堰伯才端著幾盤未動過的菜餚去了主臥。

臥房裡亂成一團，女人們一邊翻著自己的包袱，一邊互相討論著明天該穿什麼？誰戴的花好看，還是不好看？根本對吃飯這件事沒什麼興趣。

席雲芝知道她們先前吃過些東西，現在肯定不大餓，讓堰伯將飯菜都放在房間裡的圓桌上，便出去收尾了。

自己的臥房讓給了遠方來的客人們，席雲芝便將角落裡一間小客房收拾了一番，自己住了進去。一切就先這麼著吧，等夫君回來之後，再想想有沒有其他什麼安頓的方法吧。

日子一天一天過，席雲芝每天都扳著指頭數，希望夫君能快些回來。

住在主臥裡的女人們白日裡倒是不怎麼出來，用她們的話說就是——一個有身分的端莊婦道人家不宜過多拋頭露面。她們就每日都湊在房裡打打馬吊、繡繡花，除了要求一些額外的吃食、愛說一些閒話外，實際上，倒也沒怎麼給席雲芝添麻煩。

反正她們說什麼，她也不往壞處去想。她們說她姿色平常，這的確是事實，席雲芝從未想過要否認；說她單薄不好生養，她們這也是擔憂步家的子嗣傳承；說她不是出自名門，配不上她們步家的獨苗公子爺，席雲芝也只是笑笑。無論配不配得上，也已經都配上了，現在說這些也沒什麼實質意義，更加無須為這爭得面紅耳赤。

她在廚房連接後院的地方劃了兩塊空地，買好材料，又讓士兵們幫忙蓋了兩間瓦房，購置了家具，準備讓她們搬進去住，怎料她們卻一口回絕，說她們從前都是住主臥的人，才不習慣去住什麼偏房。

席雲芝無可奈何，也不好直接趕她們，便由著她們去了。

五月初，席雲芝盼星星、盼月亮，終於將步覃給盼了回來。在得知步覃他們的馬快到路口的時候，她連炒勺都來不及放下，就從廚房衝了出去迎接。

馬上的玉面公子，眉如劍鋒、眼如星芒，緊抿的嘴唇有一種說不出的冷意，但那雙墨玉般的瞳眸在看到提步奔來的席雲芝時，卻閃過一抹無論是誰都會動容的溫柔光芒。

這不是她的夫君，還能是誰？

步覃自高頭大馬上翻身而下，身上帶著風塵僕僕的疲倦，但在看見讓他朝思暮想的女人之後，所有的疲累彷彿又瞬間消失了般，手中的馬鞭都來不及放下，便目光灼灼地盯著席雲芝，對她張開雙臂。

席雲芝開心地奔了過去，卻在他面前收住了腳步，面帶羞澀、含情脈脈地看著他。

步覃勾著唇角，長臂一收，便將席雲芝摟了個滿懷。

這夫妻倆當眾親熱看呆了一旁的人，更何況他們一個人手中拿著炒勺，另一個人手中抓著馬鞭……

步覃不斷收緊手臂，要將席雲芝揉入自己的骨血般，鼻尖嗅著她身上熟悉的香，只覺心中一陣踏實。

他本不是喜歡隱忍的人，當下不顧席雲芝的驚呼，便就將之橫抱而起。

席雲芝被突然抱起，嚇得本能地摟住步覃的肩頸。

步覃將手中馬鞭隨意丟在地上，抱著席雲芝，毫不掩藏地往主臥走去。

席雲芝被他抱在懷裡，羞澀得不敢抬頭去看周圍人的目光，兩頰緋紅，腦中一團亂麻，可當步覃走到了主臥房的門外，她就突然清醒了過來，著急地喊道：「夫君，等──」

步覃以為席雲芝女人家羞怯，橫豎馬上就要進房了，他不想給她反抗的機會，猛地低頭封住了她的口。唇舌纏綿間，他早已蓄勢待發，便一腳踹開了房間的大門，往裡頭走去。

然後……

然後……就是一陣死寂。

房中人打馬吊的打馬吊、梳妝的梳妝、繡花的繡花，都在步覃和席雲芝闖進來的那一刻，全都靜止呆滯了。

席雲芝用力推開了步覃，輕喘著對他說道：「夫君，我忘記跟你說了，表嬸、表姑媽，還有表姊們前來投靠，我讓她們住在主臥了。」

「……」

席雲芝親眼看著自家夫君的臉由白轉黑，由黑轉白，然後雙臂一鬆，將席雲芝從他懷抱中放了下來。

一群尷尬的女人這才回過了神。

胖嬸娘輕咳著將目光收回一小會兒，然後放下手中的馬吊，來到步覃和席雲芝面前，對步覃討好地笑道：「覃——」

「滾出去。」

胖嬸娘才剛說了一個字，步覃便將臉黑到底，冷颼颼的聲音似乎能讓人傷風著涼般，半分餘地都不留給胖嬸娘，就要將人趕出去。

胖嬸娘還沒說話就吃了個排頭，一旁的倩表姊耐不住了，便想上前打圓場。「那個表弟啊——」

「滾！」步覃絲毫不留情面，低吼出這個字來，全身上下散發出他多年厲兵秣馬積累下來的殺氣。

這可嚇壞了一班閨房中的女人，一個個再也不敢多話套關係，麻利地收拾了自己的包袱，以最快的速度跑出了主臥房。

席雲芝還想出聲挽留，卻被步覃一記冷眼瞪了回去。他高昂的興致就這麼被潑了一盆冷水，席雲芝此刻也不敢多言，將房裡的被褥全都收拾了之後，便同樣飛也似地逃了出去。

她的行為看在步覃眼中，恨得牙直癢。旁的人怕他，跑了也就算了，這個女人竟然也敢跑，是不是太久沒教她規矩了？

一溜煙跑去給嬸娘、舅母們安排住所的席雲芝，只覺得背脊一陣發涼。

席雲芝原本是想在夫君回來之前，讓嬸娘她們搬去新建的小屋，所以才從開墾隊裡抽調了幾十人緊趕慢趕地將小屋建了起來，可是嬸娘她們卻不願離開主臥，這才造成了今日這般尷尬的場景。

席雲芝為她們安排好了住所，兩間屋子加起來只會比主臥大。她去替她們鋪好了床，嬸娘、表姊們雖然臉色有些不好，但也沒人敢再說什麼。

田地都開墾得差不多了，大部分士兵們已經回到了營地，席雲芝只留下不到四十人在地裡幫忙，因此晚上吃飯的人就不是那麼多了。太陽下山前，讓他們全都吃了晚飯回去後，席雲芝才到廚房裡親自做了幾樣菜，有蒜泥茄子、馬鈴薯牛肉、果味雞塊。因為夫君愛吃的菜色不多，所以菜色看起來有些單調。

嬸娘們另開一桌坐在旁邊，步覃回來後，步承宗倒是不再做縮頭烏龜了，一改平日在後院躲清閒的架勢，走出來跟大家一起吃飯。

席雲芝將最後一個湯都端上桌了之後，坐下正要吃飯，卻聽旁邊桌上的嬸娘叫了她一聲。

胖嬸娘將一只吃乾淨了的空碗遞給席雲芝，口齒不清地說道：「再來一碗。」

席雲芝趕忙又站了起來，正要接過碗去盛飯，卻聽見一雙筷子放在桌上的聲音。

胖嬸娘稍稍愣了愣，這才彈簧一般站起，對席雲芝假笑道：「這個我自己去盛，就不煩勞姪媳了。」

席雲芝莫名其妙地回到座位，卻見步覃冷著臉，那雙黑眸中閃耀的凶光令她一驚，趕忙埋頭大口吃起飯來。

是夜。

偌大的房間內充斥著嬌喘呻吟聲，落下的帷幔一晃一晃的，引人遐想，不難想像床鋪上正在上演著怎樣激烈的歡愛。

席雲芝雙臂緊緊抓著夫君精壯的背脊，隨著他的動作激盪起伏，額前的髮早已被汗珠濕透，雙眼迷離，像尾乾渴的魚兒般張著嘴巴直喘氣，偶爾喊出一聲帶著哭腔的嬌柔話語。

「不……不行了，真的不行了……」

這樣嬌柔的聲音在步覃耳旁響起，不僅沒有制止的功效，反而更加撩撥了他的神經，使他越戰越勇。感到手中的肌膚依然嫩滑，卻沒了他離開家之前的豐盈，心中不禁又是一陣不快，他壓著她的雙手，對這個不聽話的女人，更加大力地欺負起來。

席雲芝已經完全喊不出聲了，她不記得夫君到底做了多少回，只知道自己被翻來覆去，喊得嗓子都有些啞了，夫君也沒肯放過她，像是要一次將她搾乾，補回這一個月的空白般。最後，席雲芝累得就連手指都不願動一下，步覃才意猶未盡地下了床，親自打來溫水，替她清理。

席雲芝像隻撒嬌的小貓般縮進他的懷抱，溫暖又安心的感覺包圍著她，她舒服地在他胸膛上蹭了蹭，這才聽見聲音從他寬厚的胸腔中傳了出來——

「這麼些日子，可有想我？」

席雲芝聽著他有力的心跳，輕輕點了點頭。夫君的手指在她後背有一下沒一下地輕撓，讓她舒服得只想直接睡過去，但是腦海中的問題卻支撐著她。抬頭與之對視，披頭散髮的席雲芝有一種溫婉的慵懶樣，目光卻是灼灼的。「夫君你呢？」

步覃見她的眸子裡帶著滿滿的期待，不禁揉了揉她的髮絲，動作輕柔寵溺，語氣卻仍舊平淡。「都快彈盡糧絕，在妳身上戰死了，妳說呢？」

「……」席雲芝從來都不知道，原來一個冷冰冰的男人不正經起來竟會如此不正經！想起先前的歡愛，她不由羞紅了臉。

步覃又說道：「家裡一下子多了這麼多開銷，妳沒少費心吧？」

席雲芝將雙手摟過夫君的腰，乖順地搖搖頭。「沒費什麼心，田裡的事大多是堰伯在管，我就負責煮煮飯什麼的，開銷還吃得住，夫君莫要擔心。」

步覃沒有說話，忽然大手下移，來到席雲芝雪白的臀部上，在席雲芝的不配合中，草草揉了揉、拍了拍兩下，讓席雲芝起來。

席雲芝累極了，趴在步覃身上不願坐起，步覃只好將她雙手扯下，讓她躺在兩只軟枕之上，自己則下床穿了褻衣、褻褲，走出屏風外，從門邊拿過來一個包袱。

他默不作聲地遞到席雲芝面前，淡淡說道：「這些……都給妳。」

席雲芝不解地看著他，又看了看包袱，這才強撐著力氣坐起身，接過包袱問道：「這是什麼？」

步覃沒有說話。

席雲芝好奇地將包袱放在腿上，打開看了看。

只一眼，便叫她驚呆了。

這包袱裡竟然全都是各色翡翠珠寶！她從前在席家的古玩鋪子裡學過，看得出來這些東西都是年代久遠的珍品，翡翠剔透、玉石溫潤、珍珠碩大……

這些東西不禁讓席雲芝驚得說不出話，良久之後，才對步覃吶吶地問了一句。「夫君，你們不是去南寧搶劫了吧？」

步覃蹙眉，伸手在她額頭上彈了一記，這才翻身上了床。

席雲芝心跳得厲害，因為不知道這些東西的來源，便怎麼也不肯收下。

最後步覃無奈，只好對她如實說道：「妳不會以為步家打了這麼多年仗，真的什麼都沒有留下吧？」

「……」聽了步覃的話，席雲芝這才徹底傻眼。

席雲芝覺得，夫君從南寧回來之後，整個人都變了，動不動就愛送她東西。先是那一包袱亮瞎她眼的珠寶，然後第二天又不知從什麼地方弄來了一屋子鮮花，接著到了下午，竟然又叫趙逸領著四個奴僕進門！一個家丁是給老太爺使喚的，另外的一個老媽子、兩個丫鬟則是安排給她貼身伺候的。

席雲芝心中感激，但家裡一下子多了四個人，她又覺得有些不適應，況且這家裡住的地方原本就小，現在一來，趙逸和韓峰就勢必被擠到了一間屋子裡去了，另一間便給老媽子和丫鬟住，還有一間小客房正好那名男僕可以住進去。

這麼一塞，席雲芝覺得從前還算寬敞的院落一下子就變得擁擠了。

晚上將這事兒跟夫君稍微提了提，沒想到夫君第二天就扔給她一張圖紙，說是擴建宅院，他連設計圖都畫好了，還問她有沒有什麼特別想要的佈置？

席雲芝對住所的要求倒沒那麼多，只是看著這氣派恢弘的宅院，從左至右，光房間就有三十二間，更別說再加上園林和水榭了。若是按照這圖紙建造起來，沒個幾萬兩銀子絕對是下不來的，席雲芝無奈，便只得冒著被夫君瞪眼的危險，硬是劃去了好些沒必要的擴建。

田裡經過一個多月的努力，倒是漸漸步入了正軌，由堰伯和福伯看著，也沒她什麼事兒了，正好她可以抽出時間安排房屋改建的工期。

最終，由她硬著頭皮決定了宅子的布局。她盤算著要增加五、六間房，也就是在主臥旁邊的那塊空地上多建一個小院出來，小院裡一間主臥、兩間孩子房、一間書房、一間繡房，跟老太爺住的後院比鄰而居，卻各自有圍牆，互不干涉，這樣的話建造時既不需要拆牆，也不會打擾到他們如今正常的生活。

家裡的活兒都被丫鬟和老媽子分擔了去，席雲芝只保留了做飯的事情，日子一下子就閒了下來。這日她坐在院子裡鼓搗針線，前幾日給夫君做了一件貼身穿的衫子，她想在衣角繡一朵芝蘭，眼看就要完工了，卻不料被經過院中的倩表姊看見了。

只見她站到席雲芝身後看了一會兒，便嘖嘖嘖地搖頭。

席雲芝不解，問道：「怎的，我哪裡繡錯了嗎？」

倩表姊彎腰拿起席雲芝手中的衣衫，語氣有些不屑地問道：「妳這花前前後後繡了好幾天了吧？」

席雲芝點頭。「嗯，五、六天有了呢。我繡工不好，手腳也慢，讓表姊見笑了。」

倩表姊嘆了口氣，將衣衫拋還給了席雲芝，直言不諱道：「是不怎麼樣，花葉無形又無神，顏色也土氣，真不知妳娘是怎麼教妳女工的！」

席雲芝聽倩表姊無意間提起母親，便噙著笑低下了頭，沒有說話。

正巧蘭嬸娘有事來尋倩表姊，倩表姊像是終於找到了傾訴的對象，立刻對她招了招手，搶過席雲芝手中的衣衫，對蘭嬸娘說道：「蘭姨，快來看看！這就是表弟媳繡的花，看著像不像兩根雜草上開著野花？」

蘭嬸娘走過來接過了手，像模像樣地看了好幾遍，這才語帶輕蔑地說道：「這都什麼跟什麼呀？花不像花，草不像草，真不知道我那姪子怎麼就看上這朵野花了！」說著，便將衣衫送回了席雲芝手裡。

倩表姊聽了蘭嬸娘的話，掩嘴一陣偷笑，還假模假樣地安慰道：「表弟媳妳可別介意啊，蘭姨出嫁前可是京裡數一數二的繡娘，要求自然是高些的。」

席雲芝笑笑沒有說話，低著頭兀自收拾了針線。蘭姨沒再理她，轉手拉著倩表姊入了房，像是有什麼悄悄話要說。

她隱約聽見什麼「借」、「還」之類的字眼。

五月初時，席雲芝收到一封請柬，說是城內最大的酒樓三日後開業，老闆特意派人來請步家的老爺、少爺和夫人入城捧場照應。

席雲芝看了看落款處，一個熟悉的名字映入眼簾——張延。這便想明白了緣由。

席雲芝收下了請柬，卻沒能應承下那送信的夥計，因為張延不是請的她一個人，而是請的整個步家，那就不是她一個人能全權作主的了。

晚上吃飯的時候，席雲芝在飯桌上將這件事說了出來，席上的幾個男人全都愣住了。

步老太爺咬著筷子問道：「孫媳婦，妳是說，有人請咱們一家吃飯？」

席雲芝見步承宗臉色有異，便放下了筷子，恭敬地點頭說道：「是。若是爺爺不願意去——」

「怎麼不願意?!」步承宗突然急了，一拍桌子站起來，激動之情溢於言表。「有人請吃飯這麼好的事，自從出了京城就再也沒有了！去，一定去啊！」

他認真的神情讓飯桌上又是一陣寂靜，大家都用一種「你不至於如此吧」的眼神看著他老人家，使他面皮一緊，也意識到自己太過激動了，便掩唇輕咳了兩聲，強裝鎮定。「我是說……既然人家都誠心誠意上門來請了，我們步家也是通情達理的大家，怎麼樣都不能落了人家的臉面不是？」

眾人你看我、我看你，一副「你說得再多也是在掩飾」的神情。

席雲芝見老爺子眼睛豎了起來，像是要發怒，她便趕忙出聲打圓場道：「是，一切都以步家的禮數來辦。」

步老爺子這才滿意地坐下來繼續吃飯。

家裡多了丫鬟，外院的事由她們接手過去了，席雲芝便早早回了房，拿著那件被蘭表嫿和倩表姊笑話的衣衫左看右看。

正拆著線，步覃竟然也提早入了房，見她坐在燈下發愁，發現他進門，才一展笑顏，站起身迎了過來。
步覃想趁勢將之摟入懷裡親熱一番，卻被她調皮地閃躲而去，便也不糾纏，張開了雙臂，等著她來更衣。
席雲芝動作嫻熟地替步覃脫了外衫，正要去裡面的櫃子裡拿衣服，卻見步覃指著她繡籃裡的衣服說道——
「不是有現成的嗎？」
席雲芝從櫃子裡拿來了換洗衣服，對步覃笑了笑。「還沒做好呢，我想在衣角繡些芝蘭花朵，好與夫君的其他衣服區分開來。」
步覃見她面帶羞色，便沒再說什麼。
兩人早早便上了鋪，看書的看書，繡花的繡花，即使沈默，兩人間的氣氛依舊平靜得讓人心甜意美。
步覃趁著翻頁的空檔看了一眼席雲芝，見她正一臉苦惱地看著那繡花發呆，不禁出聲說道：「嬸娘和那幾個表姊都是京師繡房裡練出來的手藝，平日裡就喜歡教導女工，妳別理她們就是。無論妳繡成什麼樣，我都會穿。」
席雲芝抬頭看著步覃，見他雖然目光盯著書頁，但手指卻有一下沒一下地在被褥上輕點，便知他實際是在安慰自己，當即笑道：「夫君可是說真的？無論我繡成什麼樣，你都會穿？」

步覃抬頭對上了席雲芝狡黠的黑眸，不禁一愣，對自己會說出那樣的情話有些意外，卻也沒有逃避否認，點頭確定道：「是，無論什麼樣，只要是妳繡的。」

席雲芝心中甜蜜，抿唇偷笑了好一會兒，這才鄭重說道：「好，那我就繡一隻小烏龜在上面！嗯……或者繡一條毛蟲？」

面對席雲芝的調侃，步覃選擇沈默地看著她，良久後才默默地放下書冊，又默默地將席雲芝手中的針線放到裡床，勾著唇角對她說道：「妳真想知道是不是？」

席雲芝被他盯得背脊發涼，若是此刻她還不懂步覃是什麼意思，那她就是個棒槌。她硬著頭皮點了點頭。「嗯。」

步覃滿意地將她從靠枕上拉了下來，翻身壓上。「那我們就到被子裡好好討論討論吧！」

席雲芝只覺頭頂一陣黑，步覃說到做到，將被子一掀便籠罩了兩人胡鬧的身軀。被浪起伏激烈，席雲芝不住驚呼：「啊——不要，我不要知道了！啊——」

驚呼過後，便是一陣勾人心魄的嚶嚀。很顯然，某人不打算放過這個難得的懲罰機會。

三日之後，步家老少應約前去張延開的新酒樓作客。

張延當了老闆，一身行頭也換了，看見席雲芝便趕忙從櫃檯後迎了上來，一個作揖就對席雲芝呼道：「哎呀，席掌櫃來得好晚呀！」目光一掃，落在俊逸不凡的步覃身上，兩眼放光。「這位便是步少爺了？久仰久仰！」

步覃回以抱拳之禮。

張延忽然轉身拍了幾下手，對著店裡的夥計們招手叫道：「來來來，都來見過席掌櫃！」

席雲芝看著湧來的十幾名跑堂，還有從後廚特意跑出來的三個廚子，全都圍了過來。

只聽張延指著席雲芝又道：「看清楚了，這就是我經常跟你們提起的席掌櫃。」

「席掌櫃好！」

眾人對席雲芝行了禮，卻把席雲芝嚇壞了，她蹙眉對張延小聲問道：「你搞什麼鬼？」

張延也同樣小聲地對她說道：「我張延可不是忘恩負義的人，妳從前那般對我，我若不有所回報，怎麼對得起妳呢？」

席雲芝不解。「你待如何？」

張延讓夥計們招待步家老少四人去了樓上雅間，他卻將席雲芝拉到一邊，神秘兮兮地對她比了個「三」的手勢。「從前我七妳三，現在依舊有效，還是我七妳三。妳什麼都不用做，每月等著收銀子就行了！」

席雲芝驚訝地看著張延，卻見後者對她爽快地笑了笑，又挺直了腰板兒對她說道——

「當然啦，如果席掌櫃還打算開飯莊的話，那就當我沒說好了。我現在的一套都是妳教的，我自問生意做不過妳，也就不逞能了，甘拜下風算了。」

席雲芝這才了然，原來這小子是怕她再開一間飯莊來跟他搶生意，怪不得這麼大方呢！

搖了搖頭，席雲芝乾脆給他吃顆定心丸。「飯莊我是不打算開了。沒有好廚子，再好的手段也做不出生意。倒是你替我打聽著，看香羅街上有沒有什麼好的店鋪，我倒想租下兩間來做做其他買賣。」

「香羅街？那條胭脂巷子，賣的盡是女人家的東西，妳想賣什麼呀？」

對於張延的疑問，席雲芝沒有正面回答，而是莫測高深地笑了笑，便不再理他，上樓與家人會合去了。

席雲芝從房間出來，捧著針線籃，打算將新繡好的花拿去給嬸娘她們看一看，卻看見劉媽罵罵咧咧地從她們房裡走出來。見了席雲芝，她趕忙就收斂了，恭敬地站在一旁，席雲芝見她一臉怒容，不禁問道：「劉媽，怎麼了？」

劉媽雖然才來不久，但也知道這家的主母是個善人，好脾氣不說，還特別講理，想來就是跟她告了狀，她也不會怪罪自己才是，就說道：「小人好心要去收這些夫人、小姐們的衣服來洗，可小人的手剛碰到蘭夫人新做的衣服，便被她罵了出來。」

席雲芝不禁問道：「蘭夫人的新衣服？」

蘭嬸娘不是說身上的銀子早就花完了嗎？她哪裡來的銀錢去買新衣服？正納悶之際，卻聽劉媽又說道：「是啊，聽說是前幾日跟表姑娘借了些，又將一支她不怎麼佩戴的簪子給當了，這才買回來的。可就算金貴，不也就一件衣服嗎？我不過是碰了碰，又沒要穿，她至於這般埋汰人嗎？」

席雲芝聽了劉媽的話，也大致明白了事情的始末，安慰了幾句後，便讓劉媽回去幹活兒了，自己則依舊拿著繡花去了她們房裡。

因為蘭嬸娘在生氣，所以席雲芝便特意繞過了她，對高傲的倩表姊請教了一番繡法針路。自己繡的東西毫無懸念地被倩表姊嫌棄得不值一文，席雲芝也不生氣，問問題卻是更勤了。倩表姊面上盡是不耐，卻也不好明著拒絕她，只能在語氣上表現得更不耐煩一些，好叫席雲芝自己離開。

席雲芝全程笑臉，脾氣好得像個木頭。

她走之後，倩表姊又在那裡說了席雲芝很多壞話，什麼太笨、太煩，自己根本不想搭理她之類的話。

因為她說得高調，被席雲芝的兩個丫鬟如意和如月聽到了，輾轉前來告知了她，席雲芝卻也是一笑而過，不做理會。

第二天，席雲芝又讓丫鬟去請倩表姊來她房間進一步教導，倩表姊帶著不屑的怒容進房，卻是帶著驕傲又得意的神情出來。

因為席雲芝說，感念倩表姊這些天的悉心教導，便送了她一疋上好的湖藍真絲緞，說是馬上就要入夏了，這緞子夠她做兩身新衣，想著表姊人美身嬌，這兩天又辛苦了，便拿來送給她。

倩表姊將緞子拿回房之後，還特意炫耀了一番，說是表弟媳已經被她的人格魅力徹底收服了，這不，緊趕著來巴結她呢！

眾女不忿在心，卻是對席雲芝送出的那疋真絲緞子垂涎不已。

又過了一日，席雲芝在針法上又有地方不懂，便又差人去房裡叫倩表姊過來教授，不巧，表小姐去街上裁新衣了，不在房裡，丫頭只好叫了另一位會繡花的寧小姐去了席雲芝那兒。

寧小姐帶著期待的神情入內，最後果真帶著歡欣雀躍的神情出來。因為席雲芝在問過她繡法之後，在她臨走前，送了一支細長的梅花金簪給她！

這回，寧小姐將金簪拿回房裡，所有人都驚訝得面面相覷。上回送給倩姑娘的一疋真絲緞，少說也要一兩銀子，這回寧姊兒拿回的金簪，做工精細，怎麼也得五兩以上吧？她們這個姪媳（表弟媳）的出手，未免也太大方了吧？

倩姑娘做了衣服回來，看見寧姊兒手上的金簪，問了來歷，不禁當場就惱了，指著寧姊兒，說她做人不地道，怎可搶了原本屬於她的東西？

寧姊兒聽了更惱，她也不是吃素的，當即便回了過去，說：「這是送給我的，怎麼就變成了屬於妳的東西了？」

兩人鬧得不可開交，一連好多天都沒有說話。

眾人翹首以盼，希望席雲芝什麼時候能再喊她們去教授一番，會繡花的固然能湊上去說兩句，看能不能也討個彩頭；不會繡花的也有辦法，她們可以去吹捧兩句呀，說不得席雲芝一高興，能給她們個什麼小東西也說不定啊！

只是，等了半個月，倩姑娘在街上做的衣服都拿回來了，她們也沒等到席雲芝再來請教，一個個只能暗妒在心，眼巴巴地看著倩姑娘穿著那身湖藍色的真絲緞子裙走來走去，風頭出盡。

就在眾人快要受不了倩姑娘的得意顯擺之時，主臥那兒終於又傳來了消息——席雲芝親自相邀，想帶她們去逛一逛洛陽城的街面。

這個消息如甘霖一般在眾女人間歡快地撒開了，因為她們一個個心裡都認定了席雲芝的出手大方，既然邀她們出門，那定是不會讓她們空手而歸的！

這不，一個個還未出門，就已經開始在心中盤算著到時候要討些什麼東西了。

第六章

席雲芝雇了三輛馬車，載著九個女人和兩個丫鬟去了城內。

她帶她們去了香羅街，街道上有胭脂鋪、成衣鋪、珠寶鋪等等，一入街便是一股香風撲面，女人們嘰嘰喳喳地跟在席雲芝身後，一會兒指東、一會兒指西，像一群被放出籠子的麻雀般吵鬧。

席雲芝走入了一家珠寶鋪，女人們對視一眼，心中暗喜，眼睛如鷹眼般開始在店鋪裡掃視。席雲芝挑了一對珍珠耳墜，那珍珠圓潤碩大，擺在黑底絨布之上，更顯流光溢彩，一看便知不是凡品。

掌櫃的給席雲芝拿來了銅鏡，一名店裡的丫鬟前來替席雲芝戴上，氣質便華貴了起來。

席雲芝看了也很滿意，便問道：「這珍珠確實不錯，多少錢？」

掌櫃對席雲芝比了個手勢。「夫人的眼光真好，這是波斯商人剛販過來的雲海珠，市面上鮮少有貨，夫人若真想買，小號也願成人之美，不二價，八兩銀子。」

席雲芝沒有說話，如意、如月兩個丫頭倒是在一旁連連稱讚。

席雲芝看了她們一眼，便微笑著起身，又看了看店裡的其他東西。除了珍珠耳墜之外，她還試戴了一對玉鐲、一條瑪瑙手鏈，然後順手又拿了兩只玲瓏可愛的小戒指。

掌櫃的不知她到底想買什麼，便跟在後面伺候著。

席雲芝一連挑了好幾樣東西之後，才對掌櫃的說道：「總共多少錢？」

掌櫃的原以為她最多只買那一副珍珠耳墜，沒想到竟試了多少，便要買多少，當即將席雲芝視為頭號金主，殷勤地噼哩啪啦算了起來，最後對席雲芝報價道：「夫人，這麼多東西一共二十一兩八錢，您全要嗎？我替您包起來，可好？」

席雲芝笑著從荷包中掏出兩錠銀子，擺在櫃檯上，說道：「二十兩，全包起來。」

掌櫃的看到了明晃晃的銀子，一顆懸著的心總算落了下來，也不作勢，就招呼內堂來人包裝。

一班女人們都在心中暗笑，看來這回是來對了！便兀自在鋪子裡轉了起來，一個個對鋪子裡的夥計們問東問西，像是也全都要買似的。

席雲芝對如意、如月兩個小丫頭招了招手，將剛剛買的兩只小戒指拿了出來，遞到她們面前。「妳們平日挺辛苦的，我這個做主母的也沒什麼好送，這小東西可別嫌棄呀！」

兩個丫頭都是窮苦人家的姑娘，平常也就只敢找工匠削幾根木簪子戴一戴，這些金銀的東西是萬萬不敢想的，沒想到才來主家不多時，主母便送戒指給她們，當真是意外之喜，當即跪在地上給席雲芝叩頭，然後欣喜地戴上了。

蘭嬸娘見狀，再也按捺不住，正要去到席雲芝跟前說些好話，然後再提出她對剛才看中的那支翠玉簪子的喜愛，相信以她長輩的身分和姪媳的為人，定會毫不猶豫地買下來送給她才是。

可剛走到席雲芝身邊，席雲芝便站了起來，轉頭對大夥兒說道——

「我的東西買好了。這裡不比京城，想來也沒有合嬸嬸、舅母、表姊們心意的東西，原也只是出來解個悶而已，咱們便再去看看綢緞好了。」

席雲芝說完，就帶頭走出了珠寶鋪，留下一班女人妳看我、我看妳，然後一個個懊惱不已。

真是的，都怪她們一開始吹噓得太厲害了！京城的珠寶鋪和洛陽的珠寶鋪其實有什麼分別呢？她們根本不會介意珠寶是從洛陽買的，還是從京城買的啊！

陪著席雲芝逛了一天，席雲芝買了好些東西，吃的、穿的、用的，步家老少她倒是一個不落，全都買到了饋贈的東西，就是隻字不提給她們買。蘭嬸娘最後氣不過，乾脆將頭上的一支鳳釵取了下來，換購了兩盒胭脂，即便如此做，席雲芝也像沒瞧見似的，任由她去換。

九個女人鬱悶極了，可囊中羞澀雖是事實，她們也實在放不下臉面去跟席雲芝討要，因為有倩姑娘和寧姊兒的先例擺在那裡，席雲芝都是上趕著送她們東西的，若是她們現在開口要了，那不就說明了她們沒有倩姑娘和寧姊兒的本事嗎？

她們雖然相攜投奔，卻是誰也不願矮了誰一頭，主動開口討要這種沒品的事情，她們可做不出來。最可恨的是那席雲芝，怎麼不能像討好倩姑娘和寧姊兒那般討好她們呢？

她們一個個憋著一口悶氣，鎩羽而歸。

步覃從外頭回來，發現今日的院落格外清淨，沒了從前的嘈雜。推門入房，看見席雲芝正在清點東西，寶貝攤了一桌子。

見他走入，席雲芝甜美一笑，步覃忍不住在她如水的臉頰上輕掐了兩下，這才坐下，一邊解腰帶一邊說道：「妳準備擺攤賣嗎？」

席雲芝聽他調侃，嬌媚地橫了他一眼，說道：「夫君你又在笑話我了！我只是把東西拿出來對比一下，你看……」席雲芝說著話，便將手中的兩只珍珠送到步覃面前，又道：「這是你送我那堆東西裡的一顆珍珠，這是我今日在集市上花八兩銀子買的，無論從成色還是大小、做工來看，夫君送的這顆珍珠明顯要高很多檔次，市面價格絕不會少於二百兩。」

步覃一邊喝茶，一邊聽席雲芝發表她的見解，看著她認真的模樣，不禁說道：「這珍珠是從那耶王室拿出來的，妳確定只值二百兩？」

席雲芝一聽這東西的背後有「王室」兩個字，表情呆了呆，但想起夫君從前的行當，也不覺奇怪了，便從一旁拿來了算盤珠子，噼哩啪啦就是一陣打。「如果是從王室出來的，那自然就不止二百兩了。」

步覃失笑，抬手在她腦門上敲了敲。「真是勢利的小東西！」

席雲芝好不容易算出了價格，這才抬起頭對步覃說道：「這怎麼是勢利呢？就做工而言，這顆珠子只值二百兩，但若加上它的來歷和背景，那便值兩千兩，若是碰巧有人認出這是從那耶王室出來的，那又是無價之寶了！」

步覃不知道她這腦袋瓜子裡整天都在想些什麼東西，能夠將一番歪理說得好似正常。又掃了一眼她說是今日買的珍珠，他突然想起什麼似的，問道：「對了，妳今日和嬸娘她們出去逛街了？可有買些東西給她們？」

席雲芝收回放在珠寶上的目光，看著步覃，很自然地搖了搖頭。

步覃卻對她這個答案很是意外，這可不像他的小妻子愛收買人心的性格啊！

席雲芝放下手中的東西，正色對步覃說道：「夫君，授人以魚不如授人以漁，嬸娘她們總這樣習慣性地依附旁人生活是不行的。」

「妳想如何？」步覃倒是第一次去思考這個問題。從前步家鼎盛，他覺得養幾個女人不成問題，可他卻沒有想到，步家也會有落難的一日。這些嬸娘、表姊們沒有任何生存技能，的確是不行的。

見小妻子一副成竹在胸，他不禁好奇了，她想用什麼樣的方法去「授之以漁」呢？

席雲芝將自己心中的想法對步覃說了說，步覃聽了不覺不妥，只是有些擔心。「妳的想法很好，但嬸娘她們養尊處優慣了，不會願意去做的。」

席雲芝這才高深莫測地低頭搗鼓她的珠寶，笑道：「人的慾望一旦超過了自己所擁有的，那可是什麼都會去做的。」

步覃聽她這麼說，心中瞬間明瞭，怪不得今日的院落如此清淨，想來是小妻子已經開始了她的計劃，且彷彿還有些成功。

「這麼多人，妳控制得住？」

席雲芝笑看著步覃點了點頭。「人越多才越好控制呢！」

步覃立刻醒悟過來，說出了兩個字。「制衡。」只要找準了制衡點，那樣的確是人越多就越容易掌控。

只見席雲芝又點點頭，對夫君眨了幾下眼睛。「人多就有紛爭，有紛爭就有攀比，有攀比就有嫉妒，有了嫉妒就有了弱點。」

步覃見她這副稀鬆平常的模樣，卻是在心中掀起了千層浪。他是真的沒想到，一個從未打過仗、不懂兵法的女人，竟然有這般大的心思，無師自通地懂得以多制衡這個道理。這是戰術，也是帝王之術，竟然被一個小小女子如此輕巧地用在了經商控人之上，若不是親耳聽見，確實挺難叫人相信的。

他的妻子每天都在刷新他對她的認識，像一座取之不盡的寶藏，令他一步步地深陷，難以自拔。

席雲芝一下子租下了香羅街上的兩間店鋪，一間大門緊鎖，另一間則裝裝點點、披紅掛綠地開業了，這回她開的是一間南北貨鋪。

從前她在席家幫工的時候就明白了物以稀為貴的道理，城南的集市上，每個月都有好幾回波斯商人來販貨收貨，他們或是從沙漠穿越而來，或是坐船顛簸數月才來到中土，帶來了各個國家的稀罕物件，有的是直接換銀子，有些則是以物易物。

席雲芝也認識幾個商人，這些人不同於中原的商人，要求人脈介紹，他們所求的是公平的價格競爭，意思就是，只要你給錢，哪怕你要一個人包下整船的貨都沒有問題。

席雲芝當然沒有那麼大的財力去包下整條船的貨物，但向他們購買一些新奇好看的首飾、顏色豔麗的紗緞還是可以的。

她給自己的鋪子取名叫「南北商鋪」，簡單直接地告訴了人們這間鋪子的性質。因為她經營有道，眼光又好，南北商鋪的生意倒是很不錯。

其實她早就有開這樣一個店鋪的想法了。

她在席家幫工多年，卻從來沒有看見過有人將城南集市上各個地方的稀罕物件收集起來統一買賣。城中的夫人、小姐們大多不能經常上街閒逛，而在洛陽城中，誰都知道香羅街是專門賣女人東西的地方，席雲芝的店給她們提供了不少方便，新奇的東西也讓她們增長了很多見聞，於是一傳十、十傳百，就連一些大家小姐都聽聞了這家店鋪，不遠千里地從府中坐轎趕來，欣喜地買了喜愛之物再回去。

席雲芝還特意叫人在店鋪的樓上準備了好幾間雅閣，供一些深閨小姐們單獨選購，此舉亦是大受閨閣千金們的喜愛。

一時間，南北商鋪便成了姑娘們來香羅街的首選店鋪。

席雲芝大把大把地賺著銀子，每天回家都在廳堂毫不避諱地清點數額。這日她正在記帳，卻見蘭嬸娘帶著幾個表姊期期艾艾地走過來。

她放下算盤和筆墨，笑著問道：「嬸娘、表姊，妳們有事嗎？」

蘭嬸娘被大家推舉出來跟她說話，只見她胖胖的手絞做一團，憋紅了一張臉，好不容易才說出一句話。「那個……我們幾個也有些私藏的珍品，妳那鋪子裡能替我們賣個好價錢嗎？」

席雲芝將她們掃視一圈後，冷靜地說道：「南北商鋪不收舊品。」

蘭嬸娘等人臉上現出尷尬與不屑，正要轉身離去，卻聽席雲芝一邊打算盤一邊說道——

「不過若是一些手工繡品，倒是很受歡迎的。」

蘭嬸娘等人面面相覷，又收回了離開的步子，趴在桌上對席雲芝問道：「妳是說，我們繡一些帕子或是其他的東西，妳願意收？」

席雲芝笑著點頭，給了她們一個肯定的答覆。「只要手工精細，一定收。」

蘭嬸娘等人得了席雲芝的這句話，便一改先前尷尬的神情，一個推著一個，歡歡喜喜地回了房。

席雲芝看著她們浩浩蕩蕩離開的背影，嘴角露出一抹笑，然後才將桌上的筆墨紙硯和銀兩盒子收了回房。

終於可以不在大庭廣眾之下算帳了。

步覃這幾日依舊外出，趙逸和韓峰每天回來都是汗流浹背，一頓要吃四、五碗飯，席雲芝見他們這般，有一天便問了問怎麼回事，韓峰和趙逸看了一眼她的夫君後，只敢埋頭吃飯。

既然他們不說，她也不會去強問。只是想著夫君應該也很累才對，於是這天便親自準備了些酒菜在房間，等夫君回房後一同享用，順便告訴他，嬸娘她們的事情。

戌時將過，步覃才從外頭回來。他沒去書房，而是直接來到房間，看見桌上蓋著五、六個盤子，旁邊放著一壺酒、兩只酒杯。

席雲芝聽見聲響，從繡房中走出，自然嫻熟地去幫步覃換下衣服。

「這幾日營裡有些事，回來的晚，妳就別等我吃飯了。」

步覃看著一臉溫和微笑、正在擺碗筷的席雲芝。燭光下，她的容貌彷彿沾了一層金粉，整個人說不出的精緻、有韻味。

「今日可是有事？」他的小妻子全程都笑得很舒暢，怕是有好事發生。

席雲芝在他對面坐下，抿嘴後說道：「嬸娘她們今日來找我，說是願意給鋪子提供一些繡品，我這麼多天的努力，總算起效了。」

步覃挑眉，他好些天沒過問這件事了，原想等忙完了這陣子，他親自去和嬸娘她們說道一番，沒想到小妻子就已經把這事兒做成了。見她眉帶喜色，心中定是高興的。

好情緒容易傳染，他親自拿過酒壺，替二人面前的酒杯斟酒。席雲芝見酒倒了一半的時候，就一個勁兒地說「夠了夠了」，步覃沒有理會，兀自給她斟滿，然後自己也倒滿了酒，不給她拒絕的機會，拿起酒杯與之對碰後，便一口飲盡。

席雲芝見他這般迅速，也不好再推辭，便只是高抬了衣袖，喝下一小口。嗆辣的口感令她舌尖發麻，舌根發苦，不禁皺了一張小臉。

步覃見她雙頰泛紅，表情可愛，更是心中一蕩，拿起酒壺故意看著她，一副還要替她斟酒的無賴樣子。

席雲芝見他如此，心中惱他如此逼酒，嬌嗔地橫了他一眼，便學著他剛才的樣子，一口飲盡了，卻是嗆了自己，不住地咳嗽起來。

顫動的肩膀同樣顫動了步覃的心，長臂一伸，便將之拉入了懷中穩坐。

席雲芝一邊輕咳，一邊想掙扎著起身，卻被他按住，無奈只得坐在他腿上，侷促不已。

步覃又給兩人倒了杯酒，這回倒是不著急乾了，先餵席雲芝吃了些飯菜，這才舉杯相碰。

席雲芝就這樣一連被灌了好幾杯酒，只覺得腦子暈得不行，步覃又不讓她離開懷抱，她只得雙手繞過他的頸項，歪歪斜斜地將身子的全部重量都倚靠在他堅實的胸膛之上，眼裡水潤潤的，渾身熱得不行。

步覃的計謀得逞，故意在她耳旁說了幾句溫柔的纏綿話，將席雲芝逗得面紅耳赤，這才將之抱著起身，甩上了床。

席雲芝感到似夢似幻，只知道軟著身子盡力配合，醉酒後的她比平日多了好幾分的風情，有的時候也會主動去吻步覃，嚶嚀之聲在房間內迴盪，聽得人春心蕩漾。

步覃毫不客氣地攻城掠地。感受到了小妻子喝酒後的不同，他著實覺得自己不顧身分灌酒這件事，是做對了。

又是一夜溫存纏綿。

十日之後，席雲芝分別收到了四、五條帕子，繡工各有千秋，但確實都是上品。席雲芝交給早就高薪聘請過來的洛陽城頂級繡娘蘇九做評判，然後按照那繡娘的專業眼光，給嬸娘、表姊們繡的帕子定了價格，並爽快地一併付清了。

嬸娘她們拿到了闊別已久的銀兩，全都感動不已，群情激昂地承諾席雲芝，她們還要加緊趕繡，爭取每人十日之後再出幾條。

席雲芝應承之後，故意在她們走之前，與蘇九大聲論道開設繡坊之事，並將繡坊中的清幽環境和待遇「無意間」透露了一些。

果然，晚上她回到家裡，嬸娘她們便又集體圍了過來，對她委婉地提出能不能讓她們也去繡坊中做事？因為她們現在九個人縮在兩個房間裡，空間很是侷促，再加上那些不會刺繡的人走來走去，令她們不時分心，環境著實不能算好。

既然決定要做這件事，那誰不願意待在一個更好的環境裡做呢？

就這樣，前後布局多日，席雲芝在香羅街上的另一間繡坊便總算能開業了。除了蘭嬸娘、倩表姊她們五個會刺繡的人外，她還另聘了二十位繡娘，由蘇九總領，按計件形式結算工錢，專門繡製一些能夠倒賣給波斯商人的傳統繡品。

嬸娘等人從一開始的彆扭，到現在的適應，每天努力工作，心無旁騖，每天與一班志同道合的人一同探討研究繡法的花樣，讓她們好像再次找到了人生的追求般，積極得不得了，有時候忙忘了，乾脆就在繡坊裡將就地睡一睡。

席雲芝見她們辛苦，便在繡坊後頭的民居中給她們另租了兩間房，專供那些因為趕工而不能回家的繡娘們居住，生活用品一應俱全，環境也很不錯，這一舉措，深得繡娘們的贊同，一個個在繡坊就更加賣力工作了。

這日，席雲芝正在南北商鋪裡清點從繡坊拿回來的繡品，準備叫人送到碼頭去上船，卻見鋪子外頭來了兩頂華麗的四人抬大轎，席雲芝原也沒在意，以為是哪家小姐來店，沒想到眼角掃過了轎身時，碩大的「席」字和熟悉的雕飾叫她不禁一呆。

只見馬車停下後，便立刻有四、五個僕役跑過來，墊腳蹬的墊腳蹬、牽馬的牽馬，恭恭敬敬地等在馬車下。兩名如花似玉的婢女從簾子後探出頭，小心翼翼地用鈎子將車簾高高掛起，又踩著腳蹬走下馬車，伸手去扶車裡的人。

纖纖玉手搭在丫鬟的手背上，花哨的指甲擦得晶晶亮，讓人一看便知這是一雙出自大戶人家小姐的手。

席雲芝放下手裡的貨單，將之交給二掌櫃接手，自己則走出了櫃檯，迎出了門。

席雲春和席雲秀相攜走入店鋪，美豔高貴的氣質使她們看起來便讓人不由自主地產生一種疏離感。

席雲芝迎了上去，笑容滿面。「二位妹妹別來無恙。」

席雲芝的出現讓兩位席家小姐面上都是一驚，還是席雲春率先反應過來，語帶不屑地說道：「妳怎的會在這兒？早就聽聞妳夫家清貧，沒想到竟是真的，還要妳一個女人拋頭露面討生活。」席雲春語調慵懶，帶著一股冷嘲熱諷的口吻，眼神中的瞧不上卻是表現得真真的。

席雲芝聽她說得這般輕蔑，也不生氣，橫豎這些調調都是她在席府聽慣了的。

席雲秀將席雲芝上下掃了一眼後，左顧右盼地問道：「你們掌櫃呢？我要選幾樣東西送給雲春姊姊做嫁妝。」

席雲芝知道，席雲秀已於四月初出嫁，如今也早已換做婦人髻，雲鬢墨染般雅致幽香，說話時，眼神卻是頻頻瞥向席雲春，像是故意說給她聽的一般。

席雲春收到她的眼神，便也親熱地莞爾一笑。「多謝妹妹。」

「謝什麼呀，都是自家姊妹。我那婆婆還說，等姊姊成親後，讓我多去貴府走動走動呢，到時可有的叨擾了。」

席雲春滿面紅霞。「哎呀，妹妹，我這還沒出嫁呢，怎的就是他府的人了？」

席雲秀笑道：「是是是，我說錯了，是準姊夫的府邸才對。」

兩人姊妹情深般四手交握，席雲芝不動聲色地站在一旁等候。看雲秀的樣子，應該還不知道她之前跟席家做的那筆交易。雲秀嫁的是知州公子，雲春馬上也要加入京府通判的府邸，兩家於公於私都來往頗密，可謂是打斷骨頭連著筋，如今有了這對姊妹做橋梁，今後便能走得更近，所以，席雲秀才會在席雲春出嫁前，趕回來獻一獻殷勤。

兩姊妹手拉著手，妳我永不分離般坐到了席雲芝特意給客人準備的太師椅上。

席雲秀見席雲芝還杵在這兒，優雅的臉龐上不禁有些怒容。「妳還站著幹什麼？難不成還想跟我們一訴姊妹情分？去把你們掌櫃的叫來，我們要挑好幾樣東西，妳作得了主嗎？」

席雲芝對她們微微一笑，便轉身去了櫃檯，讓正在對單子的二掌櫃去接待這兩位小姐。

席雲芝一邊核對，一邊抬眼掃了掃席雲秀，見她只有面對席雲春時，表情是謙恭有禮、落落大方的，對待旁人總是多了幾分凌厲與不耐，像是所有人都欠了她一般，這種表情，可不是一個新嫁娘該有的才對。

看來，雲秀妹妹在知州府的日子過得並不舒心啊！

繡坊的繡品上船後，便被幾個波斯商人搶購一空，因為席雲芝繡坊裡的東西價格公道，做工精良，就連款式都是各種各樣的，有荷包、香囊、襯衣、巾帕，花色也是品種繁多，唯妙唯肖、似真似幻的繡法就連外行的人看了，也知道這是行家手法。

於是，席雲芝給繡坊接下了很多訂貨單，繡坊日夜趕工，忙得不亦樂乎。她將一小部分繡品直接用來換購波斯商人手中其他新奇美妙的貨物，繡坊的名聲越來越大，各家成衣店都紛紛來函，說是要用上好的真絲綢緞或是精貴布疋來換南北繡坊的手藝，這樣一來，席雲芝就連購買布疋的錢都能省下，兩家店聯手，真正意義上做到了以店養店這個策略。

席雲芝如今只要負責往裡收錢，進貨銷路都無須額外支出，銀錢便如水流入江般積聚了起來。

六月初二這日，洛陽城的鞭炮響了足足有半日，席家二房雲春小姐出嫁，嫁入通判府，通判大人楊嘯因為比雲春小姐大了足足一十六歲，因此對這門親還是相當看中的，排場之大可謂空前，一時成為城中百姓們爭相討論的熱門話題。

但是，席雲芝卻沒多餘的時間去管這些事情，因為再過一個多月，步家周圍近千頃的稻子就要熟了，她若不事先做好準備，到時候萬斤米糧沒有出處，可是會很頭疼的。

洛陽城中的米行只有駱、王兩家，王家沾著官親，出糧、入糧都是漕運官船；駱家雖也是漕運，但卻是漕幫自己家的產業。官家的糧鋪規矩多、手續煩，兩者相比，席雲芝更傾向於直買直賣的駱家。

席雲芝安排好了兩間店鋪的事宜，下午便去了城西的駱家糧鋪，和掌櫃的敲定好大概日期，掌櫃的還親自跟她去了步家周圍田地確認了一番情況。這般大面積的稻米種植，在整個洛陽城都是首屈一指的，駱家掌櫃頓時將席雲芝列為最大客戶。

將掌櫃的送回鋪子後，席雲芝覺得心頭的大石算是落了一半，心情很不錯，想著晚上給全家人加些菜，便去了集市，買了一隻雞和兩隻蹄膀，正要往回走時，卻突然看見一個熟悉的面孔。

席雲秀的貼身婢女柔兒匆匆忙忙地從藥鋪出來，懷裡捧著什麼東西，臉色憋得通紅，經過席雲芝身邊時，她的腳步一頓，臉色尷尬極了。

席雲芝一貫的和善，對柔兒笑了笑，問道：「柔兒，妳這是替誰買藥啊？」

柔兒雖是席府的婢女，但自覺比這位名位上的大小姐要得寵的多，因此對待席雲芝的態度向來都是冷漠中帶點高傲的，不自覺將藥藏了藏，這才說道：「前些日子貪涼，得了風寒。」一神情矯揉，將席雲芝上下看了看，便撇著嘴皮子說道：「大小姐連伙房丫頭的活兒都攬入了手，姑爺家難道就沒個伺候的人嗎？真是可憐！」

席雲芝好脾氣地笑了笑，柔兒只覺自己一拳打在了棉花團上，無力得很，扭著腰肢就走了。

席雲芝看著她離去的背影，雙眸微斂，轉首看了看柔兒先前出來的藥鋪，猶豫了片刻後，這才走了進去，跟老闆買了幾兩山參回去燉雞，然後「順便」問道：「老闆，先前那丫頭買了什麼藥呀，怎的行色匆匆的？」

老闆將席雲芝的山參包好之後遞給她，這才回道：「喔，那丫頭啊！嗨，真不知那家人在搞什麼鬼？」

席雲芝笑問：「此話怎講？」

藥鋪老闆也是個好事的，四周觀望了一圈後，這才對席雲芝說道：「前幾天那丫頭才來買過安胎藥，可今日卻又來買打胎藥，真不知道他們到底想幹什麼？」

聽完這句之後，席雲芝便狀似無趣地點點頭，付錢走人了。

柔兒是雲秀的貼身婢女，她來買的東西，十有八九都是跟雲秀有關的。看來雲秀妹妹嫁入盧家不久，便有了身孕，這本是大喜之事，又為何叫這丫頭先買安胎藥，再買打胎藥呢？

步家的小院終於建成，沒有氣派恢弘、千簷百宇，卻是自有一股農家小院的恬適。

席雲芝按照自己和夫君的喜好，買了適合的家具，佈置好了房間。小院總共有五間房——一間主臥，一間書房，一間小小的繡房，還有兩間孩子房。院子裡則種著好幾棵她喜愛的桂花樹。這便是她心目中的理想小院，不需要太大、太奢華，只要安逸舒適就夠了。

晚上，步覃躺在新院子裡的床鋪上看書，席雲芝卻是在屋子裡四處觀望，像是一切都新奇得不得了。

步覃趁著翻書的空檔，抬頭看了她一眼，這才說道：「麻雀大小的院子，妳倒還新鮮了。」

席雲芝聽他如是說，有點不以為然。「麻雀雖小，五臟俱全。我就喜歡這樣的小院子，這樣的生活。隱世花藏，別有洞天，若是在湖邊那就更好了。」

「隱世花藏，別有洞天？」步覃被席雲芝的這兩個詞語弄得哭笑不得。就這連從前的將軍府柴房都比不上的小院子，就把她樂得不知南北了？放下書冊，他的語調不禁輕快起來。「原來妳喜歡的生活就是這樣的？會不會太小家子氣了？」

席雲芝見步覃放下了書冊，沒在看書了，便走到他眼前，準備好好跟他辯論一番。「所謂大家也是一戶戶小家組成的，有一座舒適的小院、一個心愛之人，兩、三個頑皮孩童，這樣寧靜的生活不應該受人喜歡嗎？」

步覃聽了一時語塞，看著她難得天真的樣子，不禁勾唇說道：「那如今妳小院有了，心愛之人也有了，就差兩、三個頑皮孩童了……」

席雲芝一愣，被步覃眼中赤裸裸的曖昧眼神惹得面上一紅。「我是說理想中的生活，又不是說自己想要孩子！」

步覃見她嬌羞，便對她招了招手。

席雲芝看出了他眼中的不懷好意，腰肢一扭，離開了他跟前，繼續去探尋她心目中的小院子了。

被拒絕也不惱，步覃等著這隻小麻雀再飛回他的手掌心來，到時候他再好好跟她探討一番生活。

第二天，席雲芝帶著滿身的痠痛，去到南北商鋪。她揉著此刻還有些僵硬的腰，總覺得自己若再不吃些補藥，就要跟不上夫君虎狼般的體力了。

剛跨入商鋪門檻，夥計小方就迎了上來。

「掌櫃的，知州府的少奶奶訂了幾套首飾，說是您娘家姊妹，指名要您親自給送過去。」

席雲芝停下揉腰的動作。「知州府少奶奶？」

夥計點頭。「是，那訂貨之人是這樣說的。」

席雲芝斂眸想了一想，便點了點頭，對小方說道：「知道了。她看中了哪幾樣？去準備準備吧。」

小方領命去了之後，席雲芝便走入櫃檯。她思前想後，覺得定是柔兒將昨日在藥鋪門口遇到她的事跟雲秀說了，雲秀不確定她有沒有看到柔兒買的是什麼藥，今日便是想把她叫去試探一番了。

到底發生了什麼事，需要她們這般防備？席雲芝心中的疑團越滾越大。

知州府位於城東，城東向來是勛貴富家居住之地，離席家也不是很遠。

席雲芝讓夥計給她雇了一頂普通的轎子，倒不是因為路程太遠走不動，而是在城東地界，若是去拜訪哪間府邸不坐轎子的話，估計就連門房都不願替你進去通報。

席雲芝來到知州府外，看見一輛席府的馬車停在外頭。趕車的老嚴認識她，是個老實人，便從車上跳下來跟她打招呼，席雲芝這才知道，這馬車是四嬸娘周氏驅來看望閨女的。

席雲芝讓門房進去通報，不一會兒，便有人來帶著她去了席雲秀住的院落。

知州府占地沒有席家大，內裡乾坤卻是富麗堂皇至極的，就連水榭前隨意擺放的亂石都是由異域運來的，嶙峋錯落，園中的花草更是珍稀品種。在席雲秀居住的院子前還有一片用極高鐵柵欄圍起來的地，柵欄裡竟然放養著兩隻通體雪白的白虎。據那領路的僕人說，是他們少爺喜歡養這些野性難馴的猛獸。

送到院落門外，便有一個丫鬟過來接手，席雲芝這便知道，知州府規矩森嚴，這些僕人是絕對不允許進入主人院子的。

那丫鬟冷著一張臉，彷彿多出一個表情，她臉上的面具就會裂開一般，走在前頭領路，死氣沈沈得叫人感覺壓抑。

還未入內，席雲芝便聽見一道歇斯底里的女聲響起——

「他們一個個都來糟蹋我，如今就連娘親也來糟蹋我！走，妳走！」

說完之後沒多會兒，便見一個哭哭啼啼的婦人被趕出了廳門。一向軟弱愛哭的四嬸娘已經泣不成聲，站在外頭又跟裡面說了幾句什麼，因為聲音太輕，席雲芝沒有聽見。

周氏說完之後，便轉身走了，走下臺階，穿過小徑正要出去，卻看見席雲芝端立在那兒，不禁一愣，這才稍微收斂了一番哭意。

席雲芝對她福了福身子，不等她問，便說道：「雲秀妹妹在我們店裡訂了幾樣首飾讓我送過來。嬸娘可是來看望妹妹的？」

周氏低頭揩了揩眼角，不願在這個昔日無甚交集的晚輩面前失態，點點頭冷淡道：「是啊。聽說她這些日子身子不爽利，我便來瞧瞧她。她既叫妳前來，妳好好陪著便是，莫再叫她動怒了，知道嗎？」

席雲芝聽著四嬸娘這番話，只覺得語氣中有一股無奈絕望，她不動聲色地福了福身。「是。」

四嬸娘離開之後，帶席雲芝入院的丫鬟便上前通報。席雲芝在院子裡等了足足一盞茶的時間，才被臉色不善的柔兒迎了進去。

只見席雲秀紅著眼眶坐在梳妝鏡前，像是大哭過，雖然穿著錦衣華服，妝容精緻，卻也不難看出。

席雲芝站在一處水晶珠簾旁等候，席雲秀看了一眼柔兒，這才將席雲芝叫到身前。

席雲芝過去之後，站在她的身後，主動替她盤髮，話起了家常。「剛剛遇見四嬸娘了，她說妹妹身子不爽？」

席雲秀呆呆地看著鏡中的自己，沒有說話。

席雲芝抬頭看了她一眼，便從一旁的寶箱中拿出一套金片柳葉簪釵出來，一件一件放在席雲秀的雲鬢旁比劃，像是絲毫沒看出異樣般。「昨兒在街上遇見柔兒，她說妳著涼了，如今正是季節變換之際，妹妹可要當心啊！」

正好端端說著話時，席雲秀突然轉過了身，好在席雲芝手收得快，不然這尖銳的簪子在她臉上劃一道可不是鬧著玩兒的。

「妳是不是知道了什麼？」席雲秀的聲音空洞，像是一尊沒有靈魂的木偶在說話般，眼神陰暗得叫人害怕。

席雲芝直視她的雙眸，尋常般說道：「知道了什麼？妹妹，不是妳叫我來送東西給妳的嗎？這簪子……」席雲芝想化解她莫名的怒火，便將簪子送到她面前。

席雲秀接了過去，拿在手中把玩了一會兒，整個人如幽魂般走到花廳裡，就連水晶珠簾勾住了她的長髮也不自覺，渾渾噩噩、腳步虛浮。

席雲芝亦步亦趨地跟在她身後，怎料席雲秀突然轉身，抬手就拿簪子往席雲芝身上扎去！

席雲芝大驚，下意識抬手擋了擋，鋒利的簪子便在她的手肘上劃出一道口子。

席雲秀瘋了一般對她發洩道：「妳肯定是知道了！妳是特意來笑話我的是不是？妳算什麼東西？誰不知道妳席雲芝在席家連條狗都不如，妳憑什麼來笑話我？」席雲秀已經完全瘋魔了，她一邊吼叫，一邊追趕著席雲芝，像是要藉此發洩心中的不滿。「妳不過是賤人生的賤種，旁人我動不得，我卻是能動得妳的！給我滾過來，滾過來跟我求饒！跪到我面前來，爬著跪過來，否則我就讓衙役們把妳家抄了，把妳家的破房子一把火燒掉！哈哈哈哈！」

席雲芝不解為何席雲秀會變成這樣，她躲了一陣，席雲秀倒是不追了，兀自站在那裡瘋瘋癲癲地獰笑。

柔兒趁她站著不動了，便趕忙上去抱住了席雲秀，哭著說：「小姐，妳別這樣了。」

席雲秀低頭看了一眼柔兒，臉上維持著笑意，竟然抬手就用簪子扎在柔兒的背上！

「妳又是什麼東西？一個豬狗不如的奴婢！平日給妳好臉色看了，妳就敢爬到我頭上撒潑了？看我不扎死妳、扎死妳！」

柔兒的後背被扎了好幾下，血流不止，還被席雲秀推倒在地，踩著背脊繼續踢打，痛得她發出慘叫。

席雲芝看向院外，偌大的院子裡站著十幾個僕婢，竟然全都對屋裡發生的事情視而不見，彷彿根本沒有聽見席雲秀的癲狂和柔兒的慘叫一般。

席雲芝無奈，只好趕上前去拉住了席雲秀的手，大聲叫道：「妳再打她就要死了！別打了！」

她真的沒想到事情會演變至此，她以為席雲秀只是讓她送點東西來，順帶用語言折辱她一番罷了，沒想到竟會鬧出這麼一齣，還見了血。

她拚著氣力將柔兒從席雲秀的腳下救了出來，兩人傷痕累累地奔至門外。

席雲秀還想追出來，這時候，院子裡的僕婢們就有動作了，十幾個人全都湧過來，將踏出房門的席雲秀堵了進去。
柔兒這才捂著胸腹對席雲芝說道：「多謝大小姐救命之恩……妳先回去吧，落在裡頭的東西，改日我給妳送回去。」
席雲芝點點頭，知道此地是知州府，不是她能久留管事的地方，便離開了。

回到鋪子裡交代了一番，席雲芝就回家清洗傷口了。
夫君和趙逸他們從南寧回來後，白日大半都在北郊營地上，老太爺則一般都在後院，嬸娘她們早已全都搬去了繡坊後的民居，如意和如月也跟著老媽子上街買菜去了，因此她回到院子裡時，家裡空蕩蕩的，竟然一個人都沒有。
她坐在院子裡的長凳上，將袖子掀開，看了看傷口。倒不是很嚴重，就像是被樹枝刮了一下般，這種細長傷口，過幾日應該也就好了，只是她身上沾著的血跡有些恐怖，但大多都是柔兒身上的。
誰料剛把井水打上來，趙逸便回家了，席雲芝還沒來得及問他回來幹什麼，就見趙逸往她身上掃了兩眼，然後便大驚失色地轉身上了馬。席雲芝拿著水瓢追了出去，卻沒能趕得上，看著他絕塵而去的背影，她心頭隱隱有一種不好的預感。
果然，沒多長時間，席雲芝清洗好傷口，去房裡換了件衣服後，外衣都還沒扣上，步覃便冷著一張臉推門而入，不由分說便要解她的衣衫。

席雲芝自然不肯，揪著衣領不讓他拉開。「夫君，你幹什麼呀？現在還是……白天呢。」她以為夫君突然回來是為了做那件事，羞赧得雙頰緋紅。

步覃冷眼看著她。

席雲芝不得不承認，她家夫君冷著臉不說話的時候確實有點嚇人，那眼神就像是懸在你頭上的一柄大刀，有一種隨時隨地就會將你劈成兩半的威脅感。

「脫了。」

席雲芝還想反抗。「可是、可是……」一步步後退，卻是正中下懷，跌坐在了床鋪之上。

步覃乾脆一不做二不休，將帳幔一拉而下，也鑽入帳子裡，三下五除二便將席雲芝剝得光溜溜的，仔細檢查一番後，才將沈沈的目光落在她的手肘上，冷聲問道：「這是怎麼回事？」

席雲芝看了看手肘，終於明白夫君這麼做的道理。定是趙逸回家的時候看到她滿身是血，以為她受了多重的傷，便趕緊回頭去報告給夫君知道，夫君大驚，便趕了回來。

想通了這一層，席雲芝不禁笑了，抽回了被夫君抓著的手，用被他脫掉的衣服遮住胸前春光，這才沒好氣地說道：「不小心被簪子刮了一下，沒什麼大不了的。」

步覃沒有說話，而是用目光審視著席雲芝，見她神色如常，身上也確實沒有其他傷口，這才放柔了神情，將她的手肘再次拉到面前，想也不想便用舌頭舔了幾下。

溫潤濕滑的觸感讓席雲芝臉色脹紅，盯著步覃，一副難以置信的震驚樣。

步覃卻一本正經地解釋說：「口水可以治療傷口，野獸都是這麼療傷的。」

席雲芝憋著滿腔的笑，眼睛都歡喜得瞇了起來。「夫君，你說我是野獸，還是你是野獸啊？」

步覃眉峰一蹙，脾氣頓時來了，拉過席雲芝想要繫上肚兜繩結的手，將之火速壓在身下，不怒自威地道：「誰允許妳用這樣挑釁的眼神看著我的？」

席雲芝哭笑不得。「夫君，我沒有。」

步覃冷著臉，執著道：「妳有，就是這種看白癡的眼神！妳在挑釁我！」

席雲芝越看他越想笑。「我真沒有。」

步覃看著她在他身下笑靨如花的模樣，像極了一隻欠收拾的找死小綿羊。拍了老虎的屁股就想溜？門兒都沒有！壓著她反抗的小手，一手來到她的膝蓋處。

席雲芝這才意識到他想幹麼，根本就是恃強凌弱、歪曲事實，為的就是一逞獸慾嘛！

她不禁晃動著腰肢想逃。「昨晚不是剛做了幾回嗎？我這腰還痠著呢……」

她越是想逃，步覃就越是緊逼，在她耳旁輕吐熱氣。「我這是在教妳，千萬不要隨便挑釁一個力氣比妳大的男人，知道嗎？」

席雲芝已經懶得聽他無理的解釋了，欲哭無淚的無奈漸漸被熱情所取代，芙蓉帳中婉轉承歡，又是一番春色無限……

席雲芝累極了，便沈沈睡了過去。

步覃從房間走出，輕手輕腳地關上了門後，趙逸和韓峰便走上前來，在他耳邊說了幾句話，令他不禁深蹙眉頭，沈吟道：「再探。」

韓峰有些遲疑。「爺……再探可就是知州府的家事了。」

「探。」

步覃心意已決，才不管接下來他探聽到的是家事還是國事，總之，他的女人在他的眼皮子底下被欺負，便是最大的事！

趙逸和韓峰對視兩眼，心道有人可能要倒楣了，這才領命而去。

第二天回到南北商鋪，夥計小方又來告訴席雲芝，說知州府一早又派人來叫她過府。

想起昨日席雲秀癲狂的模樣，她知道，今天若是去了必然也是與昨天相同的結果。

席雲秀不知在知州府中受了什麼天大的委屈，無處發洩，偏偏她初來乍到，少主母的威信還沒建立起來，身邊也沒個供她宣洩脾氣的人。

盧家那邊的人她是不敢打罵的，因此才會將矛頭對準她這個無依無靠、無權無勢的娘家姊妹身上。

小方等著她回話，席雲芝點點頭說：「我知道了，不用理會他們。去告訴大家，今後若是我不在，無論知州府少夫人要傳誰過去，都不許去，知道了嗎？」

明擺著上門就是供她打罵發洩的，席雲芝自是不會湊上去討打，也不允許身邊的人遭殃。席雲秀要如何那都是她家的事，她可不想被扯進去瞎攪和。

張延說話算話，給席雲芝送來了當月的三成盈利，席雲芝推辭不要，張延卻當場較真，說席雲芝若不收下這錢，那今後就連朋友都沒得做！席雲芝無奈，只好收下，並承諾說這錢她先放著，若是今後需要周轉，儘管向她開口便是。

張延嘟囔著說席雲芝咒他，便回了他的得月樓。

席雲芝看著櫃上多了一大包的銀兩，少說也有二百兩銀子。三成盈利就如此之多，看來張延的酒樓生意挺好的。輕輕一笑，她由衷替他感到高興。

她想著要去看看繡坊的情況，卻在快要出門的一瞬被人叫住。

席雲芝轉身往後看了看，卻見一位貌美婦人端立於豪華馬車前看著她，竟是席家的四嬸娘周氏，也就是席雲秀的親娘。席雲芝心頭一跳，只覺得該來的不管怎麼躲避，還是會來。

將周氏請到了樓上雅間，命人奉了茶。

周氏面無表情，顯然是沒心思喝茶的，席雲芝便在她對面落座，噓下了那些客套之言，畢竟人家肯定不是來跟她喝茶敘舊的。

「這家店是妳開的？」周氏先前聽見店中夥計稱呼她為「掌櫃」。

席雲芝原本就沒想隱瞞，遂點頭。「是。」

周氏嘴角露出一抹嘲諷。「哼，真是人算不如天算。妳從前在府中卑微低下，沒想到一朝得風便飛上了天！」

席雲芝沒有說話。

周氏見她如此，就開門見山地說了：「雲秀傳妳去府，妳為何不去？」她的眼中透著怒氣。

席雲芝不想跟她兜圈子了，便不客氣地說道：「明知去了是供她發洩不滿的下場，我為何要去？」

周氏聽了席雲芝的話，一改平日軟弱的形象，將面前茶杯掀翻在桌，冷道：「她是妳的姊妹，妳就是送上去讓她打幾下又怎麼樣？為什麼要拒絕她，令她傷心？她現在可不能傷心！妳席雲芝是什麼東西？從前在席府，若不是我們從指縫裡漏些米糧給妳度日，妳早死了，現在妳憑什麼過得比雲秀痛快？」

席雲芝面對惡言，淡然一笑。「四嬸娘的意思是，要我送上門去給雲秀妹妹打一打，讓她解解悶？」

雅間內的氣氛有些凝滯，先前被周氏潑翻的水流到地上，發出滴滴答答的聲音。

周氏深吸一口氣，像是在隱忍著什麼。「妳開個價，我給妳錢總行了吧？」

席雲芝耐著性子對周氏比了個「請」的手勢，無聲地下著逐客令。

周氏憤然起身。「席雲芝，別不識抬舉！如今是雲秀鐵了心要見妳，否則妳信不信我明日便能叫妳這店化為灰燼！妳憑什麼跟我鬥？」

席雲芝也站起了身，再次對周氏揮了揮手。

周氏臨走前，目光前所未有的惡毒。「妳別後悔！」

席雲芝對這對母女簡直無語了，她們威脅人的口氣如出一轍，令人心生厭煩。

不過，還沒等席雲芝採取保護措施，就在周氏來找席雲芝談判的當天傍晚，便有幾個壯漢拎著幾大桶的狗血，不由分說便在南北商鋪的外牆上潑灑起來！店裡的夥計出去制止，卻反被他們痛打一頓。幾個高大漢子眼看著就要進鋪子抓人，幸好趙逸和韓峰及時趕到，將他們打了出去，席雲芝才免去了被當眾綁架的命運。

席雲芝驚魂未定，看著滿地的血紅和一片狼藉的鋪子，心中憤然，目光卻空前的鎮定。

從頭到尾她都只想好好做點生意，他們就這麼容不下她嗎？

既然如此，就別怪她不客氣了！

第七章

知州府後院，席雲秀尖銳的聲音再次傳出——

「去抓她，給我去把她抓過來！我要見她，我要用刀劃了她的臉！我也要讓她嘗嘗痛不欲生的滋味！」

周氏看著日趨病態的女兒，心急如焚，為免再刺激於她，只好出言安撫。「我已經派人去抓她了，妳別生氣，小心身子。」

席雲秀聽不進去，看了一眼似乎有些隆起的小腹，情緒變得更加激動。「那個賤婢，她憑什麼過得比我好？她樣樣都不如我，憑什麼是我來受這種罪，受這種屈辱？」

「是是是，妳別急，娘這就派人去把她抓來，到時候隨妳是想劃她的臉還是想用其他方法折磨她都行，橫豎不過是個賤婢，打死了就打死了，妳可不能急出好歹來。」

席雲秀聽了她母親的話，情緒這才稍稍好轉。

周氏看著女兒這般模樣，心疼極了，對席雲芝的不聽話更是惱火於胸。那個賤婢自以為嫁出去後翅膀就硬了，她不願向雲秀低頭，她就偏要她低頭！不只低頭，她還要那個賤婢永遠被雲秀踩在腳底，不得翻身，看她還敢不敢這般輕視她們！

兩日後，得月樓雅間內。

張延風塵僕僕地趕了過來，對正在踱步的席雲芝說道：「打聽清楚了，盧公子夜夜眠花宿柳，一連大半個月了也沒見回去過。城東有座蕉園，便是他用來金屋藏嬌的別院。」

張延的朋友多，找他打探消息是最快的。席雲芝點點頭，又問道：「那席家呢？席家最近出入盧家的次數是否增多？」

「何止是增多？就那四夫人，每天都要出入四、五回，回回出來都是哭哭啼啼的，活像她閨女在知州府裡正過得水深火熱般。」

席雲芝聽了張延的話，心裡大概也有了點眉目。首先可以肯定的是，席雲秀懷了身孕，但是從她相公盧光中的表現來看，她肚子裡的孩子定然不是他的，而是席雲秀新婚時與旁人勾搭所得！這個人是誰，她不知道，但是席家那邊，最起碼四嬸娘周氏是知道的，所以她才會日日趕去盧府陪伴。

如果她的猜測為真，那就不難解釋他們的行為了。席家和盧家都是洛陽城中首屈一指的富貴人家，新嫁娘出了如此醜聞，兩家勢力定是將此消息封鎖至死，就盧家而言，寧願咬牙吞了這記悶虧，也不願事實被人揭露出來；席家的態度亦然，家裡出了一個失節的閨女，怎麼樣都是面上無光的。

想透了這些，席雲芝突然覺得，如今就算自己不做什麼，也足夠席家那邊頭疼的了。如果她們不是這麼過分，惹到她頭上來的話，她是真的可以不必動手的，只可惜……

見張延還在一旁等候，席雲芝斂目想了想，便又說道：「你能在盧家找個說話的人嗎？」

張延想了想，回道：「不難。」

盧府中的下人少說也有上百，在上百個人中找一個願意收銀子辦事的人，確實不難，張延有這個自信。

至於這個女人接下來想要做什麼，他就不想過問了，因為那些都不關他的事。他幫她是顧及她的提攜之情、朋友之義，如今她要反擊的人於他而言沒有任何關係，他又何苦去追問良多呢？

席雲芝當然不知道張延此刻的心思，她正聚精會神地思考，目光若有所思地看著前方，片刻之後，囑咐之言才緩緩流淌而出。「雲秀妹妹初為人母，情緒不穩，那咱們就給她送些補藥，讓她好好補補身子……」接著又在張延耳邊說了幾句囑咐的話。

張延點點頭，表示自己明白她的意思，然後就出去替她辦事了。

席雲芝在雅間中踱步，雙手攏入袖中繼續沈思。席雲秀一定不想生下這個令她蒙羞的孩子，所以才會讓柔兒偷著去買打胎的藥，但很顯然沒能成功。看她一日日焦慮，席雲芝心中更加堅定了這個想法。若真是那般，她便不能叫她如願！

盧公子在睡夢中被人強勢拖離了溫柔鄉，硬生生摔在泥地上。

「哎喲……哪個混蛋？他媽的不知道本公子是誰嗎？」他摔了個狗吃屎，狼狽不堪地從泥地上爬起來，整個人像是滾過泥潭的驢子，灰頭土臉、惹人發笑。

剛一站起，臉頰就叫人招呼了一掌，火辣辣疼的同時，嘴裡的甜腥味擴散，一顆牙齒和著血被吐了出來。

他捂著臉，定睛一看，才發現自己被帶到了一片空地上，邊上有武器架，還有兩口水缸，其他什麼都沒有。環顧一圈，看到了三個人，為首那個面容冷峻，周身散發出一種鐵血的戾氣，叫人不寒而慄。

「你、你們是誰？與本公子……與我有何恩怨？」平白無故就被抽了一個大耳刮子，連牙齒都被打掉了，盧公子自然明白這些人是不好惹的，說話的語氣也就不敢囂張了。

為首那人看著他，就像在看一個跳梁小丑，良久之後，才掀唇說道：「我的名字叫步覃，你記好了。你我並無仇怨。」

盧公子反覆在腦中搜索步覃這個名字，但很可惜，他確實不認識，洛陽城的地痞流氓根本沒有一個叫步覃的呀！

「那……那你們抓、抓……抓我幹什麼？是、是要錢嗎？我……我、我有、我有！」

盧公子怕極了，說話結巴不說，還著急慌忙地從懷裡掏了一大疊銀票出來，要塞給步覃，卻被韓峰擋住。

「各位英雄，要是這些還不夠，我爹……我爹是洛陽府的知州老爺，你們、你們可以去跟他要，他一定會給你們的！」
盧公子在害怕之餘，還不忘抬出自家老爹來給自己壯膽。也許這些人敢抓他，是因為還不知道他是知州老爺的兒子！
「洛陽知州盧修，我記下了，改日再去找他。現在，還是先解決你我的恩怨吧。」見對方對自己的身分毫不在意，盧公子更加慌了。「英雄不是說，你我並無仇怨嗎？」
步覃點頭。「是啊，你我並沒有。不過……」
他故意拖長的語調讓盧公子的一顆心都懸到了嗓子眼兒。
「你的女人打了我的女人。那麼，我打你一頓，是不是天經地義的？」
「……」盧公子一時沒能明白步覃說的是什麼意思，愣在那裡，然後又被無情地抽了一個耳刮子。
步覃笑如惡鬼般看著他。「是不是？」
盧公子捂著兩邊的嘴巴，戰戰兢兢地點頭。
步覃最後又敲了他一記。「記好了，今日打你的人叫步覃，盧修要是想報仇，便來北郊守陵處找我。」
接著不等盧公子回答，趙逸和韓峰便左右開弓，對他一頓狠揍。揍完之後，還將他的衣褲都脫了，光溜溜地扔到了知州府門前。
趙逸和韓峰對一個不會武功的人做這些可是一點都不會覺得羞愧什麼的，因為這些招數可不是只有流氓才會做。他們從前什麼樣的兵痞沒整治過？手段那是層出不窮的。如今只能算這盧公子好運，撞到了他們爺手上，這些真的都只是輕的，如果是撞到他們手上……哼哼！

席雲芝派人將狗血全都清洗乾淨後，南北商鋪照常營業，絲毫沒有懼怕的意思。

趙逸和韓峰兩尊門神守在門外，給鋪子裡的所有人吃了一顆定心丸。

席雲芝本不想叫他們來的，可是他們卻自告奮勇，非要跟著過來，席雲芝拗不過他們，也就隨之了。若說她心中不怕，那定是假話，但是她卻願意賭一把。

前兩天，她命人捎了一封封蠟的信去了席府，指名要周氏親拆。信雖不過四個字——胎象有異，但席雲芝卻敢斷定，這四個字足以震懾周氏，讓她絕不敢再輕舉妄動。

「夫人，您就放一百個心吧！我敢保證盧家絕不敢再來騷擾了。」

正午日曬，席雲芝叫趙逸和韓峰進來喝茶，趙逸用手肘撐在櫃檯上，對席雲芝拍胸脯道。

席雲芝沒有停下撥打算盤的手，勾唇笑道：「是嗎？你用什麼保證？」

趙逸看了一眼對他投來警告眼神的韓峰，八卦地對席雲芝說道：「嘿嘿，夫人，其實——」

正要說出口，卻被韓峰打斷。「趙逸，我看你是皮癢了是不是？」

趙逸這才訕訕地翻了個白眼。

席雲芝抬頭看了看他們，饒有興趣地對韓峰說道：「怎麼，有什麼不能讓我知道的？」

韓峰這才意識到自己說錯話，對席雲芝抱歉一笑，摸頭道：「夫人，不是我們不說，而是爺吩咐了。」

席雲芝雙手撐在櫃檯上，盯著韓峰看了一會兒，這才勾唇。「吩咐了不能告訴我？」

韓峰是老實人，被席雲芝一句話就說得面紅耳赤，著急地解釋道：「不、不是！爺沒說不能告訴妳，只是說不能讓妳知道。」

席雲芝對這個老實人很是無語，看了一眼在旁邊偷笑看戲的趙逸，這才恢復了打算盤的動作，但口中卻繼續說道：「行，既然不能告訴我，那就算了。橫豎不過是你們去找了盧家麻煩的事嘛，我早知道了。」

韓峰震驚地回頭看了一眼同樣瞪大眼睛的趙逸，後者愣了好久後，才吶吶地說道：「夫人，妳怎麼知道？」

韓峰一副大禍臨頭的表情，看著席雲芝的目光立刻變得驚恐萬分。

席雲芝兀自算帳，像是沒看見他們臉上的表情般，故意賣關子說道：「我不知道啊，你們又沒告訴我。放心吧，我晚上回去會跟你們爺說，你們什麼都沒告訴我，我一點也不知道你們去找盧家麻煩的事。」

韓峰一副快被擠兌哭了的神情，洩了氣般，對席雲芝坦白道：「夫人，請口下留情，爺會殺了我們的……」

席雲芝再次抬頭，好整以暇地看著他。「那……」

韓峰看著席雲芝臉上一副「你懂的」的神情，又糾結了一小會兒後，這才挫敗地說道：「唉，夫人妳都知道了……爺不讓我們告訴妳，我們去敲打盧公子的事，也是怕妳心急，怕妳擔憂嘛！」

席雲芝蹙眉。「你是說，你們去找盧公子麻煩了？」

韓峰見席雲芝臉上變色，點了點頭。「是啊。怎麼了，夫人？」

趙逸也湊上來補充。「我們把那個盧光中教訓得跟狗似的，絕對已經嚇破了那小子的膽！」

接著便將那晚的事全都對席雲芝說了出來，誰料席雲芝聽後不但沒有表現出大快人心的樣子，反而急急從櫃檯後走出，問道：「這是什麼時候的事？」

趙逸不解席雲芝為何這般緊張，答道：「就前天晚上吧。」

席雲芝在店裡踱步走了一小會兒，這才旋身對趙逸他們說道：「你們去打聽打聽，盧家最近可有大事發生？」

韓峰不解。「夫人，盧家會發生什麼大事？」

席雲芝搖頭。「我也不確定，你們只管打聽去便是。尤其是盧家少夫人胎象這事，要特別留心一番。」

韓峰和趙逸雖然不知道席雲芝想做什麼，但知道定是有其深意的，便不再耽擱，往外頭走去。

他們走後，席雲芝踱步入了櫃檯，若有所思地盯著眼前的帳本。

盧公子喜愛豢養猛獸，這就說明了他並不是一個親善之人，極可能暴躁易怒。他必定知道雲秀妹妹嫁給他之後與人有染，這才多日不回府中，浪蕩在外，而這其中肯定是因為盧家長輩告誡過他，不許輕舉妄動，一切以盧家的顏面為重，他這個做丈夫的才會隱忍到今日都無動於衷。可是她怎麼也沒料到，夫君會去敲打盧公子，理由還是因為雲秀發瘋刺傷了她。一個暴躁易怒的男人，在外受到教訓不敢伸張，那麼他定會將矛頭轉移到實力相對弱勢的另一方去，也就是說，他很有可能會因為這件事而引爆對雲秀妹妹的不滿，到時候若是動起手來，那後果……

擔心了一個上午，趙逸和韓峰是專業打探的能人，敵軍之中亦能穿行無礙，哪怕是一戶官家，兩人很快地便有了答案，回來找席雲芝覆命。

結果出乎席雲芝的預料，盧家不僅沒有發生什麼大事，反而就連前幾日的雞飛狗跳都沒有了。

「那少夫人的肚子已經出來了，看著並無異樣，每日在房裡看書，閉門不出，席家四夫人倒是成日陪在那裡。」

只要不違背他們爺的命令，韓峰打探情報的能力還是一流的，彙報起來也是盡善盡美，事無巨細。

「是啊、是啊，盧家現在對那少夫人可好了，每天都是流水般送入的補品，我偷偷看了一眼，都是一些極其珍貴的東西，看來盧家對少夫人這胎很重視啊！」

席雲芝覺得奇怪極了，如果她之前猜測的是對的，那麼雲秀妹妹肚中的胎兒定不是盧公子的。但若盧家和席家都知道此事，就算為了顧及顏面，不當場戳破，也不會每天送補品這般重視才對啊！

而如果一切都是她猜錯了，那麼她送去席府的那封信為何又會奏效？周氏怎會因為那四個字而就此消停，不敢再找她麻煩？

種種疑團在席雲芝心中盤旋，這其中到底哪個環節出了錯？是有什麼事她沒想到的嗎？

晚上回到家中，席雲芝坐在燭火下，手裡拿著針線卻沒有下針，看著姿態變化的燭火，若有所思。

見步覃推門而入，席雲芝便迎了上去，替他換下衣衫。

步覃見她一副心不在焉的模樣，不禁大手一撈，將之摟入懷中，緊緊抱住。「在想什麼呢？」

席雲芝猶豫了一會兒後，才將心中的疑慮對夫君盡數吐出，步覃聽後，不僅沒有感到絲毫意外，還好像早就知道這件事，席雲芝不禁奇道：「這件事，夫君怎麼看？」

步覃在她腰上重重捏了一把，這才將她放開，兀自走到書案後坐下。見席雲芝滿臉期待地跟在他身邊，他微微抬手對她指了指硯臺，席雲芝便乖巧地走到硯臺邊，替夫君研墨。步覃垂下眼瞼，唇角勾起微笑。「能怎麼看？橫豎都是人家的家事，妳瞎操什麼心呀？」

席雲芝不是愛聽閒話的人，見步覃一臉正直，不禁勾唇說道：「是啊，橫豎都是人家的事，有些人插手幹什麼呀？」

步覃正要落筆，聽席雲芝這麼一說，手頓了頓，筆尖的一滴墨汁落在白紙上，形成墨點，他乾脆放下筆，好整以暇地看著笑得一臉甜蜜的席雲芝，當即便猜到，趙逸和韓峰那兩個叛徒定是將他教訓盧光中的事告訴她了。

「太齷齪的事，我不想讓妳知道。」他從書案後站起，走到席雲芝身邊，在她光潔的額頭輕輕落下一吻，這才又道：「那些事情，就交給我來做，妳只要好好生活，做自己愛做的事，就夠了。」

席雲芝怔怔地看著夫君這副不像開玩笑的神情，心中感動那是一定的，但更多的還是油然而生的一種強烈的歸屬感，這種感覺讓她能夠更加堅定地站在他身邊，與他並肩。

席家和盧家，果真如步覃所言，再也沒去找過席雲芝的麻煩，她的兩家店鋪照常營業，日進斗金。

這日，正在鋪子裡盤點貨物時，張延穿著與他氣質十分不相符的錦衣走了進來，將席雲芝拉到一側，神秘兮兮地說道——

「席家那邊有異動！」

席雲芝蹙眉不解。

張延一副打探到驚天大情報般的神情，對她說道：「席家開始變賣產業了！滴翠園和南城戲樓，是席家的吧？這兩日正在城中找買主呢！」

席雲芝沒有說話，雙眸眨了眨之後，便點頭道：「不錯，滴翠園和南城戲樓都是四叔父的產業。怎會拿去變賣？賣主可是本人？」

「千真萬確！妳懷疑我的消息來源啊？」張延對席雲芝的不信任很是氣憤，當場便要轉身離開，卻被席雲芝拉住。

她在他耳邊說道：「若是本人，那就再去探探那兩座院子要賣多少錢？最好能問出他們為何要賣？」

「為何？自然是缺錢唄，還能有其他什麼原因讓他們變賣自己的產業？」張延一副「妳真笨」的表情。

席雲芝無奈。「那就問清楚他們缺錢的原因呀！」

將張延打發走了之後，席雲芝便回到櫃檯後繼續清點貨品，正折疊著幾張夾著金箔製成的宣紙時，突然想起她從慈雲寺帶回來的那張被燒掉的紙。鏡屏師太寥寥數語，便將席家的產業盡數告知。

席家一共有五房，家大業大，各房都有自己私下的園子或店鋪。從前是三房的勢最大，因為那時候三嬸娘掌著家；現在的話，自然是五房掌握的產業最多；而二房叔父為人木訥，所以，手裡並沒有太多產業。滴翠園和南城戲樓，她記得很清楚，那是有一年，四叔父跟在三嬸娘後頭做生意，賺了一大筆錢後，四叔父買來送給周氏的，聽說滴翠園中四季如春，南城戲樓則日日戲臺高築。

周氏平日最愛消遣的便是這兩處地方，如今卻要變賣，席雲芝敢斷定這其中的理由，定然跟席雲秀在盧家的遭遇有關！難道……是被人勒索？

張延沒過多久就打聽回來了，趴在櫃檯上對席雲芝比了比手指，氣喘吁吁地說：「五萬兩！滴翠園和南城戲樓要一起賣，就是這個價。」

席雲芝斂目想了想，滴翠園和南城戲樓加起來他們才賣五萬兩？不說那般寬闊的占地面積，就是內裡建造也是花了大把心思、大筆金錢的，原本她以為至少得是十萬這個數……看來他們是真的很缺錢啊！

張延見她陷入沈思，不禁問道：「怎麼，妳有興趣幫他們一把？」

席雲芝沒有回答他的問題，只是柔柔地笑了笑，然後才又開口問道：「對了，柔兒那邊有沒有按照我的意思在做？」

之前她讓張延找人去接觸柔兒，就是為了要她為己所用，若是用好了，柔兒可是一顆最好的棋。

張延正在耍弄一座會跑出鳥頭的大鐘，聽席雲芝提起這茬，趕緊又走過來獻寶般彙報。「做了呀！那丫頭平日裡沒少被席家四小姐欺負，心裡早就恨死她了，現在既然有人肯出銀子幫她報仇，她還有什麼拒絕的理由？」站在櫃檯外頭來回踱步，張延突然想起了一些自己想不通的事情。「不過，妳說奇怪不奇怪啊，席家四小姐一個勁兒地想打胎，可是盧家呢，卻是一個勁兒地在保胎，除了盧府廚房做出來的東西，一律不許給席四小姐吃，弄得四小姐只得依賴柔兒，讓她找機會出去買打胎藥，可吃了幾回也是不見效，肚子仍是一天天大了起來。」

席雲芝沈吟片刻後，才問道：「那……盧公子呢？這段時間，可有去瞧瞧她？」

張延知無不言，言無不盡。「怕是瞧過兩回，不過說了幾句話就走了。」

席雲芝耳中聽著張延的話，心中有一個猜測正在漸漸成形，但因為牽涉極大，她始終沒敢說出來，只是婉轉地問出了最後一個問題。「盧大人是否只有盧公子一個兒子？」

張延不解地點點頭。

席雲芝便若有所思，沒再說話。

五萬兩就能買下兩座十分豪華的宅院，這筆買賣能做。

席雲芝既然得到了這一手消息，那就不能錯過這個機會了。第二天便給了張延五萬兩銀子，讓他去把園子和戲樓買了下來。

看著地契與合約，席雲芝將之妥貼收好，將鋪子裡的事情安排好之後，自己便行色匆匆地上街去了。

五萬兩，無論對怎樣富裕的人家來說，都不會是小數目，銀票這種東西若是藏不好，很容易就折彎或是受潮，到時候票號不認帳，那損失可就大了。

席雲芝不知道四叔為何要賣了宅子籌錢，就算是叫張延去問，他們也不會如實相告，與其聽來一個虛假的消息，席雲芝決定還是自己來探個究竟。

她坐在一間茶樓二樓雅間臨窗的位子上，悠閒地喝著熱茶，吃著點心，目光時不時地從上而下，瞥向茶樓正對面的通天票號。這間票號是洛陽城最大的，也是唯一的一家，若是有誰在短時間內得到了五萬兩銀子，那有八、九成的可能，會立即存入票號。

她倒要看看，這個人是否與她心中猜測的那個相吻合。

席雲芝思前想後，覺得會在這時威脅四房的人，非她莫屬——五嬸娘商素娥慣來喜歡背後出手，若是她偶然間得知了四房竭力想要隱瞞席雲秀與人通姦的事，暗地裡勒索他們也不足為奇。現在就來看看，她的猜測是否正確。

她趴在窗臺上，看著人流如織，穿行而過，進出票號的人多如牛毛，卻沒有哪張面孔令她感覺熟悉。

正這麼想著，卻看見席府的二總管桂甯鬼鬼祟祟地走入了票號，懷裡鼓鼓囊囊的，不小心露出衣襟中物件的一角，不正是她早晨用來包裹銀票的那塊波斯彩紗的邊角嗎？

二管家桂甯是商素娥的心腹，看到他出現，席雲芝心中已經完全確定了自己的猜測。

既然那個勒索四叔夫婦的人是五嬸娘商素娥，那麼……事情也就好辦了。

第二天一早，街頭巷尾便有人在傳知州府的少夫人懷孕的消息，還繪聲繪影地訴說了知州府中如何歡喜，就好像他曾身臨其境，親眼看見了那歡慶的場面一般。

因為席雲秀這胎不對，所以盧家一直對外隱瞞著這個消息，如今卻發現自己精心隱瞞的事情被人輕易地戳穿，並且大肆宣揚出去，自然惱火。而一直以來，出入知州府最多的便是周氏，因此，在聽到街頭巷尾的傳聞之後，知州府老太太便親自找周氏談了一回話，明顯就是懷疑這件事是從周氏口中傳出去的。

盧家覺得，這是周氏保護女兒的一種手段，覺得是她想先發制人，讓盧家處於被動，這樣今後就算是在檯面上，他們盧家也必須要給這位替盧家生兒育女的少夫人好日子過的。

這個懷疑令周氏百口莫辯，此時此刻，無論她說什麼，盧家都是不會再相信她了，當即便切斷了她能夠自由出入知州府的權利，將她趕出了門。

周氏鬱悶不已，心中亦是疑點重重，想著這件事知道的也就只有席雲芝和商素娥。

席雲芝不過是個黃毛丫頭，就算她憑著雲秀的反應猜出了一二，藉此讓自己不敢再去找她麻煩，但周氏敢肯定，她是猜不出全部的，就算猜出了全部，她也沒能力這麼快地在市井散播消息。

如此一想，這件事的罪魁禍首就呼之欲出了。

商素娥這個女人！勒索她也就算了，竟然在收了她的錢之後還過河拆橋，實在是太可惡了！

隔天一早，周氏便急急趕去了盧府，對盧家的老夫人揭露了商素娥的險惡用心，盧老夫人為之震怒。

席雲芝這幾天過得倒是很舒坦，南北商鋪的生意越來越好，各色新奇物品供不應求，之前送上船的那批繡品在異域也得到了大力好評，現在已經有好幾個船商跑去繡坊找她訂貨了，與此同時，也承諾今後他們各自船上的好東西，將先讓席雲芝的商鋪挑選。

這日，席雲芝在繡坊中安排日期，中午晚了，便在繡坊裡吃飯了。

飯桌上，蘭嬸娘和倩表姊對她表現出了空前的熱情，一會兒給她挾菜，一會兒給她盛湯，就連蘭嬸娘平日裡必須霸占的雞腿，都送到她的碗裡，讓她先吃。

席雲芝看著都快尖出來的碗，哭笑不得。「好了好了，這樣多我哪吃得了呀！」

蘭嬸娘還是抑制不住替她挾菜的動作，一個勁兒地說：「多吃點。妳看妳這麼瘦，平日也太操勞了！」

倩表姊端著飯碗，也跟在後頭附和。「是呀，妳為了咱們這些人費了那麼多的心思，要不是妳，我們還成日裡渾渾噩噩，不知道幹什麼呢？」

席雲芝有些羞澀地接受了她們的好意，點頭說道：「只希望妳們別怨我當時騙了妳們。」

「不怨！妳對我們這麼好，我們再怨妳也太沒良心了。現在回想我們從前過的日子，簡直就是活在泥潭裡，妳是拉我們出泥潭的人啊！」

蘭嬸娘自從工作之後，整個人的氣質就變了，從前的她挑剔敏感，說起話來都是像茶壺一般，頤指氣使，又沒人聽她的。但現在，看著她和繡娘們和睦相處，席雲芝也欣慰地笑了。

吃過飯後，席雲芝便回到了南北商鋪，鋪子裡有一大堆的東西等著她去驗收，南國的紙張、北國的樂器，各種產品繁多，驗收起來也比較繁瑣了。

全部整理結束，已是申時，想起今早夫君說過，今晚會早些回來，她便去集市多買了一隻雞和一條魚，又給步老太爺打了一壺上好的酒，這才回去。

沿路她遇上了一戶人家的搬遷，像是從外地搬進來的，一行人浩浩蕩蕩，車隊少說也有三十幾輛，前頭有高頭大馬引路，後頭跟著二、三十個僕役，這架勢，看來還是個大戶。

席雲芝站在路邊，等車隊全都走乾淨了之後才繼續前行，不時回頭望了望車隊消失的方向。

回到家中，步覃果然已經回來，正在書房裡寫信。穿著中衣的他如松站立在書案之後，俊美的容顏上滿是細密的汗珠，像是才回來不久，就連外衣也只是被他隨意擱置在書房的軟榻之上。

席雲芝泡了一杯消暑的梅子茶走進來，步覃一飲而盡，手中卻絲毫未停，像是正在處理什麼急事般，席雲芝便也不去打擾他，收了茶杯和髒衣服就出去了。

她讓劉媽把雞燉了，魚也紅燒了，然後自己才上灶，親自炒了幾樣素菜，就準備開飯了。

剛把菜餚端上桌，卻聽見院門「叩叩」地響起敲門聲。

如意小跑著趕過去開門，邊跑邊問：「誰啊？」

門外傳來一道洪亮的聲音。「請問，這裡是步覃步將軍的家嗎？」

如意將院門打開，一位風度翩翩的年輕公子便走了進來，身後跟著兩名隨從，看著像是會武的，只見那公子輕搖摺扇，對她笑道：「這位姑娘，敢問這裡是步將軍的家嗎？」

如意一輩子都沒見過這般俊逸不凡的男人，從前她只覺得步少爺長得最好，可如今看來，這位公子的容貌氣質也是不遑多讓的，最重要的是，他竟然還這般溫柔地稱呼她為「姑娘」！她當即紅了臉，點頭如搗蒜。「是是！請問公子是？」

「在下蕭絡，還請姑娘入內通傳。」

如意紅著十二萬分的臉蛋，撲騰著跑到了內堂傳話。

步覃正巧從書房走出，聽見她的話，臉色稍微變了變，看了一眼同樣臉色有異的步承宗，這才默不作聲地走去了門邊。

那蕭絡見步覃走出，臉上的表情簡直可以用欣喜若狂來形容，立刻就誇張地朝著步覃奔過來。「步兄多日不見，風采依舊哇！」

步覃的眉峰一抽，明白這人是在挑戰自己的忍耐度。

蕭絡見狀又是嘿嘿一笑，看到步覃之後，他的膽子就大了起來，將這裡當作自己家般隨意地走了進去。

見廳堂內坐著人，正準備吃飯，他乾脆老實不客氣地也湊了上去。「咦，你們在吃飯啊？正好我也還沒吃，一起一起！」

步承宗見是他，正要站起身來，卻被蕭絡快一步按了下去，笑咪咪地說道：「步老將軍快些坐好，可別折煞了小子呀！」

步覃冷著一張面孔走過來，對步承宗遞去一個稍安勿躁的眼神，這才神色如常地坐了下來，但是趙逸和韓峰卻是不敢坐在這桌了，一人抱著一副碗筷，準備跟如意她們到廚房擠一擠去。

蕭絡也不介意，看見空椅就坐，拿起碗筷就開吃，挾了一口蘆筍放入口中，一邊吃一邊點頭。「嗯，好吃！」

席雲芝從廚房裡端著一鍋燉好的雞走過來，看見桌上多了一個人，想起先前的敲門聲，不想卻是客人嗎？

將燉雞擺放上桌後，對那正吃飯的客人點頭笑了笑，正要準備落座，卻見那人看了她一眼，便道——

「哎呀，步兄果真是個享福之人，家中丫鬟一個比一個漂亮水靈！不錯，不錯！」接著他放下碗筷，對席雲芝招了招手，擺出一副俊帥無敵的笑顏對她說道：「本公子初來洛陽，身邊若是能有這樣一個乖巧水靈的丫頭伺候，想來也是一件不錯的事！小丫頭，妳可願意跟我？」

席雲芝見夫君與老太爺的臉色都變了，心中雖覺這客人言行太過無狀，但來者是客，她斷沒有發怒之理，只得尷尬地對那客人說道：「若是我的夫君同意的話，小女子便去給公子洗洗衣、做做飯也沒什麼。」

蕭絡一聽，興趣頓時減了一半。「妳……有夫君啦？不過算了，妳回去問問妳的夫君，看他肯不肯吧？」

說著，蕭絡便一副「我且將就著」的欠抽神情，又拿起碗筷，準備去挾步覃面前的蔬菜，不料卻被人重重按住了筷子。

「她的夫君就是我，你想要她做什麼，直接跟我說便是了！」

「……」

飯桌上頓時陷入一片死寂。

蕭絡的雙目先是瞪得老大，而後便突然黯淡下來，埋頭吃了兩口飯後，才裝作什麼事都沒發生的樣子，招呼起大家來。「吃飯吃飯！哎呀，菜都快涼了呢！」

「……」

晚上席雲芝和步覃上鋪之後，席雲芝才問起那個蕭公子是什麼人，步覃就滿臉的不耐，將席雲芝摟在懷裡亂親一通後，才喘息著說道：「他不是好人，今後見著他就繞路，不必理會。」

席雲芝縮在步覃懷中舒服極了，睏倦之意興起，就沒有說話。

步覃拍了拍她的後背，再次叮囑。「聽到了沒有？」

席雲芝舒服地嚶嚀一聲算是回答了，將自己縮得更近。

步覃看著她像一隻柔軟的小貓般躺在自己懷中，那可愛的姿態融化了他的心，嘴角微微露出笑意。

小妻子已經出落得越發標緻了，從前的她弱小又蒼白，看著很是羸弱不堪，就連小家碧玉都算不上，但此時的她卻是有點亭亭玉立的感覺，除了仍是偏瘦，氣色還是很不錯的。

一種油然而生的成就感躍然於胸，步覃在她額頭上輕吻了兩下後，這才摟著她睡了過去。

第二天一早去到鋪子裡，席雲芝便聽見店裡的夥計在那兒說話——
「我去看過了，德雲客棧被砸得不成樣子，就連掌櫃的都被拉入了獄！」
另一個夥計立刻就問：「掌櫃的都入獄了？犯了什麼事兒啊？前幾日不還好好的嗎？」
「誰知道啊，德雲客棧是席家的產業，照理說席家跟知州府是結了親的，不該發生這事兒才對呀！」
「唉唉，我可聽說了，這事兒還真是知州老爺親自下的命令！不只是德雲客棧，還有湘潭樓和五嶽樓，掌櫃的全被抓了！」
夥計們見到席雲芝進來，全都跟她打了個招呼後，便作鳥獸散，回去幹活兒了。
席雲芝走入櫃檯，沈穩的黑眸露出一點勝利的目光。旁人也許不知，但是她可是知道的，德雲客棧、湘潭樓和五嶽樓都是席家的產業不錯，而且還都是五房手裡最賺錢的鋪子。看來知州府的人是聽了周氏的搬弄，信以為真，便急著出手震懾商素娥了。
不過，周氏也許不懂，商素娥這個女人軟硬不吃，你若對她好些，她瞧不起你；你若對她不好，她就會想方設法弄死你。也就是說，周氏此舉若是成功將商素娥逼急了，她可是會不惜一切代價，猛烈反擊的。
到時候她只需隔山觀虎鬥，這把火怎麼燒也燒不到她身上來，正可謂一箭雙雕、一舉兩得。
從前在席家已經受夠了，她被害得母亡父廢、親弟失蹤。母親死得那樣冤枉屈辱、那樣慘烈，她都一直隱忍著、裝聾作啞，就是為了積累實力，憋著一口氣等待時機，一舉反擊。

而現在，反擊的巨輪已經開始轉動，如今這些，不過只是剛剛開始而已。

席雲芝從雲翔樓買了好些點心和蜜餞，準備帶去繡坊給蘭嬸娘她們打打牙祭。女人家都愛吃些點心、瓜子，對甜食有特殊的愛好，她們日夜替她趕製繡品，她也理應要保證她們的生活品質才行。

正往回走時，卻看見張延從人群中跑了過來，氣喘吁吁地對她說道——

「可找到妳了！」

席雲芝見他著急慌忙的，不知發生了何事，遂問道：「怎麼了？」

「有、有個外地客人想租了滴翠園，不知怎的找到得月樓去了。我聽妳提過滴翠園不想外租，可是他出的價確實挺高的，所以我就跑來問問妳了。」

席雲芝跟張延並肩走在街上，奇道：「他出多少？」

張延對席雲芝比了個手勢。「二萬兩，租半年。」

這個價格就連席雲芝都感到很意外了，不禁重複了一遍。「二萬兩，只租半年？」

「是啊！看那人的樣子，的確像是富家公子。據他說，是因為自己住的客棧突然被官府封了，所以帶著全部的家當，正在滴翠園門外等呢！」張延看著挺混的，但確實有一顆古道熱腸的心，專心去做一件事的時候，總是一門心思，全力以赴。「妳怎麼說？人家還在等答案呢！」張延見席雲芝還在思考，不禁催促道。

席雲芝聳聳肩。「好啊。這麼高的價格，說不願意租，那不就是笨蛋了嗎？」

張延得令之後，便轉身去了。他現在儼然已經成為席雲芝的專屬中間人，無論什麼事、什麼情報，總會想著第一個來說給席雲芝聽，若碰上自己要做什麼事、拿不定主意的，也會下意識地來問席雲芝的意見。

沒想到滴翠園剛買下不久，就迎來了這樣一件好事。二萬兩銀子租半年，雖然滴翠園的布局與風景確實不錯，但這個價格也依然高得出奇。她曾經也想過要將房子轉手賣了，但這租價明顯比她的心理價格高出了許多許多。

傍晚的時候，張延就趾高氣揚地拿著一紙合約和二萬兩銀票來到了南北商鋪，將東西往櫃檯上一拋後，瀟灑地拿起一旁的水杯兀自倒水喝。

席雲芝對他的隨意見怪不怪了，將合約放在一邊，拿起那面額一千的二十張銀票，看了一眼票上的出具方，竟然還是京城的萬通票號。原來租下滴翠園的外地人，是從京城來的，怪不得出手這般大。

席雲芝感謝張延替她奔走多日，又強塞了五千兩給他，說是有錢大家一起賺。張延倒不是為了這錢才替席雲芝奔走的，他想推辭不要，但五千兩銀子的誘惑實在是太大了，最後也沒能控制住自己的手，就收了下來，並且反覆詢問席雲芝會不會後悔之類的話，在得到席雲芝肯定的回答之後，他才揣著銀票放心地離開了。

席雲芝晚上回到家中時，發現昨天來蹭飯的那位蕭公子又來了。

但是今天步覃不在家，步承宗便被蕭絡纏著在廳中下棋，看見席雲芝回來，步承宗像是找到了救星般，趕忙向她招手。

「孫媳婦啊！快、快來，妳來陪蕭公子下幾盤！」

席雲芝見步承宗臉色有異，一副想發怒卻又被迫隱忍著的表情。她哪會猜不到，他這是在向她求救，可不是真的要她下棋。遂謙虛地回道：「爺爺，孫媳婦不會下棋，不過先前劉媽說她煮的紅棗銀耳湯正巧熟了，要不，孫媳給二位盛兩碗來養養神吧？」

步承宗正愁找不到藉口，這下就來了精神，用極其誇張的語調說道：「紅棗銀耳湯啊？老夫最喜歡吃的就是這個了！快去盛兩碗來！」轉頭看了一眼蕭絡，老臉上擠出一點笑容。「蕭公子，要不咱們先歇歇，喝碗湯，等覃兒回來後，我讓他陪你廝殺個痛快，可好？」

席雲芝跨出門檻時，便聽見爺爺這般說，心中不禁感到無奈。爺爺你不願意做的事情，怎麼能這麼輕易地推給夫君做呢？真是不厚道。

正盛著湯，步覃便龍行虎步地走了回來，看他行色匆匆的樣子，顯然是步老太爺不勝其擾，派人去營地喊他回來的。席雲芝手中端著兩只碗，也不忘到門前迎他。步覃看著她的模樣，又看了一眼廳堂的方向，便好像明白了什麼，從她手中接過一碗後，就往廳堂走去。

蕭絡看見步覃回來，手裡還端了一碗湯，以為步覃是親自要端來給他喝，那樣子別提有多驚喜了。正要伸手去接，步覃卻突然收回手臂，端著甜湯兀自送到嘴邊喝了一口，然後像是覺得味道還不錯，便坐在太師椅上，等待席雲芝遞來調羹。

蕭絡伸出的手尷尬地收了回去，卻也沒有動怒，而是站起了身，故作輕鬆地對步覃找話題道：「對了，步兄不願招待我住在你的宅子裡，所以我便去城裡租了一個院子，環境也挺清幽的，只是見不到步兄，蕭某甚感寂寞呀！」

席雲芝又去盛了一碗湯來，正巧聽見蕭絡的話，腳步稍稍一頓。租院子？該不會他就是那個租下她滴翠園的京城闊少吧？

如此……她是不是要價太狠了？畢竟這人看起來（真的只是看起來，畢竟夫君根本不甩他）像是夫君的朋友啊……

懷著忐忑的心情，席雲芝吃完了晚飯。

蕭絡也在晚飯後，覺得糾纏冷若冰霜的步覃很是無趣，便早早告辭。

席雲芝在房間裡等了一會兒步覃，見他還是不來，就將針線收入缽籃，去到書房找夫君坦白去了。

誰知，把這件事原封不動地跟步覃說了一遍後，步覃的反應卻是出乎席雲芝意料。

「太便宜了！」步覃一臉正氣，不像是在說笑。

這種結果，倒讓席雲芝更加不知所措了。「夫君，那宅子不過就買了二、三萬兩，蕭公子只租半年的時間，怎麼樣都不算便宜呀！」

步覃抬眼看了看席雲芝，又道：「下回若是他還去找妳，他要的東西照價十倍去賣，就說我說的！」

席雲芝突然覺得自己不該來跟夫君討論生意上的問題，根本雞同鴨講，對不上號。

不過，只要他不責備她對蕭公子要價高，她就放心了。

第二天吃了早飯，席雲芝倒沒直接去南北商鋪，也沒趕著去繡坊，而是獨自一人漫步到了中央大道上。看著三輛馬車寬度的道路兩旁，各色高檔店鋪櫛比鱗次，能夠開在這條街上的鋪子，那都是日進斗金，一本萬利的熱門行當。

席家在中央大道上總共有十三家鋪子，這幾日被官府找麻煩的三家店，都是這條街上的。

德雲客棧，是洛陽城中最大、最豪華的；湘潭樓，是商素娥的最愛，因為她愛吃湘菜，這才命人開設了這間酒樓；五嶽樓則是一座書友茶樓，五叔父愛好舞文弄墨，整個席家除了她的父親席徵，便是五叔父席卿身負功名，平日裡最愛與文人墨客們談論詩詞，就叫商素娥建了這座五嶽樓，廣納城內才子騷客來此消遣。

席雲芝只是轉了一圈，便看清楚了那三家如今正關著門的店鋪，上頭全都統一地貼著黃紙，寫著：東主有事，歇業十日。

她站在人群中，看著那張黃紙，不禁勾了勾唇角。

雙手攏入袖中，席雲芝閒適漫步在川流不息的人潮中，秀美的容貌在晨起朝陽的照耀下顯得那樣年輕、那樣朝氣、那樣不懼危險、那樣不懼傷害。沈穩的氣質讓她整個人彷彿注入了另外一個靈魂，變得惹眼，引人注目。

從前的她在席府別說是打扮自己了，就連大聲說話，都會給自己招來橫禍，所以很小的時候起，她就學會了察言觀色，隱忍自己的情緒，並且十分清楚，席家上下到底想看見一個什麼樣的她。

她披頭散髮比髮髻高束來得安全；她粗布麻衣比錦衣華服更加叫人安心。席家的人自知對她做過太多惡事，因此哪怕她只是稍稍流露出才能與仇恨，都可能會令那些劊子手們對她痛下殺手。

她想過，如果她的人生注定要被他們踩在腳下的話，那她就算用盡一生的力量也要跟他們耗下去，就算步履維艱也絕不會屈服半步，因為她的屈服就代表了爹、娘和雲然的屈服，就算是為了他們，她也要堅定地、隱忍地活下去。

在那些黑暗的歲月裡，她無數次祈禱時間倒流或停止，倒流至還未發生慘劇之前，或者停止下來讓她有足夠的空間去成長，但這些祈禱都沒有奏效。在她陷入無限絕望的時候，命運卻為她安排了一個能夠給她無盡尊重和自由的夫君。天知道，她有多慶幸自己是嫁給了他，那個面冷心熱，叫做步覃的男人。

夫君是她心中的淨土，是她乾涸人生中的一場甘霖，他曾經說過，不想讓她見識太多齷齪，可是他不知道的是，更多齷齪的事情，她早已在遇見他之前的人生裡都見識透澈了。

這個世上再沒有任何齷齪的事，能夠打擊到她的心，她如今要做的，便是將那些齷齪之事、齷齪之人公諸於世，讓他們的惡行暴露在光天化日之下，以慰亡靈。

第八章

就在德雲客棧閉門的第六日，街頭巷尾瘋傳出了一件驚天大醜聞，說是盧家少夫人席雲秀腹中懷的胎根本就不是盧家公子的，而是與旁人通姦所得！

這個消息傳出來之後，無疑在城內炸開了鍋，可本該反應最大的盧家在這個消息爆出之後，反倒沈默了。

第九日，德雲客棧和湘潭樓就又重新整頓開業了。

這種結果正是席雲芝預料中的事。

商素娥對於盧家打壓的行為，做的反應不是退讓，而是真正地對盧家發出威脅，因為她確實知道席雲秀腹中之子到底有什麼玄虛，背後的始作俑者是誰，所以，商素娥有恃無恐。但席雲芝卻覺得，她的這種行為是自我膨脹到目中無人了。盧家畢竟是洛陽的父母官，商素娥的行為就等同於在檯面上和盧家全然鬧翻，並且有壓著盧家向她低頭的嫌疑。

兩虎相鬥的結果如何，席雲芝不想關心，她只要安分地做好自己的本分事，等待時機的到臨便夠了。

南北商鋪裡的貨越來越多，品種也越來越全。

席雲芝新進了一批珍珠首飾，這些珍珠都是沿海漁民自己養殖的，珍珠的樣子雖不好看，並且良莠不齊，但價格卻要便宜很多，席雲芝早就派人去收了好些回來，然後統一請師傅成批做成首飾。

雖然珍珠用得多了，但成本卻沒有增加，反而減少了很多。她早年曾跟著席家的商隊走過一座沿海的漁村，發現那裡的村民有養珍珠的習慣，養個幾年後，他們會將大的、圓的、光澤良好的珍珠挑出來賣給珠寶店，經過幾輪挑選下來，總會有一些送不上檯面的小珍珠留下，因為小珍珠太小，沒有人願意要，所以他們一般都是廉價賣給藥店做珍珠粉的，席雲芝便專門收這些被當作剩品的養殖珍珠，論斤秤，八兩銀子一斤。

人家用一顆珍珠鑲嵌的，她就將珍珠打磨後，鑲嵌兩顆、三顆。這樣的東西雖然不會入大家千金的眼，但卻很受一般家庭的姑娘們歡迎，因為這些經過琢磨的珍珠同樣很漂亮，但價格卻比一般珠寶鋪的要便宜許多，因此前來店裡選購的小姐、夫人們絡繹不絕。

經過加工後，平均一件首飾的成本最多不過是在三十錢左右，但是她賣出的價格卻是三到二十兩不等，這其中賺的就不只是翻倍這麼簡單了。

而繡坊那邊，經過繡娘們的日夜趕工，最後兩批貨物也全都交到了船上，繡娘們全都累壞了，但當席雲芝拿出每封一百兩的紅包遞給她們時，她們又完全忘記了疲累，情緒高昂地相約下午就要去逛街。

她們邀席雲芝一同前往，但席雲芝想著南北商鋪今日有一筆帳需要結清，便推了繡娘們的邀請回去商鋪了。

臨近中午的時候，趙逸突然跑來店裡找她，說是替她的夫君來傳話，叫她晚上多準備些酒肉，他要請營地的人去府裡吃飯。

「夫人，爺這些天可把營裡整治得夠嗆，三、四百人的營地，一下子銳減到了八十人。」

席雲芝不解。「那其餘的人呢？」

趙逸正趴在櫃檯上倒水，聽席雲芝問，便答道：「給了一筆安家費，遣回鄉裡呀！」見席雲芝不說話，趙逸又補充道：「爺說了，好兵再多也養，孬種一個不留。」

席雲芝不懂這些，就笑了笑，然後對趙逸說道：「行了，我知道了，你回去吧。晚上我多準備些飯菜便是。」

趙逸喝了水之後，便回去了營地。

席雲芝看著他消失的背影，心中升起一絲憂愁。她家夫君似乎正直過了頭，這樣是不是很容易樹敵、得罪人呢？

晚上席雲芝肩負重任，要負責近百人的伙食，若全部靠她和劉媽動手的話，可能到晚上也準備不出太多的菜餚，她便叫了一個南北商鋪的夥計，跟她去了張延的得月樓，叫得月樓的廚子緊趕慢趕地做了十幾道大菜，一道八人份，全都是大塊肉類。被夫君整治的士兵們這些日子定是辛苦至極的，對蔬菜的興趣必定不大，其他的她不能保證，但最起碼今天晚上她會盡力讓他們吃好、吃飽。

趁著廚子們做菜的空檔，她去集市買了些當季的新鮮蔬菜和水果，又買了很多糕餅、點心，準備讓他們吃完了飯，帶回營地去。

買完了一圈後，席雲芝回到得月樓，將廚子們做好的東西裝入樓裡專門給大家宴會中送菜的箱子裡，原封不動地帶了回去。

回到家裡，她又招呼著劉媽和如意、如月，將蔬菜揀摘，水果清洗，糕餅分裝，全都忙得差不多的時候，席雲芝正要幫著去擺桌，卻聽見院子外頭響起了一陣整齊劃一的腳步聲，光憑聲音便能分辨出這支隊伍的嚴格治軍。

席雲芝將手在圍裙上擦了擦，這才走出廚房，便看見她家夫君冷峻身姿自馬背上翻下，早晨她親自給他穿上的衣袍早已被撩起了下襬與袖口，手臂爆出的青筋讓他看起來男人味十足，這就是她的男人。步覃的這種形象看在席雲芝的眼中，就連他手裡拿的馬鞭都是帥氣的，渾身上下都透著一股軍人的鐵血味，當然了，還有汗味。

她接過夫君手中的馬鞭。

步覃對著身後大手一揮，沈穩地喊道：「進來，坐下。」

院子裡已經支起了八張圓木桌子，這些桌子都是之前請營裡的兄弟幫忙耕田時留下的，此時正好用上。席雲芝不得不承認，上一回見他們時，還是一盤散沙，現在一個個竟然也都染上了一絲絲厲兵秣馬的血性，並且所有動作都是相當有規範的，一眨眼的工夫竟全都跟標槍似的坐定，沒有一個人敢像從前那般交頭接耳、說說笑笑了。

步覃看了一眼席雲芝，席雲芝便立刻會意，跟他去了小院，打水入房，給他擦洗身子。

步覃坐在凳子上，脫了上衣，露出精壯的胸膛，饒是見過多回，但席雲芝還是抑制不住自己泛紅的臉頰和發抖的手，不敢看得太放肆。

步覃見她的臉紅到了耳根，覺得好玩極了，唇角微微一動，但又即刻忍住，故意挺了挺胸。「再擦一遍。」

席雲芝不是沒看到自家夫君唇角微動後，緊接著又忍住的樣子，知道他想戲弄她，便深吸一口氣，強行壓下羞澀，轉到他的身前，裝作若無其事般地替他擦拭起來。

步覃原想看她更加羞澀的臉，沒想到她竟識破了他，反而變得鎮定起來，他不禁嘁了嘁嘴，卻也沒說什麼。

席雲芝見狀，不禁輕咳一聲問道：「夫君，可是水太涼了？」

步覃勾著唇，長臂勾住她的纖腰，將自己埋入她的胸前，呼吸了一番她的香味後，手掌下滑，在她臀部的兩塊柔軟嫩肉上搓揉了幾回，這才沈著聲說道：「晚上一併算帳。」

步覃成功地將席雲芝引得再一次侷促，心情大好地站起了身，自己換了衣衫走出他們的小院，去到前廳。

席雲芝真的覺得很奇怪，為什麼短短幾個月的時間，一盤散沙竟會變成如今這般連吃起飯來都整齊劃一的隊伍?在她看來，這實在是太不可思議了。

雖然吃起飯來還是狼吞虎嚥，恨不得把盤子都啃下肚，但卻無一人喧譁，無一人起身，無一人交談。

吃過了飯後，只剩八十人的精兵隊伍統一向席雲芝和府裡的其他人道謝，那聲音真是響徹寰宇，齊齊跺腳的姿態令他們看起來就像馬上要奔赴戰場的雄獅般，頗具震懾。

席雲芝將飯前分裝好的糕點分給他們，他們一開始都不敢收，眼神一個勁兒地往步覃身上瞟，直到步覃點頭之後，他們才恭恭敬敬地收下席雲芝的好意。

晚上回到房間，席雲芝站在屏風後頭換衣服，便對步覃問道：「夫君，那些士兵怎麼會變成這副模樣?」

步覃倚靠在軟榻上看書，聽了席雲芝的問題，便慵懶地從鼻腔裡發出一道性感的聲音。「嗯?他們這樣不好嗎?」

席雲芝從屏風後頭走出，穿著一件粉藍色長款中衣，上頭繡著一朵花開正豔的牡丹花，花上有著蝶舞翩翩的美景。這是蘭嬸娘她們前幾日特意繡了送給她的，雖然是外衣的款式，但因為料子較薄，也太過花哨，席雲芝不好意思當作外衣穿，只好在家裡睡覺時穿一穿。

「也不是不好。」席雲芝烏髮披肩，她一邊低著頭繫腰間的繩結，一邊漫不經心地說道：「只是跟從前太不一樣了。」

步覃偶然抬頭看了一眼，便收不回視線，目光灼灼地盯著彷彿變了個人似的席雲芝。粉藍的色調將她的皮膚襯托得更加白皙無瑕，向來束起的長髮瀑布般流瀉而下，單薄的身段裹在一件略寬鬆的外衣下，妖嬈卻不失純美，長長的睫毛向下低垂，露出她完美的側臉與頸項，水嫩的模樣比衣上的彩蝶還要輕靈幾分。他的妻子何時竟蛻變得這般貌美？還是她從前都有意藏起了她的美麗呢？

「這樣的兵才配稱得上『兵』這個字。」

步覃乾脆將書冊放在一旁，就這樣看著她。

席雲芝好不容易繫上了繩結，一抬頭便就對上夫君灼灼的目光。她下意識地往衣裙上看了看，果然還是太花哨了嗎？

步覃對她招了招手，席雲芝走過來，步覃便坐起了身，將她困在自己的手臂中。「告訴我，妳打算穿這身來勾引我嗎？」

席雲芝大窘。「沒有……」

步覃勾唇將她抱起。「那我可以明確地告訴妳，妳成功了，小妖精。」

席雲芝無奈地嘆了口氣，經過好多次的交鋒，她早已清楚地知道，她的夫君在興致大起的時候，耳中根本聽不見旁人的話，只會一味地朝著自己所想的方向去自言自語。雖然她很想告訴他，這是自欺欺人，不好，但……夫君每次的口氣都這麼溫柔，她實在不忍打斷他。

帷帳落下，席雲芝身上立時增重百餘斤兩，壓得她喘不過氣，卻又安全感十足。溫柔的吻密集落下，挑逗她的全身感官。

步覃在親吻之餘，還不忘說一句話。「剛剛我就想跟妳說，這繩子別繫了……反正一會兒就要解開。」

「……」

這兩天的日子過得空前平順，席雲芝每天安排了店裡的事後，便早早回到家裡，研究起從張延那兒得來的菜譜。

她家夫君愛吃的東西不多，不愛吃的倒是挺多，每回吃飯他總是盯著那幾樣東西吃，但她會做的也就只有些家常菜，所以夫君一定覺得吃飯無趣得很。

因此，她就向張延取經。張延頗大方，直接丟了一本菜譜給她，說讓她自己琢磨去。

她正坐在主臥的小繡房中看書，如意和如月卻衝了進來，臉色像吃了幾隻綠頭蒼蠅般難受。

「夫、夫人，不得了了！」如意是個胖丫頭，著急說話的時候，總是有點結巴。

如月見她說不清楚，便趕緊接替說道：「知州老爺找上門來了！」

「還、還提著好多禮物！唉呀、媽呀，這是要變天了呀！」如意像個婆婆般在那兒呼天搶地。

她們的話倒是成功勾起了席雲芝的興趣，她放下書冊，從軟榻上坐起了身，蹙眉道：

「妳們是說知州老爺——盧修？」

洛陽知州盧修，年過六十，許是平日裡憂思過多，已滿頭白髮。他個頭不高，背脊有些些佝僂，但整體氣質還行，圓圓的肚皮讓他看起來有點官老爺的架勢。

因為盧修是上門拜訪步覃的，但步覃不在家，盧修又讓丫鬟通傳主母，席雲芝便只得以主母的身分出來接待。

盧修看見席雲芝，先是將她上下打量了一番，這才對席雲芝揚起了和善又喜氣的笑容。他是父母官，斷沒有向席雲芝行禮的，便只抱了抱拳，做出客人的謙恭姿態。

席雲芝溫婉大方地對他福了福身子。「參見知州大人。」

盧修笑呵呵地回道：「步夫人多禮了。」

席雲芝便走到主家之位前，對盧修比了比副位請他入座，又叫如意、如月沏茶後，方才坐下。

「我家夫君平日多在營地，大人若有何事指使他做，便告知於我，我替大人通傳便是。」

席雲芝的一番話雖然聽起來客氣，但實際卻還有另一層意思：客人上門拜訪，主人不在家，而客人明顯知道這位主人在哪裡的情況下，是不會再要求拜見主母的。要求女主人出面接待，那不是有特別的事情，便是不懂禮數。

盧修哪會聽不出席雲芝話中的意思？當即擊掌，守在外頭的兩名衙役便先後搬進來兩只箱子，擺在席雲芝和盧修中間隔著的茶案上，並且當著席雲芝的面打開了。

盧修指著箱子說道：「不敢勞煩夫人通傳，這是在下的一些心意，還望夫人收下。」

席雲芝看了一眼，一箱是金燦燦的金錠子，另一箱則是人參、鹿茸等極其珍貴的藥材。

「在下聽說步將軍的腿疾痊癒，心下甚慰，一直想要找個機會來拜訪，卻怎奈事務纏身，尋不得機會。正巧，日前犬子衝撞了步將軍，得將軍教訓後，回府收斂了許多，在下這才想趁此機會上門道謝一番，謝謝步將軍替我訓子。那孩子平時被我嬌慣壞了，正缺個人管教呢！」

正說著話時，如意、如月端來了熱茶。

席雲芝親自端到了盧修面前，請他用茶，斂下眸子後，這才謙恭有禮地說道：「喔，盧公子的事，夫君也向我提起過，原是夫君脾性剛硬，著實怨不得盧公子衝撞，大人言重了。這些東西是萬不敢收的，還請大人收回。」

盧修的笑容越來越盛，看著席雲芝的眼神也是越來越和善，但是席雲芝卻能從他交握的雙手看出他有些發怒，心道：好一隻口蜜腹劍的老狐狸！但也明白，他能穩坐洛陽知州，定是有些本領的，偽善也算是他的一項技能。

以低頭喝茶掩飾目光中不易察覺的了然，見盧修也在喝茶，席雲芝目光一轉，便又說道：「對了，日前雲秀妹妹傳我入府，情緒有些不穩，如今應是無事了吧？」

席雲芝有意將話題轉到席雲秀的身上，果見盧修如她意料之中的臉色微變，卻又立刻恢復，轉變快到根本叫常人看不出來。

他鎮定笑答：「雲秀懷有身孕，衝撞了夫人，老朽在此替她賠個不是。」

席雲芝笑著放下茶杯。「我與雲秀是娘家姊妹，平素雖不多交集，但總是姊妹，她有事，我這個做姊姊的又豈會計較於她？倒是盧大人，你今後打算如何安置她？」席雲芝的話說得雲淡風輕，卻足以在盧修面前掀起千層浪。

只見他轉過目光，借著端茶杯的手來掩飾心慌，強作鎮定道：「夫人所言何意？」

席雲芝揮手叫如意將盧修因手抖潑灑而出的茶水抹淨，這才若無其事地繼續說道：「喔，也沒什麼，只是之前回娘家拜訪了五嬸娘，她與我說道了一些關於雲秀妹妹在盧府發生的事。說實話，初聽之時，我也如四嬸娘那般心急如焚，但後來定下心來又想，這事既然發生了，便也是雲秀妹妹的命數，怪不得旁人，就算為這事全都鬧開，也沒有意義，反倒累了席家與盧家的名聲，便勸說四嬸娘寬心。卻不料日前，我又在街上聽到一些流言，這才想替雲秀妹妹問一問大人。」

盧修沒有說話，而是臉色青紅一陣，端著杯子的手越發抖得厲害。

席雲芝見狀，好笑在心，面上卻仍是一副憂心妹妹的神情。

「步夫人通情達理，令下官頗感欣慰，也請步夫人放心，雲秀的事，我……自有主張。我也實話跟夫人說了吧，雲秀腹中懷的是盧家的骨肉，我心疼她還來不及，絕不會虧待於她的。只不過，下官仍想多口問一問，這事兒是從席家五奶奶口中得知的嗎？」

席雲芝做出一副放心了的神情，點點頭道：「嗯，開始是從五奶奶口中得知，但後來，街上竟也起了瘋言瘋語，這就不知是怎麼回事了。盧大人也別怪我婦道人家多事，我與雲秀妹妹撇開姊妹情分不說，亦同為女人，女人就得認命，可千萬不能壞了名聲，還使兩戶家族受累，那今後的日子可就難過了。」

盧修對席雲芝點點頭，便匆忙告辭。

席雲芝見他兩鬢已被冷汗浸濕，心中想笑，表面卻又維持和順的姿態，做足了當家主母的禮數，親自將他送出了府外。

看著盧修幾乎落荒而逃的馬車，席雲芝的嘴角這才勾起一抹笑，轉身進屋，卻看到如意和如月巴著那兩箱寶貝直嚥口水。

如月抹了抹嘴，對席雲芝問道：「夫人，這些東西怎麼辦呀？」

席雲芝掃了一眼後，便說道：「就這麼放著吧，等夫君回來告訴他一聲。橫豎咱們拒絕過，盧大人不收回，我也不好硬塞。」

「是。」

步覃晚上回來，看到廳堂中放的兩箱東西，席雲芝將事情對他說了一遍後，問他東西留還是不留？反正收下的是她這個婦道人家，若是夫君不收，只需回一聲「婦道人家不懂輕重」，便足以退了。

但步覃卻說：「無所謂，都給妳吧。今後這些事不會少，我懶得應付，妳作主就好。」

席雲芝站在他身後給他捏肩，又問：「可若是我收了他的東西，他今後要你給他辦事兒怎麼辦？」

「辦事？」步覃被這個說法逗笑了，霸氣斷言道：「他敢嗎？」

席雲芝回想那盧修今日的神情，估計一時間也不會想起送禮這回事了，就不再多問。

第二天早起後，又研究了大半天的菜譜，直到下午，席雲芝才去了店裡。誰知道，店裡卻有一位意料之外的客人在櫃檯前等她。

席雲春一身華貴，雲鬟高盤，官太太範兒十足地端立在櫃檯前，看著夥計給她遞出來的首飾。見她入內，竟然一改從前漠視的樣子，朝她笑面迎來，那姿色絕美，令人為之動容。

「姊姊，妳可算來了！妳這掌櫃做的可不夠地道呀！」

席雲春本就美豔，這番軟言軟語聽著就叫人酥了一半的骨頭。

席雲芝迎了上去。「妹妹怎的來了？」

既然她想要跟自己客套寒暄，那席雲芝也斷無冷臉的道理。一句話，她要裝自個兒就陪她裝。

「姊姊還問我！姊姊這般本事卻不叫妹妹們知道，莫不是怕妹妹們前來妳這鋪子裡討要？真真叫人心寒呢！」

「妹妹言重了，不過是小本買賣，入不了妹妹們的眼。」

席雲芝臉上的笑容有些僵了，她已經很久沒有嘗試過用這般虛假的表情與語調說話了。從前她們對她冷臉，她也樂得輕鬆，如今卻要硬生生地把熱臉再掏出來貼上，真夠折磨人的。

「妳看妳看，姊姊妄自菲薄，就是不拿咱們當親姊妹！」

席雲春早就做慣了這種姿態，只不過這回換了個對象，對她來說並無困難，但見席雲芝臉上快要露出不耐，她便趕忙換了個話題。「對了，雲秀妹妹的事兒，姊姊知道了嗎？」

席雲芝心中一緊，神色如常道：「知道呀，雲秀妹妹有了身孕，真是天大的好事。」

席雲春聽席雲芝這般說，用帕子掩唇笑了笑，這才做出一副神秘兮兮的模樣，拉著席雲芝的手去到了一邊，偷偷在她耳旁說道：「姊姊不知，雲秀妹妹這胎可不是好事！妳知道這胎是誰的嗎？」

席雲芝佯裝不知，搖頭道：「不是盧相公的嗎？」

席雲春嬌媚搖頭。「當然不是，是她公爹盧大人的！聽說雲秀妹妹在成親當晚……便被醉酒的公爹辱了身子，盧相公是碰都沒碰到她，如何能叫她有了身孕？」

席雲芝看著席雲春沒有說話，只覺得這個女人可怕極了。她說道這件事的表情，全是幸災樂禍，哪裡有一點妹妹被人欺辱了的不甘與憤怒？她與席雲秀的感情，自不可與她席雲芝相比，畢竟她們才是和睦共處了十幾年的姊妹，而她早就被她們摒棄在圈外多年，與她們沒什麼情分。

雖然心中這麼想，但席雲芝面上卻做出驚訝狀。「什麼？竟有此事？」

席雲春點點頭。「是啊！妹妹我也是昨晚剛聽我相公說起才知道，這就趕來把這個消息告訴姊姊了。」

席雲芝猜不透席雲春到底想要幹什麼，便順著她的話說道：「喔，如此多謝妹妹。只是雲秀妹妹也太可憐了，竟然發生了這樣的事。」

見席雲芝臉上真的露出遺憾，席雲春忍不住又道：「也不算可憐，就在昨天，盧大人派人送來了信，要請我家相公八月初六去盧府喝他的喜酒，他要將雲秀妹妹直接納入房。」

這件事，席雲芝倒是不知道。沒想到那個盧大人的效率這麼快，竟然真的豁出臉面，做出這種驚世駭俗的決定來。

「雖然是做妾，但畢竟是知州大人的妾，比一般人家的平妻可要好太多了，所以，妹妹才說雲秀妹妹一點都不可憐。」

一個女人原本是嫁給了兒子，可沒過多久，就又轉嫁給了公爹，這名聲傳出去，雲秀妹妹這輩子就算是毀了。

席雲芝看著眼前這個不以為意的女人，覺得人心真是涼薄至極。雲春從前與雲秀那般要好，可一朝事發，別說是伸出援手了，就是一句同情的話都沒有說出口。突然，席雲芝有些慶幸這麼些年來她們對她的疏遠。這樣的姊妹情分，她寧可不要。

知州老爺要納妾了，納的還是四個月前自己剛入門的兒媳婦！這個消息簡直讓洛陽城陷入了大風暴中，街頭巷尾的百姓都以談論此事來證明自己的消息沒有落後。

席雲芝覺得這位盧大人這般豁得出臉皮也屬難得，自己霸占了兒媳不說，還敢堂而皇之地將之納為妾。他這麼做，也就等於切斷了商素娥和周氏對他的威脅，席家那邊也不知是個什麼反應？

原本席雲芝是不知道其中過程的，可是席雲春自那日來跟她示好之後，幾乎天天都來她店裡報到，然後以幸災樂禍的口吻向她展示第一手消息。

「四嬸娘成日哭，都哭到老太太面前去了。老太太讓五嬸娘全權處理，五嬸娘倒是真的處理了，她竟然直接去到知州府，要求知州老爺休了結髮妻子，讓雲秀妹妹做正室！」

席雲芝站在櫃檯後頭算帳，聽席雲春這般說話，倒是抬起頭來訝然問道：「那盧家怎麼說？」

席雲春一聲嗤笑。「能怎麼說？五嬸娘此舉也不知是何用意，盧家怎麼可能同意。盧大人納了自己的兒媳，這雖然是個天大的笑話，卻也能解釋為情之所起、情不自禁，若是再為此休了結髮妻子，那盧家就真的別想要在洛陽城抬起頭來做人了。」

「喔。」席雲芝想想也是，便又繼續埋頭。

席雲春又知無不言地繼續說道：「不過，五嬸娘的脾氣妳我都知道，那是半點兒都不肯吃虧低頭的。她去找盧大人提出休妻時，被狠狠下了回面子，回來之後越想越氣，竟然又在街上堵了盧夫人上香的路，刻薄的嘴說了半天，竟將盧夫人說得哭著回了府，再也不去上香了。」

席雲芝聽後，微微笑了笑，應和兩聲，不大關心地說道：「呵，倒真像是五嬸娘的脾氣。」嘴上這麼說，席雲芝卻是笑在心中。她見過盧大人，知道他是個頗有手腕的笑面虎，盧夫人既然能穩坐正室這麼多年，靠的絕不會是安分守己、平庸之色和夫君忠貞不渝的愛護。

商素娥以為盧夫人好欺，如此輕敵，必然會敗得體無完膚，屍骨無存啊！

九月將至，步家周圍已被一片燦黃包圍住，院子牆外，綿延近千頃的稻穀儼然都已到了成熟之期。

福伯和堰伯兩位老者帶著被日光曬黑的面孔前來跟她報告，席雲芝欣喜地跟他們去看了看，果然每一株稻穀的頭已經微微下垂，可見裡頭包裹的米粒有多飽滿。

「再養個幾天就能收了，到時候定會是個好收成！」

福伯種了一輩子的地，但卻從來沒有一下子種過這麼多、這麼大，早盼晚盼的，就盼著收成的那一日，現在終於給他等到，言語中不乏激動之意。

席雲芝看著一望無垠的稻田，心裡也踏實極了。因為她對田裡的活兒不是太懂，成天就擔心著萬一遭了天災該怎麼辦？萬一長不出糧食該怎麼辦？如今見了成果，不禁有一股難掩的雀躍在心裡頭。

但這麼多的稻穀收割起來卻是個難事，這回又不能找夫君營地裡的士兵來幫忙，就算他們來，也只有八十人，肯定是不夠的。好在她在早前便已與街市上的跑工們說定，現在再去說一說，應該也能湊個百十來人，然後再加上福伯村裡的村民，估計也有個七、八十人。這麼大的田地，光靠兩百人估計也要忙好些天，萬一在收的時候遭遇下雨，那就又要等幾天了，所以收割是越快越好的。

席雲芝去到店裡後，便讓夥計們都回去說說，看他們身邊有沒有願意過來幫工的，她誠心聘請，只要去南北商鋪二掌櫃那兒登記即可，最後再統一安排。

席雲芝粗淺算了算，這麼大的工程，若是要在一、兩天內全部完成的話，最起碼要五百人左右，就算現在二掌櫃那裡登記的人數能超過五百，那也要除去那些臨時上不了工的，最少還要多出五十到一百人來預備著。

她正憂心著，席雲春卻給她帶來了一個意外的消息，說是她將席雲芝的情況回去跟通判楊大人說了一番後，楊大人竟決定讓通判衙門的人過來幫忙！席雲芝本不想接受這個好意，不料席雲春卻說楊大人已經安排好了，就等她一聲令下。

如此熱情，倒叫席雲芝進退不得了。

晚上回去跟夫君說了一番後，夫君也只是沈默了一會兒，便淡然地答道：「既然他要幫忙，我那兒也確實湊不出這麼多人手，那就讓他幫吧。」

席雲芝心下依舊忐忑，總覺得席雲春和楊大人這麼做，都是因為她家夫君，若是他們有其他什麼企圖她倒不怕，就怕他們最後將企圖放在夫君身上，那她不就是給夫君惹了麻煩嗎？

收割事宜迫在眉睫，她橫豎也就湊了兩百多人，還連夫君營地的八十人都算在內了，不讓他們幫，這事兒肯定是做不順的，但她著實不想給夫君日後添麻煩，便就一直將這事兒壓著，沒有正面回答席雲春。

九月初六。

後天便是與福伯商定好的收割日期，席雲芝手頭的人手也就湊了三百餘人。

這日，席雲春早早便來了鋪子，今日她是帶了一套衣裙過來的，想要席雲芝的繡坊給她繡些花樣在上頭，過來後，張口便問席雲芝人手找得怎麼樣了？

席雲芝正要開口回她，卻見門口走入一人，看穿衣打扮像是個師爺。

席雲春見到那人，竟然從椅子上站了起來，對那人福了福身子，端莊行禮道：「原來是馬師爺。」

這位是知州衙門的師爺馬濤，他是盧修的心腹，向來只替盧大人辦事，如今他親自前來，倒不知所為何事了？

見與他說話的是通判夫人，馬師爺也趕緊抱拳見禮，稀罕地問道：「楊夫人怎會在此？」

席雲春笑得嬌羞，低頭指了指席雲芝說道：「這是我娘家姊姊開的店，我在此有何奇怪的？」

馬師爺立刻醒悟。「喔，對對對，瞧我這腦子！」說著，便將頭轉向了櫃檯後的席雲芝，竟然也恭敬有禮地對她抱拳說道：「還未拜見步夫人。」

席雲芝笑臉迎客。「馬師爺太多禮，折煞婦人了。不知師爺入店是有何事？」

馬師爺一臉的笑意，對席雲芝說道：「喔，是我們老爺特意讓我前來跟夫人說，知州衙門已經準備好了五百人，專供夫人後日差遣。」

「……」席雲芝聽後，愣在當場。

這前有通判夫人殷勤前來，後有心腹師爺熱情踏至，她的那幾畝田地倒是叫眾人都上心了。怕是今後還有後話吧？如今只不過是給她個順水人情。

席雲春聽了馬師爺的話，立刻站出來說：「師爺，你可來晚了，我家相公說了，姊姊的事便是我的事，哪有自家有人能出力，還請旁人幫忙的道理？」

馬師爺見慣了場面，席雲春哪裡是他的對手？立刻笑咪咪地道：「楊夫人此言差矣，如今步夫人也是咱們知州府的自家人啊，您忘了？」

「……」席雲春怎麼會忘？就在上個月，她還前去參加了那場鬧劇般的婚宴呢！也就是說，知州府的盧大人如今不管怎麼說，也是席雲芝的妹夫了，她家夫君也是妹夫，這真要打起親情牌來，還真不好說。席雲春便偃了聲勢，將詢問的目光投向席雲芝，問道：「姊姊，橫豎知州府和通判府都有人相助，如今只看姊姊如何選擇了？」

席雲芝看著他們都覺得好笑，不過是一件幫忙的事情，他們竟然也能搞出如此難題來。斂目想了想，席雲芝便也不再猶豫，對馬師爺微笑行禮道：「如此，就麻煩盧大人了。」有時候接受別人的幫忙，也是一種迷惑敵人的手段，最起碼可以讓敵人知道，你還沒有防著他。

馬師爺走後，席雲春的面上就明顯不痛快了，卻也沒有像從前那般當場發怒，只是冷著聲音道：「姊姊好生偏心，我前幾日便來與妳說了此事，人家不過才來說一回，妳竟撇了我，選擇他人。」

席雲芝見她如此，放下了手中的算盤，正色對她說道：「妹妹，妳初入通判府，便要求楊大人出人助我，姊姊若是接受了，生怕會損及妳今後在家中的地位，畢竟誰都不喜歡一個將麻煩帶回家的主母，妳說是嗎？」

席雲芝又豈會不懂席雲春這幾日來獻殷勤，是由楊大人親自授意的，但她偏不說破，反而將一切都推到那虛無縹緲的姊妹情分上，令席雲春既不好贊同，又不好責怪。

又魂不守舍地在席雲芝的店裡膩了一會兒後，席雲春才告辭。

席雲芝親自送她出了店門，說了些妹妹的心意她是懂得的，並且心中甚是感激的話安撫了她一番，見她上轎，才返回店裡。

九月初八，宜嫁娶，宜動土。

席雲芝的收割隊伍空前壯大，八百多個人彎腰在田裡替她收割稻子，就連夫君都親自下田，寅時便就開始了。福伯和堰伯在田裡奔走指揮，固定的十人割稻、二十人搬移，以每組三十人分為二十五組，一畝割完緊接著割下一畝。福伯村裡的勞力也全都去了田裡，上回他們來幫忙開墾，席雲芝最後也都按照市價給了他們酬勞，因此這回福伯回去吆喝了一嗓子，連上次沒來幫忙的人，這次也都來了。

村裡的女人們都將自家的鍋碗瓢盆拿到步家院子裡來，點起了火堆，架上鍋子，幫著煮點飯菜。田裡的男人們，休息的時候便會來吃點飯、喝點水什麼的。

知州府的那些衙役最為用心，晚上竟然就直接和衣在田裡露天而睡了，第二天寅時不到，又開始打稻子。

駱家的米糧鋪掌櫃在收割的第二天時也過來看了看，見步家院子裡堆滿了成袋的穀子，很吃驚他們收割的速度。席雲芝以每斤少一錢的條件，向他借了駱家糧鋪的曬糧場，掌櫃的做這行多年，知道這麼多田地的收成定是十分豐厚，席雲芝提的條件可以說是給足了他們面子，一口就答應了下來，回去後，便派了糧鋪的車隊過來拖糧食。就這樣，二十幾輛車的糧車隊，來回了二十幾回才將成千的糧食袋搬去了漕幫曬糧場。

經過兩、三日的曝曬後，席雲芝和駱家去過磅結算，整整一日都耗在糧鋪，最後終於在亥時核算清楚，步家周圍的土地共產糧十萬兩千斤，以每斤八錢銀子的價格，賣得八千一百六十兩，並且還得了駱家承諾，今後曬場與船隻，席雲芝只要提前預約，便可隨意使用。

這其中緣故還是因為，那掌櫃的將席雲芝願意每斤少一錢銀子的事告知了駱家上層，駱家世代走水運，最欣賞生意人的豪氣，當即便說要交了席雲芝這個朋友。

席雲芝謝過了掌櫃的美言，給他又特別包了一封三百兩的紅包，掌櫃的對席雲芝的態度更是滿意得不行，走到哪兒都在誇席掌櫃會做生意云云。

九月中旬，席雲芝收到一封意外的請柬，竟然是席家老太太親自發出的，說是與她多日不見，過兩日在府中有一場晚宴，宴請洛陽才俊、閨閣千金，要她一併回去參加。

席雲芝看著手中這封燙金字的華美請柬，嘴角露出一抹諷刺的笑，就直接將請柬合上，遞還給了等待她答覆的席府家丁，客套地回道：「老太太好意，雲芝心領了，奈何雲芝自知已不是席家人，席家主辦的晚宴也就不便參加了，去了也是貽笑大方。」

前來傳信的小哥聽後，只猶豫了一小會兒，便轉身走了。他不知箇中緣由，只知這位名義上的大小姐從小便在席家受盡冷遇，想來老太太這回捎帶著請她，只是不想被外人落下苛待子孫的話柄，既然席雲芝有自知之明，不去參加，那他可不敢多事地勸說她去。

送信小哥走了之後，二掌櫃在一旁憋了很久，終於忍不住問道：「掌櫃的，您剛才那話說得可有些重啊！您雖然嫁出去了，但席家也是您的娘家不是，怎麼能說自己再不是席家人呢？」

席雲芝腦中盡是老太太將她劃出族譜的畫面，對於二掌櫃的話只是隨意笑了笑。「二掌櫃沒聽過一句話，嫁出去的女兒，潑出去的水嗎？」

說完，不等他回話，席雲芝便低著頭走出了櫃檯，對二掌櫃交代了一句。「我去繡坊那邊看看。」便走出了南北商鋪。

席家後院，傳話的小哥回去覆命，將席雲芝的原話告知給席老太太聽後，當場就挨了老太太貼身嬤嬤的兩記大耳刮子，老太太也難得將手裡撥佛珠的動作停了下來。

貴喜嬤嬤指著傳話小哥怒道：「她不來，你不會再請，不會再說些好話嗎？」

傳話小哥覺得冤枉極了，捂著臉嘟囔道：「可、可是……」

貴喜嬤嬤看他那副窩囊樣，就想再給他兩巴掌，卻被老太太制止了。

「行了，她不來，妳打他有什麼用？下去吧。」

看著那小哥鼠竄而逃，貴喜嬤嬤這才回到老太太身邊，說道：「老太太，大小姐如此不識好歹，這是成心了吧？」

席老太太從太師椅上站起，將檀木香珠鍊收入掌心，踱步想了想後，便老謀深算地笑道：「哼，管她成心不成心，原想叫她來好好說話，可她不來，難道我還覥著臉上趕著去求她嗎？只需讓她知道我的厲害，她自然會上門求我了。」

貴喜嬤嬤見老太太有了主意，就幸災樂禍地附和道：「大小姐這是有通天好路不走，偏生要走那犄角旮旯！她也不想想，與老太太您對著幹，吃虧的會是誰？」

席老太太冷哼一聲，目光如毒蛇般陰鷙。

正在這時，卻聽見院子外頭有一陣哭喊的人聲傳來。席老太太眉頭一蹙，叫貴喜嬤嬤去看看怎麼回事，可貴喜嬤嬤剛走到門口，老太太後院的大門便被一個哭得不成樣子的女人推開了。

定睛一看，竟然是四房的周氏。她不顧貴喜的阻攔，一下子就衝入了內，跪倒在老太太腿前。

席老太太見她毫無儀態，將手中佛珠放下，不耐地說道：「妳看看妳這什麼樣子？還有沒有大家夫人的儀態了？」

周氏現在心急如焚，可顧不上什麼儀態不儀態的，哭喊著便告起狀來。「老太太，這日子可沒法兒過了！商素娥那個賤人，她這是要把我們四房逼上絕路啊！」

老太太見她如此，心中大體有點底，因為她並不是沒有耳聞這些日子發生的事，不過是睜一隻眼閉一隻眼，隨她們去鬥、去鬧，可如今四房的跑來找她了，她也不好置之不理，遂問道：「她怎麼逼你們了？起來，跟老太婆說一說。」

周氏哭紅了眼睛，就著跪坐在地的姿勢，對席老太太如數家珍地告起商素娥的狀。「那個毒婦，她先是知道了秀兒被那老匹夫糟蹋有了身孕一事，再來便用這件事威脅我和壇郎，向我們索要五萬兩，可在我們將私產變賣之後，商素娥她收了錢，還轉頭便去散播消息，說秀兒腹中的胎有異！如此惡毒反目還不止，在那個老匹夫說出要納秀兒為妾時，她竟然又去找那盧夫人麻煩，說是要她退位讓賢，讓秀兒做正室！老太太，可憐我的秀兒如今在知州府中被那盧夫人整治得生不如死啊！」

席老太太神情淡然地聽周氏說完，斂目想了想後，便說道：「素娥那性子確實要強了些，但她也是想給席家爭點臉面出來。橫豎雲秀已然做了知州老爺的妾侍，那就是她的命了，怪不得旁人。」

周氏聽席老太太話語中像是偏袒商素娥，通紅的目光盯著席老太太，一反先前的哭腔，冷冷地問道：「老太太的意思是，要我的秀兒認命嗎？在她受到那般侮辱，又屈從老匹夫做妾，如今還受正室欺凌之後？老太太妳是要叫她一輩子都抬不起頭做人，一輩子都活在水深火熱裡嗎？」

席老太太從太師椅上站起，斂下目光，貌似心善地嘆了口氣，將周氏扶了起來，又說道：「老太婆的意思是，有些事既然成了事實，那就讓秀兒解開心房，接受了吧。橫豎那盧夫人已年老色衰，我相信憑咱們秀兒的美貌與才情，要將那粗鄙夫人比下去定不是難事。女人嘛，反正生來就是伺候男人的，那伺候誰不是伺候呢？妳也別哭了，素娥那邊我會去說說她，秀兒那兒妳也要說說，叫她乾脆從了盧大人。放柔了身子的漂亮女人，哪個男人不喜歡呢？」

「……」

見周氏不說話，席老太太又繼續好言說道：「妳自己好好想想，若是秀兒能成功擄獲了盧大人的心，那咱們席家到時候還不是要什麼臉面，盧大人就給咱們什麼臉面？」

周氏盯著這個面似佛陀心似魔的老太太，頓時覺得自己愚蠢極了！她怎會忘記了，這個老女人從前是多麼心狠手辣，在她的眼中只有席家的臉面、只有她自己！就像從前的大房……就那樣被不明不白地扣了頂不貞潔的帽子，最後被困在院子裡活活打死了……

周氏沒再說話，而是失魂落魄地走出席老太太的院落，那頹廢的模樣活像是老了十歲般，憔悴不堪。

周氏走後，貴喜嬤嬤伺候席老太太去敲木魚唸經，不解地問道：「老太太，五奶奶是不是做得太過了些？您要不要出面去敲打一番？」

席老太太半斂目光。「敲打什麼？四房本就無甚產業，如今也變賣得差不多了，唯一的女兒還給人家做了妾，若我現在去敲打商素娥，替四房出頭，是不是太笨了些？」

貴喜嬤嬤有些明白了。將席老太太的下襬理好，扶她跪在佛龕前，又聽她說道——

「由著她們去鬧吧。」

席雲芝從繡坊出來，見時辰還早，便去得月樓喊上張延，一起轉悠著去了中央大道。

張延原本正在後廚房裡給廚子夥計們訓話，被席雲芝給叫了出來，訓詞還沒說完，憋在肚子裡著實難受，便就一路跟席雲芝抱怨。「……妳說那幫人，光拿錢不幹事兒，幾個廚子竟然還敢聯手給我甩臉子，客人點的菜多了些，他們就叫苦叫累！」

席雲芝也不說話，只是將雙手攏入袖中，目光不住地打量中央大道兩邊的店鋪。

「欸，妳有沒有聽我說話？我抱怨了半天，妳倒是發個聲兒啊！」

張延說了一大堆，終於發現只有他一個人來勁，席雲芝一副壓根兒沒聽見的淡然神情，他不禁急了。

「聽見了呀。你回去給他們設個等級，按照對店裡的貢獻，詳細記錄，報酬根據紀錄，列出三六九等，一個月後他們就知道誰是老闆了。」席雲芝走到一株老槐樹旁站定，看著斜對面的德雲客棧，神色如常地對張延說道。

張延將席雲芝的話放在腦中想了想，頓時覺得這個女人實在太可怕了，一句話就輕輕鬆鬆地解決了困擾他多時的問題。見她的目光一直盯著斜對面那座高樓般的洛陽第一客棧，他不禁問道：「妳盯著那兒做什麼？不會在打德雲客棧的主意吧？」

這個女人也太敢想了，德雲客棧是幾十年的老字號，可不是老劉那間暗巷子裡的羊肉館，不是憑著幾千、幾百兩銀子就可以擺平搞定的。

席雲芝見他面露震驚，不禁笑道：「打了，又如何？」

張延一副「妳在作死」的神情，倒吸一口氣後，說道：「那妳就趁早死了這條心吧！妳沒瞧見這家店就連知州老爺親自出面都沒搞垮嗎？妳憑什麼跟人家鬥？」張延說的便是之前商素娥和盧家鬧翻，被知州下令封店的事。

她看著張延笑了笑，莫測高深地說了一句。「此一時，彼一時。」然後便對張延比了比手指，篤定地說道：「一個月後，你再來瞧瞧，德雲客棧這個招牌還在不在？」

說完，便轉身離開，留下張延一人在原地嗤笑。

見過作夢的，可沒見過有誰能把夢作得這麼具體的！他不禁追在她的身後，跳腳叫道：「好，我就跟妳賭！一個月後，若是妳搞定了，我就沿著得月樓外學狗叫，並且倒爬一百圈！」

「……」街上的人們紛紛對他側目。

席雲芝不想理會這個白癡的行為，快步遠離，免得沾染了他的傻氣。

據她分析，商素娥與盧夫人的交惡之戰就要開始了，因為前幾天，她便讓趙逸去盧家探過，說是席雲秀這幾日一反常態，倒是願意親近盧修了，盧夫人之前對她的苛待也已經漸漸改善。

想來，席雲秀定是受了周氏的勸說，決定拋開一切，重新依傍一棵不會倒的大樹，用來對付商素娥的步步緊逼。

她們三方的這場戰爭，可以說是一觸即發。
而她，只需靜靜等待便是。

第九章

步覃帶著他的八十精騎，又要出去一趟。臨行前，他讓韓峰和趙逸去香羅街上又租下了兩間店鋪，然後送到席雲芝手上。

席雲芝不解，自家夫君好端端的幹麼送兩張租憑合約給她？晚上回去問他，他也沒說出個所以然來，只是叮囑她說，他從外面回來的時候，希望這兩家店已經開出來了。

雖然不想承認，但她的夫君確實挺會給她找事兒做的。

兩間鋪子租了下來，總不能就那樣閒置著，於是席雲芝又緊鑼密鼓地準備將兩間鋪子併一間，開設一間大型的胭脂鋪子，鋪子裡除了賣女人用的香料顏料、胭脂水粉這些化妝用品之外，還打算兼賣釵環和成衣。而且她會將繡坊裡接到的成衣活兒都安排到胭脂鋪子裡來做，這樣繡坊也不會那般擁擠，又能為胭脂鋪子帶來一些穩定的客源。

客人買完了衣服，店裡還提供試衣工序，免費替試衣的客人化妝、梳髮，若是有人喜歡，就會連胭脂水粉這些東西一併買回去。

席雲芝給這間鋪子取名為「悅容居」，意思便是女為悅己者容。

悅容居的貨架全都是南北商鋪那會兒多下來的，因此不用再去特意打製。貨品的話，在南北商鋪近期入貨的時候，她也跟著一同進了一些胭脂水粉，並且早早就聯繫了城內的製香鋪子，因此，只等到鋪子裡面裝修好了，就可以開張大吉了。

開張那天，空前的熱鬧。

不但張延特意請了一支舞龍舞獅隊來給她捧場，步承宗也難得上街到她鋪子裡逛了兩圈，再加上一些其他生意上的朋友也都紛紛前來恭賀。其中最顯眼的，便是漕幫派人送來的賀聯，高高掛在店鋪門前。

席雲芝知道，只要這家店在洛陽城內做下去，那麼她席雲芝在洛陽城中便算是站住腳了。

一間繡坊，一間南北貨行，一間胭脂鋪子，生活上是絕對不成問題了。

張延殷勤地給她跑前跑後，趁著沒人的時候，他突然跑到席雲芝的櫃檯前說道：「欸，我突然想起一件事來啊！」

席雲芝見他神秘兮兮的，不禁挑眉問道：「什麼？」

「嘿嘿，就是上回打的那個賭……」張延不住搓著手，對她訕笑出來。「我突然發現，好像只有我出了賭注，妳呢？妳還沒說妳要是輸了，就怎麼樣呢？」

席雲芝盯著他看了一會兒，才想起那日他的戲言：若是她一個月內拿下了德雲客棧，他就繞著得月樓學狗叫，還倒爬一百圈。

「你想如何？」

張延對席雲芝比了個手勢。「妳這麼有錢，那咱們就不來虛的。這個數……怎麼樣？」

席雲芝看著張延比出來的一個巴掌，頓時失笑。「你要這麼多錢幹什麼？」

張延也不想隱瞞，直接說道：「妳這一間間鋪子開得跟撒豆似的，我那得月樓的生意倒是還行，但似乎也就那麼多人了，我要是不想著再開點其他的，沒準兒得月樓開不下去了，我就又得打回原形。」

席雲芝哼了哼。「你倒會算計，把開店的錢算我身上來了？」

張延仗著他們關係鐵，撇嘴道：「怎麼樣，妳賭是不賭？」

席雲芝將算盤放下，雙手撐在櫃檯之上，正色說道：「賭。不過你若輸了，我可不要聽你的狗叫，你的叫聲不值五萬兩。」

張延一拍櫃檯。「那妳要什麼？說！」

「我要……」席雲芝對張延勾了勾手指，說道：「我要你藏著、掖著的那本菜譜，可不是隨便從街頭買來的破書。」

上回張延給了她一本書，說是他的畢生絕學什麼的，可席雲芝回去研究了好幾日，才發現那根本就是書攤上隨處可見的一本小炒菜譜，書的末頁竟然還有前朝的書印。

張延這才想起自己欺騙席雲芝的事，不好意思地賠了會兒笑，卻是不正面回答。

席雲芝隨意地聳聳肩膀，說道：「不願意就算了。」說著便要離開，卻被張延攔住了去路。

只見他一咬牙，道：「行，就這麼說定了！」

席雲芝這才勾唇一笑。「好，就這麼說定了，賴皮的是小狗。」

張延見她一副勝券在握的模樣，忍不住提醒她道：「自那日過後，已經半個月過去了，妳真這麼有自信？」

席雲芝莞爾一笑。「我若輸了，不是正合你意，你操什麼心？」

「……」

席雲春一早便來了席雲芝的悅容居，被鋪子裡美麗多樣的布料和胭脂吸引了目光，站在櫃檯前都不願意坐下，但是嘴裡卻不忘跟席雲芝說話。「姊姊妳知道嗎？雲秀妹妹已經想通了，做知州老爺的女人比做知州公子的女人要好，雖然……只是個妾。」

她的話語中不乏優越，想著從前席雲春和席雲秀在府中也算是容貌、才情相當的，如今她嫁給了通判大人做正妻，而席雲秀卻給人家做了小妾，光是這個檔次差距，就足夠她自覺拉開席雲秀好幾條街呢！

「不過，卻不知雲秀妹妹發了什麼瘋，對知州老爺服軟了之後，竟然開始找五嬸娘的麻煩。」

席雲芝原本只是低著頭在記帳，聽了席雲春這句話，才抬起頭來，問道：「喔？雲秀妹妹如何找五嬸娘的麻煩？」

席雲春見席雲芝終於有了興趣，便放下了手中的布料，走到她面前，知無不言地說道：

「前幾日我聽說，雲秀妹妹給了四嬸娘二十萬兩銀子，就是專門用來給五嬸娘添堵的。」席雲春越說越起勁。「妳別看最近好像沒什麼事兒發生，五嬸娘每天可都是焦頭爛額的呢！」

「是嗎？」席雲芝掩唇笑了笑，卻也沒有表現出席雲春想像中的開懷。

席雲春不禁問道：「姊姊，從前就數五嬸娘對妳最為苛刻，她如今煩惱了，妳就不開心嗎？」

席雲芝笑著搖頭。「五嬸娘只是對我嚴格了些，並沒有苛待我。倒是雲秀妹妹這麼做，我覺得有些太過了，畢竟都是娘家人。」

「……」席雲春揚了揚眉，沒有回答席雲芝的話，卻聽席雲芝又像是想起了什麼似的，噗哧一聲笑了出來，引起席雲春的側目。

見她不解，席雲芝便說道：「我要是五嬸娘的話，我就去找盧夫人求救。」因席雲春不懂她的意思，席雲芝又解釋道：「妳想啊，雲秀妹妹給四嬸娘的二十萬兩定是從知州府中支取的，她才剛剛受寵，就支了這麼多銀子，盧夫人身為當家主母，必定不會由著她胡鬧，說不定五嬸娘去說了之後，盧夫人會藉此機會收回雲秀妹妹的二十萬兩，到時候，五嬸娘的問題不就迎刃而解了嗎？」

席雲春聽後沒有說話，但席雲芝卻從她的目光中看到了一絲心動。如此看來，這丫頭在席家討好的人是商素娥了。淡淡地收回目光，繼續將悅容居的商品記錄入冊。

席雲春待著無聊，沒過多會兒，便向她告辭。

席雲芝送她去了門外，眼看著她的馬車轉入了通往東城的小道，這才勾起嘴角，露出一抹得逞的微笑。

若是席雲春對商素娥說了她剛才的那番話，那麼商素娥定會接受這個反擊的辦法，很快便會去找盧夫人，而盧夫人在府中正遭受一個妾侍的挑釁，她必然也會選擇暫時與商素娥合作，她們會先藉彼此的手除掉勁敵，然後才會專心鬥法。

盧夫人要怎麼對付商素娥，她還沒想到，但是她會怎麼對付席雲秀，她倒是能猜測一二。席家四房這回怕是徹底栽了，原本底子就不厚，如今接二連三遭逢大難，就連房中唯一的女兒都輸得一敗塗地，他們的處境，自然得不到席家其他人的援助，等著他們的只有自取滅亡一條路了。

兩日之後，便傳出了席雲秀不慎落胎的消息。

盧大人震驚壞了，當即徹查府中內鬼，但查來查去，卻查出是席雲秀自己失足導致，怪不得旁人。

盧修年過六十，膝下只有孤零零的一個兒子，他為了席雲秀腹中偶然得到的孩子，寧願背負天下人的罵名，也要讓她平安把孩子生下來，可是，百般呵護、千般照料，得來的卻是這個不負責任的後果，他氣極了，便將席雲秀關了起來，飲食亦不安排人照料，顯然是要活生生地耗死席雲秀了。

席家四房一夕間分崩離析，私產盡數變賣，周氏和席壇雙雙跪在老太太門前求她出手相助，可畢竟席家五子都不是老太太親生的，因此席壇在外跪了一天一夜之後，老太太也只給了他們四個字：好自為之。一分錢的救助也不肯給他們。

周氏哭壞了嗓子，四處求人碰壁，席雲芝派人給他們送去了五十兩過生活，卻被周氏一把扔了。席雲芝倒也不介意，本就是走走形式，她收與不收其實沒多大關係。

很顯然，在席家四房與五房的戰爭中，商素娥是絕對的勝者。周氏輸就輸在布局，輸就輸在時機，輸就輸在實力太弱，偏偏對手太多。

若是她能聰明一些，就應該先將商素娥籠絡了去。商素娥是席家的掌事太太，以席家在洛陽城中的地位，盧夫人雖是元配，但人脈背景未必過硬，所以若是四房能稍微隱忍一些，到最後，盧夫人卻未必鬥得贏年輕貌美身分好的席雲秀。

又過了兩日，席雲芝從悅容居回去南北商鋪的途中，卻遇到了一個意想不到的人。

商素娥風韻猶存，自馬車後掀起車簾，冷著嘴角對席雲芝說道：「席大小姐，可願賞光與我去喝一杯茶？」

席雲芝不知她葫蘆裡賣的什麼藥，便對她說：「這周圍都是我的鋪子，五嬸娘若是不嫌棄，就在此歇腳吧。」說完，不顧商素娥的反應，兀自走入了前邊不遠的南北商鋪中。

看著席雲芝離去的背影，商素娥緊捏著車簾的手指都在發抖。這丫頭什麼時候變得這般傲慢？簡直跟她那個死去的娘一模一樣！

南北商鋪二樓的雅間內，席雲芝命人給商素娥奉茶。

商素娥四周看了一眼，便冷冷哼了一聲。「哼，曾經的平庸之才，竟然也有如此心思，我倒是小瞧妳了。老太太也小瞧妳了，所以特意叫我來看看妳。」

席雲芝坐在她的對面，這些年來，第一次這樣放肆地與這個女人對視。從前不是不敢，而是要積累和隱忍，不得不避開，如今已經沒有避開的必要。

「多謝嬸娘惦記、老太太關心，雲芝今後定會再多努力一些，不讓嬸娘和老太太失望。」她應對自如，彷彿從來就沒有退縮過般。

商素娥見她這樣就生氣，臉立刻拉了下來，緊咬下顎說道：「不知廉恥的小蹄子！說妳胖妳還喘上了？就妳這些個破店，妳信不信我十日之內便能讓妳全都開不下去！」

席雲芝也不動怒，就那麼老神在在地靠在太師椅中看著商素娥發飆、發狠，見她說完之後，才聳了聳肩。「好啊，五嬸娘儘管試試，我倒想看看十日之後到底是妳死，還是我亡？」說著，一哂。「不過，我這三家鋪子可不是之前那間花一百多兩買下的小門面，這些鋪子就怕五嬸娘出不起價。」

商素娥險些咬碎銀牙，因為恨屋及烏這個道理，所以她對席雲芝那是真討厭的！她這輩子最討厭的便是那些自恃清高、目中無人的人，當即一拍桌子，怒極反笑道：「席雲芝，妳不覺得妳不應該這樣跟我說話嗎？妳忘了妳娘的下場了？」商素娥陰狠著目光靠近席雲芝，咬牙切齒道：「信不信我讓老太太也將妳活活打死？」

聽她這般堂而皇之地提起她娘，席雲芝終於斂了笑意，對商素娥不甘示弱地道：「我等著。」

商素娥哼笑著點頭，轉身便走出了雅間，席雲芝緊隨其後，兩人臉色都不太好看。

席雲芝將商素娥送到店鋪外頭，見她正要上車時，卻有一個瘋癲的身影從人群中竄了出來，舉著鐮刀就要往商素娥砍去！

幸好商素娥的一個隨從看見，替她擋下，要不然那把鐮刀可就真砍在了商素娥的背脊之上了。

「啊——妳！周月如，妳瘋了不成？」商素娥狼狽閃躲之際，也看清了砍她之人是誰。

周氏臉色如鬼般蒼白，形容枯槁、髮髻散亂，像個瘋婆子般追在商素娥身後就是一陣亂砍。

「我是瘋了！商素娥，我今日便要殺了妳！我要殺了妳，替我的秀兒報仇，我要殺了妳！」

商素娥在亂成一團的隨從身後躲藏，嘴上卻也不甘示弱。「妳的秀兒瘋了是咎由自取，關我何事？妳有本事砍進知州府啊，在街上跟我撒野算什麼東西？」

周氏聽著這番刺激的話，情緒更加激動，用鐮刀指著商素娥又哭又叫。「要不是妳去搬弄是非，我的秀兒也不會變成這樣！要不是妳去得罪盧夫人，我秀兒的胎也不會沒了！要不是妳……一切都是因為妳！商素娥，妳這個毒婦，妳會遭報應的！」

商素娥的隨從們已經抓住了周氏，但周氏情緒激動，整個人陷入了瘋狂，雖然手腳被制住，卻仍不斷地扭動著。

商素娥從隨從身後走出，驚魂未定地凶道：「我遭什麼報應？一切都是你們四房自作自受，我不過是做了順手之事。要怪只怪你們瞎了眼，敢跟我商素娥鬥！」

商素娥邊說，目光還一邊瞥向站在門口看著她們的席雲芝，像是在用實際行動殺雞儆猴給她看一般，凶惡的嘴臉叫人覺得噁心。

「我告訴你們，跟我商素娥鬥的，沒一個有好下場！」

周氏的尖叫聲已經吸引了很多人駐足，只見她陷入瘋癲，不能自控地尖叫道：「商素娥妳個毒婦！別以為我不知道，大娘是被妳誣陷的，是妳做好了手腳後，才叫老太太去看的！妳嫉妒大娘能幹，害得大娘含冤而死，還害得三娘出家為尼，如今妳又來害我！妳這個女人到底安的什麼心？什麼心？放開我！放開我，我要殺了她、殺了她！還有瑾兒，瑾兒也是妳殺的！我都知道，我什麼都知道——」

商素娥命人將周氏的嘴封了，不讓她繼續說話，手一揮，周氏便叫好幾個隨從抬走了，而她自己則別有深意地看了一眼席雲芝，一副「就算妳知道，又奈得了我何」的樣子，這才轉身坐上了軟轎。

席雲芝轉身入內，見之前替她傳話的孩子還在，便從袖中掏出五文錢，遞到他的手中，孩子拿了錢，歡快地跑了出去。

周氏是她派人去找來的，本來就沒想過會就此除掉商素娥，只是想先嚇嚇她，看她的反應。可這個女人直到今日都還沒有醒悟過來。

多行不義必自斃，但不聽周氏提起瑾兒，她倒忘了還有這回事。

她娘死後，她曾在席府偷偷暗訪過，查到她娘是喝了貼身侍女瑾兒的一碗湯後才會昏迷不醒，被商素娥算計了去。可能連商素娥自己也沒有想到，老太太的反應會那般激烈，因為這件事，就將席雲芝的娘給打死了。

商素娥深怕自己做的事被人發現，便暗中將她事先買通的瑾兒殺死，而這一幕，恰巧被年幼的席雲芝看在眼中，所以商素娥才會想藉著席雲箏的婚事，讓她以通房丫頭的身分跟去京城，這可不是真想叫她去伺候，而是為了神不知鬼不覺地殺了她！

怎料，她的這個如意算盤沒有打成，這才有了如今的事。

席雲芝怎麼都沒有料到，事情會發生得這麼快。

就在周氏在大庭廣眾之下喊出了商素娥殺人的事之後，第二天，知州府便派人來將商素娥帶回了牢裡問訊！

商素娥也沒有料到前幾天才跟自己同一戰線的盧家，怎會突然調轉矛頭來對付她？她才剛給盧夫人解決了席雲秀這個危及她主母地位的對手不是嗎？

會不會是盧家想立個威，敲打她一番就把她放出去呢？

商素娥在知州府的地牢中癡癡地想著，可是，被抓當晚就有人來向她逼供，讓她說出當年殺害瑾兒的事情，直到鞭子落到她的身上，她才醒悟過來，這一切都不是開玩笑的！

盧家這回是來真的，容不得她否認詭辯，稍有否認就會迎來更加猛烈的嚴刑拷打。

商素娥在知州府的地牢中叫天天不應、叫地地不靈，只好俯首認罪，以減少自身的苦痛。

席雲芝和周氏皆被傳入知州府中例行問訊，席雲芝說出小時候看到的情形，成為了殺死瑾兒案件的最有力證據。

於是，一切都快得叫人難以置信，在席家五奶奶商素娥被抓進牢裡的第三天，知州府便下了公文，確定了她殺人的罪行。

商素娥是席家的主母，她這一入獄，席家就亂作了一團，幸好有老太太臨時上陣，撐住了場面，席家才不至於分崩離析，潰於蟻穴。

席老太太在商素娥被捕期間也曾去盧家替她求過情，怎奈盧家這回是鐵了心要辦了商素娥，根本不容他們求情，當即便婉言將席老太太請出了府。

席老太太這才明白了盧家的堅定用心，仔細想了想其中緣由，倒也釋然了。

席雲秀腹中懷的是盧修老來得的子，這孩子只要生下來，那就定會成為盧家的第一寶貝，盧修為了這孩子，寧願冒天下之大不韙，納了自己的兒媳為妾，接受眾人指戳謾罵，可商素娥卻屢屢挑撥盧夫人，使得席雲秀在府中的日子難過，而情況才稍有好轉，便就傳出了席雲秀落胎之事。

席老太太知道，雲秀的胎落得奇怪，相信盧大人也明白，這定是盧夫人的手筆無疑，但卻又沒有絲毫證據，只好將失子之痛都歸在挑撥的商素娥身上。

在盧夫人那裡，早就跟商素娥起了梁子。

之前商素娥將她堵在去上香的路上，言語不乏冒犯地叫她讓出正房的位置，還說她身分比不上她們席家，如果現在不退，那麼今後也會被逼著退位云云。這些言語像一根透骨釘般釘入了盧夫人的身體裡，不得不令她欲除之而後快。

原本除去商素娥這件事還會再快一些的，只是盧夫人沒有想到，這個時候，席雲秀會聽了周氏之言，突然對盧修和腹中的孩子改變了態度，令盧夫人猝不及防，腹背受敵。正擔憂之際，商素娥突然上門支招，令盧夫人抓住了這個除掉情敵的機會，並且成功地阻斷了席雲秀上位的籌碼，讓她的孩子莫名其妙地沒了。

如此想來，盧夫人會這般迅速地動手除掉商素娥，就不是沒有原因的了。

正好接著自家夫君盧大人對商素娥的遷怒，再加上商素娥從前的惡行罪狀爆發得正是時候，這才促成了盧夫人報仇得逞。

商素娥到現在一定還想不通，盧夫人到底為什麼會這麼做？

而席老太太對箇中緣由也未必全能明白過來，但她倒是看出了盧家要拿商素娥填命的態度，知道就算她求了也是白求，盧家是要定了商素娥的命，就算誣陷也不會放棄。更何況，商素娥身上確實被他們翻出了一條陳年舊案，而這件案子多多少少也牽涉了席老太太之前做的事情，她若追得緊了，說不準就會把她自個兒的事情給牽涉出來，這麼一想，席老太太也就放棄了替商素娥求情，兀自回府整頓去了。

商素娥被定罪的第二天，就被打入了死牢，秋後問斬，而她的私產，也被官府盡數封了。

席雲芝拎著食盒，走在狹長的黑暗甬道，前頭有衙役掌燈帶路，走了好久才走到了地牢之中，看見那個被折磨得不成人樣的女人。

商素娥在稻草上縮成一團，看樣子她認罪得挺快的，身上的傷痕倒不是特別多，但是，這幾日對她精神上的折磨卻是致命的。

「商素娥，有人來看妳了！」衙役對牢裡的人吼道。

商素娥緩緩轉過了頭，見是席雲芝，像是想起了什麼似的，緩緩從地上坐了起來，彷彿想要拿出最後的氣力來維持氣勢般。

席雲芝進來之前，給了衙役很多好處，衙役自然對她殷勤得不得了，還給她搬來了一張太師椅，讓她坐在牢房外頭，跟商素娥說話。

「世事無常，五嬸娘，妳說是嗎？」席雲芝依舊淡然地對商素娥笑道。

商素娥扯了扯受傷的嘴角，對席雲芝昂起了頭。「這下……妳得意了？」

席雲芝聽後，卻是笑而不語。有時候，仇恨並不是全靠憤怒的言語來表示，她就這麼看著商素娥，就已經等於用無形的刀將她殺了千遍。

「妳不用得意！妳以為殺了我，就是替妳娘報仇了？哈哈哈哈……」商素娥牽動著全身肌肉般瘋狂地笑了起來，整個地牢中都被她陰森恐怖的笑聲充斥著，彌久不散……

席雲芝從地牢中走出，突然的明亮讓她的眼睛不由自主地瞇了起來。

商素娥的話猶在耳邊迴盪，只是殺了她當然不算完全報了仇，但若要報仇，首先要除掉的便是她了。

獨自走到中央大道上，看著從前繁盛的地段，如今卻變得蕭條。席雲芝在德雲客棧外站了好一會兒，看著那貌似高不可攀的門庭，如今也只落得被封的下場。

官府的封店令，在犯人定罪之後便會解除，歸入公家，給商行競價。到時候，只要價錢適宜，通常要買下來不會很難。

而像這種老闆身上帶著案子的店，一般不會有人輕易購買，一來怕得罪官府，二來也怕晦氣。

但是，席雲芝卻不怕。

於是，在官府貼出競價公告的第一時間，她就去了競價場，花了六萬八千兩銀子，將屬於商素娥的私產盡數買下，其中包括了兩間酒樓、一間客棧及一間茶坊。

席雲芝知道，這些都是商素娥明面上的產業，暗地裡還有很多已經被席家藏了起來。席家在商素娥出事的第一時間，便和她脫離了關係，五叔席卿也被席老太太軟禁起來，不許插手過問商素娥的事情，而一直以來，五房的事都是商素娥作主的，五叔懦弱，在這個老太太明顯放棄了商素娥的情勢下，他也沒有勇氣站出來替她周旋說話。

席家一次敗了兩房，可謂是元氣大傷啊！

十月初，她家相公派人傳回了書信，說是至多十月中旬便會歸來。席雲芝心中大喜，早早便去了得月樓等候張延。

那小子已經避開她好幾日了，當她在打賭的時間之內拿下了德雲客棧之後，他就再也沒敢在席雲芝面前出現過，席雲芝不得已才親自到他的店鋪裡來堵他。

坐在得月樓當門口的位置，讓夥計給她沏了一壺茶，上了兩盤小點後，她就這麼悠閒地邊吃邊等。

張延一走入店裡，就看到當門口的席雲芝，嚇得拔腿便想跑。

席雲芝見狀，冷冷地說了一句。「要是不想給菜譜，那張老闆就準備學狗叫，沿著得月樓爬一百圈吧！」

張延哭喪著臉，放棄了逃跑，頹然走到席雲芝面前，軟趴趴地坐了下來。「席老闆，您算無遺策，我張延這回算是徹底服了您了！」

席雲芝看著他沒有說話。

張延被她盯得難受，深深嘆了一口氣後，這才從懷裡掏出一本金色的硬紙書籍，像看著心肝寶貝似地看著這本書。「它陪伴了我二十年啊，二十年的感情，妳懂嗎？」

席雲芝差點絕倒，這小子為了耍賴，真是無所不用其極，現在竟開始跟書談感情了？

「我只把內容抄下來，書會還你。」席雲芝盡力配合他說。

誰知張延依舊一副沈痛的神情。「看來妳還是不懂！我說的感情，就是跟這書裡的內容！妳把內容抄了去，就是奪了它的特別精髓，就是——」

席雲芝沒空聽他在那裡瞎扯，一句話堵死他。「那你就去外邊學狗叫，倒爬一百圈吧！一本菜譜，我還真無所謂，得不得到對我沒什麼影響，但是張老闆當狗爬這事定然會成為洛陽城百姓們茶餘飯後的熱門話題……你隨意好了。」

「……」張延看著席雲芝，簡直恨死了自己當初的行為！他怎麼會想到要跟這個女人打賭呢？

幾乎是忍痛割愛，他將金冊推到席雲芝面前。「要抄快抄，我就當沒看見！」

席雲芝見他一副痛不欲生的表情，彷彿自己不是輸了一本書，而是輸了老婆般那樣懊悔，不禁挑了下眉，抓著金冊，說了一句告辭後，便離開了得月樓。

張延見她走得瀟灑，不禁追著她的腳步出去，整個人憔悴地趴在門扉之上，感情決堤般對著她的背影吼道：「好好待它！千萬要還回來啊——」

步覃是十月十三那天晚上，風塵僕僕地趕回來的。

席雲芝正在廚房裡和劉媽捏麵團、做糕點，一聽到院子外頭響起馬蹄聲，扔下麵團就往外奔去。

步覃亂了髮髻，灰了衣衫，一張俊臉上也滿是風霜，席雲芝卻毫不介意，在他翻身下馬的那一刻，便撲入了他的懷中，像個仰望幸福的小女人般，仰望著自己的一片天。

步覃摟著她纖腰的手都在發抖，面容有些蒼白，席雲芝只覺腰部一陣溫熱，低頭一看，竟滿是鮮血！

「啊——」她到現在才看見，步覃的胳膊上竟然滲出了血跡！

趙逸和韓峰下馬之後，立即便要上前攙扶步覃，卻被他一手擋開，兀自將自己身體的力量倚靠在席雲芝瘦弱的肩膀之上。

「夫君受傷了？怎麼受的傷？有沒有好好包紮？疼不疼？」

席雲芝一連串的問題讓步覃感動得想笑，見她這般心疼自己，一路上的疲累早已煙消雲散。

趙逸湊上前來說道：「爺受傷之後，我和韓峰原本想讓他養好傷再回來的，可是爺卻執意要連夜趕回來——」

步覃朝他甩去一個眼刀，趙逸就不敢再說什麼。

席雲芝見他如此，便不再為難他們，趕忙讓劉媽燒水，讓如意、如月去拿繃布，自己則小心翼翼地扶著步覃去了小院。

她讓他安坐在軟榻之上，找來剪刀，將他傷口周圍的衣服剪掉，露出裡頭的傷處。傷口已經有些化膿，鮮血淋漓的樣子，令席雲芝止不住雙手顫抖。

步覃見她一副要哭的表情，以為她怕見血，便要搶了剪刀自己來，席雲芝卻固執地躲開了手，紅著雙目，一語不發地替他清理包紮。

「……我沒事，一點都不疼。」步覃盯著她看了很久，才有一點明白她此刻冷面相對是什麼意思，便對席雲芝寬慰地說道。

席雲芝正在替他上藥的手微微一顫，嘴唇一開一合，像是要說些什麼，卻又忍了下來，直到步覃冰涼的手掌覆上她的手背，才令席雲芝醒悟過來，眼淚就這麼撲簌簌地往下落。

用雙手將他的手包裹住，聲若蚊蚋地說道：「為什麼不愛惜自己？你在外頭做事，我不干涉，但是，我只希望你能做到渴了喝水，餓了吃飯，受傷了就要養傷……」

步覃聽她說著話，每一句都像是熨入了他的心般。這就是被人記掛、被人關心的感覺，很充實，很暖心。

席雲芝的眼淚止不住地往下掉，步覃只覺得自己突然慌了手腳，忙將她摟入懷中，幾乎要揉入自己的骨血般用力。

席雲芝攀附在他身上，肋骨被他摟得生疼，卻又不敢掙扎，怕牽動了他的傷口。

兩人就這樣如燈芯一般糾纏在一起良久，步覃才肯放鬆了手臂，讓席雲芝枕在自己的雙腿上。靜靜地撫摸她如雲的秀髮，與他冷硬的聲音完全不匹配的熾熱話語自唇間流出。「我說過，至晚十月中旬會回來，我不想食言。」

席雲芝將手環過他的腰，語氣哽咽地說道：「我寧願你食言，也不願你傷害自己……」

又是一陣靜謐之後，房間內才又響起溫柔的聲音。「僅此一次，下回不會了。」

席雲芝將頭從他腿上抬起，目光灼灼地看著他。「你發誓。」

步覃看著她像孩子般天真的神情，無奈地嘆了口氣，舉手道：「我發誓。」

得到心愛之人的肯定回答，席雲芝這才放下了心，又趴在步覃的雙腿之上，靜靜地享受他們夫妻難得溫馨的重聚時刻。

自從步覃回來之後，席雲芝就好像變了一個人般，處處都像個需要夫君保護的小女人，就連鋪子裡都以「夫君回來了」這種正大光明的理由不去打理。

眾人對席雲芝此舉表示很是無語，這個女人在她的男人不在家的時候做了些什麼，他們都知道，那種強悍和冷靜，沒有一個男人比得上。可是，自從她那個夫君回來之後，她怎麼就變成了連捏個糕糰都要夫君在旁邊守著的那種脆弱小女人了呢？

想想都覺得一陣惡寒，但卻沒有人敢直接挑破這事兒，只好憋在心裡，儘量讓自己不去介意。

席雲芝最近迷上了做糕餅和點心，不過是因為她有一次偶然間發現，自家夫君將一盤甜到膩的點心全都吃光了，這讓她明白，自家夫君原來對甜食是頗為愛好的。

所以，這幾天她旁的沒學，倒是從張延的菜譜中學會了幾招糕點的做法，她要盡一切可能將糕點做得甜而不膩、滑而不粗、入口即化，她要做出世上最好吃的糕點給她的夫君享用！

又一籠糕點出爐，席雲芝整盤端出，粉色的桃花造型，中間點著嫩黃蕊芯，看著就像是真桃花那般嬌豔輕薄。她挾了一塊送到坐在一旁看書的步覃面前，步覃也不看她，直接就張開嘴，讓她把糕點送入口中。

見他嚼了幾下後，席雲芝便迫不及待地湊上去問：「怎麼樣？怎麼樣？」她像是一個在接受老師考問的學生一般，著急地想要知道自己的成績。

可步覃卻只是點了點頭，淡淡地說了一句「好吃」，之後就沒有下文了。

席雲芝忍不住推了一把他的肩膀，步覃才抬起頭看著她。

席雲芝嘆了口氣後，插腰說道：「夫君，你都吃了二十幾種了，每一樣你都說好吃，就不能多說些意見嗎？」

步覃不解。「好吃……還要什麼意見？」

席雲芝蹙眉。「就是提一些還需要改進的意見啊！我的糕點手藝是初學，不可能做得太完美的，一定還有不足啊！夫君你就是要負責任地把這些不足告訴我，然後，我才能一一改進嘛！」

步覃聞言，咂巴了一下嘴，像是回味了一會兒，然後才又簡短地說道：「太淡了，多放些糖。」

席雲芝有些挫敗，她家夫君不會是只要夠甜，其他就沒有要求了吧？那她這些天到底在追求個什麼啊？她忍不住咕噥道：「要放糖就早說啊，試了這麼多，不是浪費嗎？」

步覃抬頭又看了她一眼，目光在聽到「浪費」兩個字時，突然亮了一下，對著席雲芝欲離開的背影說道：「對了，我又給妳帶了些東西回來，放在房間裡的桌子上，妳有空去看一看。」

席雲芝背脊一僵，她家夫君……又給她帶東西了？

席雲芝看著一包袱的珠寶，覺得心情有些複雜。

她家夫君實在是對金錢沒什麼概念，她敢保證。因為稍微有點金錢常識的男人，絕對不會出一趟門就給家裡的妻子捎帶一包價值連城的東西回來的。他一定不知道，他兩次給她的東西足以買下小半座洛陽城了！

席雲芝收得忐忑，總覺得夫君在外頭幹了什麼她不知道的事兒……

十二月初，席雲芝將買下來的德雲客棧正式改名為「南北客棧」，她在客棧後面又擴建了一座別館，為中短期打算在洛陽居住的客人準備的。

而其他一併買下的兩間酒樓則全都以得月樓的名字繼續經營，讓張延代為管理，賺的銀子五五分，這樣既圓了張延開設分店的夢，她自己又省了不少事，每月張延還會將錢送到門上。

另外還有一間茶社，從前是五叔父親自經營，用來招呼文人墨客的地方，但席雲芝自知沒有詩詞歌賦的天分，並且也沒那個閒情愛好，便不打算繼續經營下去，換做一間專門買賣山參藥材的鋪子，取名為「悅仁堂」。在經營南北商鋪的時候，就有一撥高麗商人前來販賣山參，只是那時她雖覺得這是條好路，卻是沒那個多餘的地方，如今地方有了，她便立刻著手安排下去了。

自古中醫便有人參吊氣的說法，有病沒病，經常吃些總是好的，價格雖然昂貴，但捨得用它的人家還是挺多的。

就這樣，如今的席雲芝可以算得上是洛陽城中少有的大掌櫃，手裡總共有七家鋪子，並且發展形勢還都挺好的，席雲芝便有更多的時間研究菜譜了。

不過，除了剛回來時，夫妻二人形影不離、纏綿熱火，過了幾天後，步覃便又不得不回到營地去，且早出晚歸了。有時候，席雲芝想讓他第一時間就吃到自己做的東西，便讓趙逸中午回來取食，但送到營地去的東西，總不能指名道姓只讓夫君一個人吃，於是席雲芝只得多做一些糕點，讓營裡的兄弟全都能分到一些。

這日，她做了幾道私房菜，讓趙逸回來取，劉媽和如意、如月也都幫著做了好些點心，讓趙逸搬上了馬車。

目送他離開之後，席雲芝便拎著一只食盒出門了，說是自己要帶到店裡去吃的。但，席雲芝出了院門後，卻是往北走的。

只見她拎著一只食盒，走街串巷，最後在一間小巷子裡的酒肆外停下了腳步。

這是一條極其骯髒的小巷，坑坑窪窪的青磚地上滿是黑色的油漬，到處散發出一種陳腐的氣味。

席雲芝看著的那間酒肆並不比其他店好多少，旗幡破舊不堪，隨著風擺蕩著，就像那叫花子的衣服；店內擺著幾只大酒罈，酒罈外頭滿是落灰，可以想像，這裡盛夏時蚊蠅飛繞的景象。巷子裡鑽入一陣寒風，席雲芝裹了裹領口的絨布，深吸一口氣，走入了酒肆。

裡頭的光線暗得很，但席雲芝還是看見了角落裡趴著的那個人。那人像是醉了，醉得不輕。頭髮花白，衣衫凌亂，骨瘦如柴，如今時節已進臘月，他卻仍舊穿著單薄的衫子，冷得他睡夢中都縮緊了身子。席雲芝走過去看了他好久，他都沒有醒來。

酒肆的掌櫃從後頭出來時，突然看見一個衣著華麗的女人，先是一驚，後來見她的目光一直盯著那個醉漢，不禁開口說道：「姑娘，妳找賴子有事啊？他昨兒喝了兩斤燒刀子，怕是沒這麼快醒的。」

席雲芝聽到掌櫃說話，這才收回了目光，飛快地眨了兩下，回身對掌櫃笑問道：「他總是在你這兒喝酒嗎？」

掌櫃的一邊擦著油膩膩的手，一邊對她回答道：「是啊！只有我這兒還肯賒帳給他，他不來我這兒，能去哪兒呢？」

席雲芝覺得喉頭有些痛熱，勉強扯了扯嘴角，又問：「他沒工作嗎？為何老是賒帳？」

「工作有啊，他在後頭那個澡堂給人擦背，每月最多也就十多錢，哪裡夠他喝的？我也是見他孤家寡人，糟老頭子一個，可憐他，才沒跟他計較。」

席雲芝聽後沒有說話，而是從懷中掏出一錠五十兩的銀錠子放到酒肆內的一張桌子上，又將食盒放在銀子旁邊，對掌櫃的說道：「我是他女兒，這些銀子給你，這盒飯菜點心給他。麻煩掌櫃的在他酒醒之後告訴他，他女兒現在住在城外半里處一戶姓步的人家。」

掌櫃的一輩子都沒見過這麼多銀兩，當即也忘了回席雲芝的話，只是呆呆地看著銀子和她離去的背影發怔。

臘月裡的風夾雜著冷，絲絲細雨飄灑而下，街上沒什麼人。

席雲芝坐在南北商鋪的櫃檯後頭烘手，心中的思慮更甚。

自從那日去酒肆留下一只食盒之後，已經十多日過去了。原本以為至多五、六日，他就會來找她，可是，他卻沒有來。

席雲芝在那之後又去了一趟酒肆，卻聽那掌櫃說，他那日醒來便將食盒抱走，然後就沒有再出現過。

被暖烘烘的爐子熏得昏昏欲睡，席雲芝見店裡現在也沒什麼客人，就跟二掌櫃說了一聲，自己便提前回家了。

因為外頭下雨，二掌櫃找了一頂轎子送她回家。

也不知是不是受了風寒，席雲芝只覺得她想睡得不得了，眼睛都快睜不動了，頭剛一放到枕頭上，便沈沈睡了過去。

睡夢裡，她回到了小時候，爹娘都還那麼年輕，雲然還那麼小、那麼可愛，一切都是那麼美好……

睡夢中，席雲芝的嘴角依然上翹。

她這一覺睡醒，已經是華燈初上酉時。想著不知夫君回來沒有，她還要去給他做些飯菜，於是掀了被子便要起床，卻聽見靜謐的房間內響起一道男聲——

「醒了？」

席雲芝轉頭望去，只見步覃正坐在屏風前的一張太師椅上看書，見她醒來，便放下了書朝她走來。

步覃動作自然地摸了摸席雲芝的額頭，話音雖冷，語氣猶熱。「回來見妳睡著，便沒叫醒妳。可是身子不爽？」

席雲芝睡了一覺後，精神不知多好，當即搖頭，對步覃問道：「夫君，你們吃飯了嗎？」

「吃過了。劉媽說鍋裡給妳留了飯菜，妳現在要吃嗎？」步覃在床沿坐下，動作極其溫柔地替席雲芝拂開了額前的一綹亂髮。

席雲芝得知夫君已經吃過，自己也就不著急了，原本想起來，現在卻只想懶洋洋地躺在溫暖的被窩裡不動，享受著平日裡甚少享受過的溫情時刻。

她家夫君關心人的時候，還是很溫柔的嘛！

步覃見她一直盯著自己，嘴角帶著溫和的微笑，不禁問道：「今兒發生什麼好事了？妳作夢在笑，現在醒了還在笑。」

席雲芝深吸一口氣，聳了聳肩，說道：「我也不知道，總覺得今天特別好，作的夢好，夫君好，躺在被窩裡也很好。」

她的話讓步覃覺得，這就是個愛撒嬌的小孩在向他撒嬌呢！當即問道：「那夫君平日裡待妳不好嗎？」

席雲芝見他佯裝生氣，便乾脆坐起身，將自己撲入他的懷中，緊緊摟住他說道：「也不是不好，只是夫君平日太冷了，一點也不溫柔。」

步覃看著她的側臉，只見她睫毛長長，搧呀搧的，櫻桃小嘴微微嘟起，像是在對他控訴從前的態度，看著看著就令他的目光不自覺地深了起來。

有些粗糙的手指劃過她嬌嫩的肌膚，只覺她像是剝了殼的雞蛋般，叫人碰上就難再收手，一路從她的臉頰向下撫摸。她穿著睡覺的中衣，衣領是大開的，只要稍一探入，就能撫上裡頭雪白無瑕的美玉肌膚。

步覃從來就不是喜歡隱忍的人，當即便將之壓入身下，耳鬢廝磨一番。

席雲芝一覺剛睡醒，有的是精神，於是便比平時要更配合幾分，身子越發柔軟的她在步覃寬闊的胸懷中，柔若無骨般……

步覃來回衝刺幾回合後，才伏在席雲芝的胸前送出了自己。

兩人緊緊摟在一起，席雲芝用四肢纏住步覃的身子，不讓他翻身，步覃也樂得不動，聽著她激動的心跳，回味著先前的美好。

原本是想回來休息休息的席雲芝，這下子更累了。

自從席雲芝接管了商素娥的產業之後，席雲春就沒再來過她的南北商鋪。席雲芝對她本就是疲於應對，她不來正好，自然沒有想念的道理。

可是這一日，她卻突然上了門。

模樣還是從前那般嬌媚豔麗，但眉宇間卻多了絲絲的愁怨，進來席雲芝的店中，也沒有從前那般熱情，只是坐在那裡冷冷地看著席雲芝櫃檯上的東西發呆，跟她說話，也是愛理不理，然後像是掐著什麼時辰般，申時剛到，她便站起了身，準備離開。

席雲芝不解地叫住了她，問道：「妹妹可是有心事？」

席雲春沒有回頭，只是身子頓了頓，便不再理會席雲芝，跨著步伐走出了鋪子。

席雲芝見她如此，心中有些疑問。

如今的席家，大房早衰，三房次之，五房和四房也兩敗俱傷，只剩下二房仍舊平安無事，照理說，她應該是席家最為寶貝的一個女兒了。況且，從她剛成親的那陣子來看，她的夫君楊大人對她還算是不錯的，可看她今日的表情，卻又好像並不是那麼回事。

但納悶歸納悶，席雲芝才沒有多餘的心思去管別人的事。

從南北商鋪離開，去了胭脂鋪悅容居，席雲芝聽二掌櫃彙報了一番後，正要離開時，卻聽見一道熟悉的聲音響起——

「哎呀呀，現在人人都在傳洛陽城中出了個了不起的女商人，我道是誰，原來是嫂夫人啊！」

蕭絡兩頰微紅，左手摟著一位衣著曝露、美豔絕倫的女子，而另一邊則站著一個同樣有些醉醺醺的中年男子。

只聽蕭絡指著席雲芝，對那男子說道：「楊大人，這就是我跟你提起過的步夫人……步將軍的夫人。」

那名被他稱作「楊大人」的中年男子看了一眼席雲芝後，便像模像樣地對她一揖到底，誇張地說道：「楊嘯早有耳聞，步……夫人好！話說回來，我還是這、這位步夫人的妹夫呢！哈哈哈……」

楊大人似乎也喝了不少，說起話來都有些大舌頭，但席雲芝還是聽懂了他的話。原來他就是席雲春的夫婿，京城通判楊嘯。

席雲芝和二掌櫃交換了個稍安勿躁的眼神後，自己便笑著應道：「不知二位來敝店有何貴幹？」她言下之意就是：你們不是真的來找老娘純聊天兒的吧？

蕭絡這才想起自己來此的目的般，將懷中的女子推出來，對席雲芝說道：「我們來、來給芳菲姑娘買胭脂的，她嘴上的胭脂，都被我們吃光了，哈哈哈……我們答應要還給她的！你說是不是啊？楊大人……」

「是……是，蕭公子說得是……」楊嘯看樣子也醉得不輕，連連點頭，幾乎就要一頭栽在地上了。

蕭絡突然放開了芳菲姑娘，整個身子都趴到席雲芝的櫃檯前，指著楊嘯說道：「嫂夫人有所不知，楊大人是好人啊！他就連芳菲姑娘都肯讓給我，讓我一親芳澤……絕對是大大的好人哪……」

席雲芝沒有搭理他的話，只是和二掌櫃一起將好幾樣胭脂水粉一一打開，供放浪形骸的芳菲姑娘選擇。

楊大人在一旁搭腔道：「蕭公子說的是哪兒的話？別說是芳菲了，只、只要蕭公子喜歡，就是楊、楊某人的妻子，蕭公子也請隨意……」

席雲芝鼻眼觀心，對楊嘯這個男人的品行大為鄙視。縱然此刻他是醉酒狀態，但也不該說出這般毫無綱常的話。她心下似乎有些明白，為何席雲春之前會特意前來接近她，估計就是因為這個蕭公子了。因為他看中步覃，所以楊嘯才會派出老婆來與她套近乎，為的就是想利用這層關係討好蕭公子。這段時間，席雲春已不再過來找她，想來是這位楊大人已經搭上了蕭公子，也不需要席雲春到她面前來搭建橋梁了。

不想再去攙和這兩個醉鬼的話，席雲芝用一副事不關己的態度，替芳菲姑娘一一試著胭脂的顏色。

反觀蕭絡，卻在一旁對楊嘯的話感動得跺腳，口中直喊著「好人啊，好人啊！楊大人是真好人啊……」之類的話。

他們一直從申時鬧到了酉時將盡才肯離去，席雲芝也一直被拖到那個時候才能回家。

席雲芝回到家中後，將今日在鋪子裡遇到蕭絡和楊嘯的事情跟夫君說了一說，誰知道他只是當尋常事那般，聽過就只是「嗯」了一聲，表示他知道了，並沒有發表出什麼言論，倒是對她新做出來的點心很感興趣。

白糖糕，這盤東西是她做來自己吃的，因為不甜不膩，沒加其他任何東西，口感太過寡淡，她本以為夫君會沒興趣的，沒想到吃完了晚飯，她和夫君兩人一同躺在軟榻上，中間隔著茶几，茶几上擺放著兩樣糕點，一樣是做給他吃的棗泥山藥糕，另一盤就是她的白糖糕，棗泥山藥糕夫君只吃了一半便放在那裡，轉而過來吃她盤子裡的白糖糕，且不一會兒就吃完了！

席雲芝放下繡本，看著空空如也的盤子，委屈地看著自家夫君，用眼神控訴他跟她搶東西吃的惡行。

步覃被她盯得莫名其妙，放下書冊同樣凝視著她，突然開口說了一句。「妳最近吃得多了，也胖了些。」

「……」席雲芝氣絕，就因為她胖了些，所以他就來搶她的東西吃嗎？

不過，自己做的東西得到夫君的認可，並且全部吃完，這種成就感倒是滿滿的。席雲芝盤腿坐在茶几前，揉揉肚子，不知道為什麼，還是覺得有些餓。看著夫君面前剩了一半的棗泥山藥糕，猶豫了一會兒後，才伸手去拿了一塊過來吃。

就著熱茶，又吃了兩、三塊之後，席雲芝才覺得肚子有些飽，便將盤子收拾了，卻是沒看見步覃的目光一直追著她走出了小院，若有所思。

晚上躺在床上，席雲芝不想繡花，也不想看書，便翻了個身，看到俊美無儔的夫君正一本正經地看著什麼陳年棋譜，她突然心中一動，緩緩地將身子靠近夫君，一條玉臂也悄悄地鑽入了他的衣內，挑逗之意明顯至極。

步覃翻書的動作僵了僵，即刻忍住，將手伸入被中，抓住席雲芝那隻作惡的手，將之拉出了被子，放在一旁。

席雲芝覺得奇怪極了，若是從前她這般挑逗，夫君就算不立刻撲過來，最起碼也不會拒絕的，今天卻是怎麼了？

又不死心地將溫香軟玉般的身子靠了過去，故意在他身上蹭了幾下，發現夫君還是有些感覺的，最起碼他的腰緊繃了，這就是他動情的信號！成親這麼久，她對這種信號已經瞭若指掌了。

可是，夫君就算情動了，今天卻打定了主意不碰她似的。席雲芝畢竟還是有些矜持的，挑逗了一會兒都沒能成功，便轉過身子，兀自鬱悶去了。

沒多會兒，步覃也熄燈睡覺了。

席雲芝感覺一雙大手將她整個身子撈入了懷，心中一陣竊喜，以為夫君終於開竅了，好不容易才忍住了激動的情緒，淡定地等待夫君的下一步。

可是，夫君的這下一步……間隔的時間會不會太長了些？

席雲芝被他緊緊摟在懷中，火熱對炙熱，但夫君就是按兵不動。席雲芝伸手向後想摸一摸他，誰料卻被他火速地抓住了手，繞到了她的腹前，緊緊按住，不讓她主動觸碰。

「夫君，我——」一席雲芝的一個「要」字還沒說出口，就被步覃一句冰冷的話給潑了冷水。

「睡吧。」

淡淡的語調，沙啞的聲音，讓席雲芝又愛又恨，但被他摟在懷中入睡實在是太舒服了，因此沒過多久，她就眼皮子打架，將今晚第一次主動求愛失敗的事情拋諸腦後，沈沈地睡了過去……

第十章

天氣越來越冷，席雲芝去店裡的次數也越來越少，因為現在店多了，她一個人本來就趕不及照應，便乾脆做個甩手掌櫃，店裡的事情，只有二掌櫃們處理不了的才會來府裡驚動她。

這日席雲芝抱著個暖手爐，坐在廚房裡看劉媽包餃子，兩人有一搭沒一搭地聊著天。當問到劉媽有沒有子嗣的時候，劉媽的臉色變了變。

猶豫了一會兒後，劉媽才對席雲芝慚愧地笑道：「有個兒子，還有個孫子。」

聽劉媽提起「孫子」這兩個字時，神態溫和慈祥，彷彿她的愛孫就在眼前般，席雲芝見她這樣，不禁說道：「那很好啊，子孫滿堂。」

劉媽的目光低垂下去，看著面前的菜肉餡兒，笑道：「是挺好，就是我老頭子沒啥本事，兒子、兒媳嫌我們老倆口沒用。」

席雲芝蹙眉。「子不嫌母醜，狗不嫌家貧。那後來呢？」

劉媽嘆了口氣。「後來，我和老頭子就被逼著出來討生活，年紀一大把了，還要遠走他鄉。前兩年，老頭子太過勞累病死了，我回去橫豎也是被嫌棄，便乾脆不回去了，自己找份活兒養活自己。」

「……」席雲芝看著劉媽滿是皺紋的眼角，想來年輕時也是有些風韻的，只是被歲月無情地碾壓，才變成了如此滄桑的模樣。

驟然想起了那個骨瘦如柴的身影，他的眼角似乎也染上了風霜。從前那般才情橫溢、丰神俊朗的一個男人，如今卻被逼成那副半死不活的模樣，每次想到這裡，席雲芝就覺得心尖尖上酸得發疼。

情緒有些低落地走出廚房，卻發現今年的第一場雪已然落下。她攤開手掌，只覺得晶瑩雪花中倒映的全都是從前的生活，不知是什麼原因，讓她突然飛奔出門。

驀地，一道黑影飛快地竄入了田裡，席雲芝心中一動，大聲呼叫道：「是誰？爹！」

那道身影原本肯定是躲在院門旁的，因她跑出去得太急，那人才來不及躲避，只好鑽入了田地，無論她怎麼呼喊他都沒有回頭。

席雲芝知道那個人肯定就是她爹席徵，可是，為什麼他寧願在門外偷看，也不願光明正大地來找她呢？

席雲芝心裡難過極了，當晚讓劉媽多下了一些餃子，她端到門邊的一塊突石上放好，又拿來一把傘撐起，防止餃子被落了風雪，冷得更快。

如果那人真的是她爹，既然他還不願見她，那麼她也不會勉強，只是希望他每次來時，能稍微留下一些蛛絲馬跡，叫她安心。

她坐在廚房裡，一直等到了亥時將近，那盤被放在突石上的餃子也沒人來吃，席雲芝這才帶著失望回到房裡。

步覃早就從劉媽和如意她們口中聽到了關於席雲芝今日的反常表現。

見她頂著風雪回房，雪花染了鬢角，他立即放下手裡正在擦拭的劍迎了過去，解開外衫，將她整個人摟入了懷，用自己的身體給她取暖。

席雲芝將自己的身體完全靠在自家夫君身上，有了他的溫暖懷抱，她才覺得好受了些。生怕夫君擔心，她便主動開口說道：「我爹是個好面子的人，等他想通了，就會來找我的。」

感覺步覃的手指在她後背輕撫，席雲芝像隻貓般，整個身子都軟了下來，溫順地倚靠在他懷中，緩緩訴說道：「他肯定是怕我怪他，其實我才不怪他，最起碼他還活著，我也還活著。」

如果當年娘親死後，席徵和席雲芝不是那樣徹底疏遠的話，說不定早已被那吃人的家給害死了，又豈會有如今的好日子呢？

「只要再找回雲然，我們還是一家人啊……」

步覃早就聽席雲芝說過從前的事，對席父和那個傳說中叫做席雲然的小舅子也是略有耳聞的，知道他們在妻子心中的分量。此刻妻子哀傷的心情，並不是他用三言兩語安慰就能扭轉過來的，他能做的，只是默默地給她支持，讓她知道這件家庭大事，他願意與她一同承擔。

第二天一早，席雲芝踩著厚厚的積雪走出院門，盯著那塊突石看了好久，嘴角這才露出一抹欣慰的笑。

那盤餃子竟然一個不剩地被吃掉了！她撐在盤子上的傘也被收起，整齊地與盤子並排放著，上頭竟然沒有一點積雪，看樣子是後半夜才來的。

席雲芝將盤子和傘都收了回去，就連腳步都變得輕快了。從這之後，她每天晚上都會風雨無阻地在那塊突石上放下晚飯，而第二天，那些飯菜都會消失不見。

席雲芝和席父之間就用這種微妙的方式保持著薄弱的互動。

臘月十三，新年將近，席雲芝被診斷出了喜脈。這也是她這幾日為何胃口大增和嗜睡懶散的原因。

步家上下陷入一片歡騰，步老太爺當晚就在院子裡放了三牲，酬神祭祖兩不誤，並且還親自下了嚴令，讓席雲芝不得再家裡家外地操勞，店裡的事情他讓堰伯帶著去辦，實在解決不了的，堰伯再將事情帶回來，讓她處理。總之上上下下只有一句話：從今往後，她席雲芝的事情，家裡的每一個人都必須將之擺放在第一位，以她的喜好去安排所有的事情！

這些誇張的保護雖弄得席雲芝有些哭笑不得，卻也是心懷感激的。

所有人都很興奮，反倒是她的夫君表現得跟平常無甚兩樣，這叫席雲芝感覺比較欣慰。如果連枕邊人都變成步老太爺那樣緊張，她這懷胎十月可就難熬了。

老太爺也親自對孫子下了嚴令，叫他每日必須有不少於五個時辰的時間貼身陪伴在席雲芝身旁，還讓他每天唸兩首詩詞、打兩套拳給席雲芝看，說是要讓他的重孫兒一出世就文武雙全。

這個命令，遭到了步覃的蔑視，一口回絕說他絕不會做。但是晚上到了房裡，步覃卻好像被老爺子下了咒般，總會強迫自己唸詩給席雲芝聽，唸完之後，又給她講解兵法武術，說得一時興起，還真會跳下床去演練一番給她看。

有時候席雲芝累了不想看，他竟還覺得她不配合他和兒子交流，沒少給她臉色看呢！

臘月三十那天晚上，家家戶戶祭祖放炮，但是步家這裡卻是靜悄悄的。

原因也沒什麼，不過是步老太爺說，怕嚇著他的親親重孫，所以只允許他們在院子裡搞一些諸如放孔明燈、猜燈謎等文雅又有教育意義的事情來做。

眾人玩了一會兒就覺得無趣，乾脆圍爐夜話，嗑著瓜子聊著天兒守歲了。席雲芝原本也想熬到那時的，卻被步覃早早帶回了房。

可是因為席雲芝白天睡多了，現在精神得很，就算躺下眼睛也瞪得老大，不時地對步覃撒嬌，枕在他的腿上便不肯起來。

「夫君，你想要個男孩還是女孩？」

步覃靠在軟枕上，一手輕撫著席雲芝的髮鬢，聽著城中鞭炮噼啪響起的聲音，輕柔地答道：「隨便，妳生的我都喜歡。」

席雲芝轉頭看了一眼正凝視她的步覃，嘴角掛起微笑。「我要是給你生了個丫頭也沒事兒，我指定能再給你生個小子出來的，不管要生多少個。」

步覃聽了她的話，覺得有些無語，只好又一次強調。「不管是丫頭還是小子，我都喜歡的。」

席雲芝在他腿上轉了個身，將止不住笑意的臉頰按入他的小腹，用悶悶的聲音說道：「我上輩子不知道做了什麼好事，才能嫁給你，嫁到步家來。」

步覃失笑。「不嫌苦？」

席雲芝拚命搖頭。

步覃彎下身子，在她頭頂輕吻了兩下。

溫暖如春的室內，席雲芝枕在步覃腿上睡著了，時間彷彿靜止了。步覃看著她溫婉如水的睡顏，忍不住在她紅通通的臉頰上摸了一下，湊近她耳邊輕輕地說道：「我也是，能娶到妳，是我這輩子做的唯一好事。」

席雲芝彷彿睡了很久，睜開雙眼，聽見城外的鞭炮聲依舊未絕，她整個人清醒得再也睡不著了，便從床上起身，輕手輕腳地走出房門，去到前院。

她身上裹著毯子，在院門前站了一會兒，只見晚飯時放置的食物還完好如初地擺放在那兒，她有些失望地走入了廚房，從櫃子裡拿出幾個雞蛋，放入鍋中水煮。從前娘親還在的時候，每逢遇到好事，都會煮很多雞蛋來表示慶祝。

煮好了雞蛋之後，她就開門將滾熱的雞蛋也放到晚飯旁，然後自己便回到廚房，熄了燈，在窗臺前坐下。從她坐著的那個角度，正好能看到門外突石周圍的動靜。

她靠在椅背上，靜靜地撫摸自己依舊平坦的小腹，覺得生命好神奇，難以相信此刻有一條小生命正在她腹中孕育著，這種初為人母的喜悅，她想跟父親分享。

可是，席雲芝等了整整一個時辰，突石上的飯菜卻依舊未動，她要等的人還是沒有出現。

突然，步覃出現了，將身子有些發冷的她橫抱而起。

席雲芝還不想回去，摟著他的脖子說道：「我想再等等。」

步覃搖頭。「妳再等，他就真的不來了。」

席雲芝看著步覃正色的面孔，似乎有些明白他的意思，便不再說話，將頭枕在他的肩窩，任由自己被抱回去了。

正如步覃所言，席雲芝第二天起來一看，飯菜沒了，雞蛋也沒了。

席雲芝看著空空如也的盤子，一言不發地入了內，深深地嘆了一口氣。

從那之後，她再也沒在外頭放過盤子了。

其他人問她為什麼，她都只是笑笑，沒有說話。

正月初五，迎財神。

席雲芝被幾家鋪子的二掌櫃請去了城內，聽他們彙報新一年的計劃，還有去年的不足，然後席雲芝一一作出決定與評判。幾家店走下來讓她有些疲累，便躺在胭脂鋪的櫃檯後面偷閒。

繡娘們知道她在這兒，紛紛上門來找她，送了她許多孩子用的小物件兒，席雲芝無奈地笑道：「這才多大點啊？姑婆、嬸婆們送的也太早了些吧？」

蘭嬸娘每日趕製繡品，覺睡得少了，吃的也沒有從前那麼多了，整個人看起來瘦了許多，風韻倒是不減。

「早什麼呀？妳現在看著他還小，可再過幾個月妳試試。」

在場的女人都是成過親的，有幾個也生過孩子，雖然現在都是孤家寡人，但也算是有經驗，說道起來也挺像回事的。

席雲芝摸著肚子，笑著謝過了她們的美意。

正說著話，步家的轎子卻已經趕來接她回家了。掀開店鋪的厚重簾子，竟然是步覃親自來接的！

蘭嬸娘們一見是他，全都面面相覷，一個個站起身來，熱鬧的場面頓時就冷了下來。

步覃像是絲毫不覺得自己攪了場，只是對席雲芝招了招手，冷冷地說道：「回去吧。」

馬車上，席雲芝靠在步覃身上，對他軟軟地說道：「夫君，你對蘭嬸娘她們太凶了。」

步覃不以為意。「凶什麼？我又沒打罵她們。」

「……」席雲芝無語。「可是你的臉總是冷著，她們看了就怕嘛！」

步覃將她直接抱到腿上，讓她更加舒服地靠在自己懷裡，用稀鬆平常的聲音說道：「我的臉就是這樣啊，也不見妳害怕。」

席雲芝兀自尋了個舒服的姿勢。「我那是嫁雞隨雞、嫁狗隨狗，若總是害怕，這日子就沒法兒過了。」

步覃重重地在她臀部的兩團肉上捏了捏，這才在她耳旁發狠道：「別以為妳懷孕了，我就不敢動妳！」

席雲芝這才伸了伸舌頭，做出一副真的被他嚇到的模樣，嘴角含笑地躲入他的懷中假瘵。為了她和孩子的健康，她還是別去招惹這個愛計較的男人好了。

正月初八。

席雲芝懷孕的消息已經傳了出去，知州府和通判府全都派人送來了補品與賀狀，各家從前與她有過生意來往的掌櫃們也多少給她送了些東西來。就連蕭絡都親自帶著賀禮上門恭賀，但來了之後，跟席雲芝說了幾句話，就把步覃拉入了書房，兩人密談了好久才出來。

這天，席雲芝正在廳裡和如意、如月清點禮品，一一記入冊子。如意點，如月寫，她就坐在一旁喝茶，看著她們跑來跑去。

就在這時，府外突然響起一陣清脆的叮鈴聲，聽聲音便知這是哪家馬車上的金鈴碰撞所發出的聲響，像是有客到。

席雲芝放下茶杯，讓如意過去看看是誰，沒多會兒，如意便跑著進來喊她——

「夫人，您娘家來人了，說是要來給您送兩個粗使丫頭！」

席雲芝看著二嬸娘董氏和她身後站著的兩個花枝招展的姑娘，就大致知道了她的意圖。這哪兒是想給她找兩個粗使丫頭啊？這是想給她找兩個櫃上的祖宗供著呀！

雲萍和雲水是二房的兩個庶出女兒，席雲春同父異母的姊妹。就長相而言，她們姊妹倆在席家那也能算得上是翹楚之輩了。聽到她懷孕的消息之後，她們就這樣堂而皇之地把兩個黃花閨女送上了門，這可謂是司馬昭之心吧？

「請二嬸娘回去告訴老太太，雲芝在夫家過得很好，實不需老太太費心。」

董氏比周氏會做人多了，雖然從前待席雲芝也不是很好，但如今知她長了些本事，而聽說五娘商氏落網，也是因為她的有力證詞，面對這樣一個多年隱忍的女子，她不由自主地說起話來就客氣多了。

「大姑娘說的什麼話？老太太也是關心小輩，希望妳們一個個都能過得更好呀！雲萍和雲水性子溫和，最是陪伴長姊的極佳人選，大姑娘有什麼事兒，儘管叫她們去做便是。」

席雲芝盡力維持微笑。「兩位妹妹都雲英未嫁，就這樣留在我這兒，怕是會壞了她們的名聲。二嬸娘還是將兩位妹妹都帶回去吧，今後她們出嫁時，我定然也會給她們準備一些嫁妝。」

席雲芝這番話，雖是對著董氏說的，但其實也是說給雲萍和雲水聽的，想將其中的利害關係告訴她們。她們在她成親之後，被以丫頭的身分送進來，那就是連通房丫頭都算不上了，只要她收了她們，外人就會自動將她們列為步家的私有物，到時候就算她們身子清白，也會有人說她們不清白了。

「長姊多慮了。雲萍與我一心想要留下來伺候長姊，莫不是長姊嫌棄我們蠢笨，不肯收了我們嗎？」

席雲芝對席雲水沒什麼印象，只知道她們是二房庶出的女兒，平日也不怎麼出來，如今一看，卻知她竟也是個厲害角色，這還沒進門呢，就開始跟她抬槓了。

不動聲色地盯著她看了好一會兒，席雲芝這才說道：「倒不是嫌棄，只是覺得會阻礙了妹妹們的前程。妳們這般美貌，屈就在我這麻雀大的府裡，終究是飛不高、跳不遠的，何必委屈了自己呢？」

雲萍和雲水對視一眼，又將席雲芝的府邸打量一番，倒也沒說什麼，只是看著二嬸娘的背影，目露不忿。

其實她們多想二娘能將她們安排去通判府啊！同樣是給人做小，她們更願意做通判大人的小，只要功夫夠了，說不得還能擠掉席雲春，當上正室呢！席雲芝算個什麼東西？嫁的這戶人家就算有幾個當官的朋友，那又怎麼樣？家徒四壁，連個像樣的擺設都沒有，她們就算把席雲芝給擠掉了，那也得不到什麼好處，反而還要為了這麼個破舊家庭操勞呢！

席雲芝藉著喝茶的動作，在水霧之後觀察兩個女孩的神情，斂目一想，便放下茶杯繼續說道：「對了，有件事不知二嬸娘是否知道？」她故意賣著關子，對董氏說道。

董氏溫和地對她挑了挑眉。「嗯？什麼事？」

席雲芝有意無意地掃了一眼雲萍和雲水，用帕子掩著唇說道：「雲春妹妹總愛去我店裡消遣，最近卻是有些鬱結……聽說楊大人經常出入煙花場所，喔，年前他還光明正大地帶著一個青樓女子……叫什麼芳菲的，去我的胭脂鋪子買胭脂給那姑娘呢！」

二嬸娘原本正在喝茶，聽了席雲芝的話，臉色一變，放下茶杯，蹙眉道：「此話當真？」

席雲春在婚後經常去席雲芝的店裡這件事確實不假，因為她也知道。那是她女婿親口叮囑的，就因為女婿要巴結的一位公子與席雲芝的夫婿是朋友，他才會想藉席雲芝來跟那位公子套近乎。但席雲芝說的這件事，她卻是從來沒聽雲春說過。

席雲芝誇張地點頭。「自然是真！我店裡的夥計和一些客人都看到了啊，二嬸娘一去打聽便知真假。那日楊大人還醉醺醺的，看著就像是剛從樓子裡出來呢！」見董氏因為她的話陷入了沈思，席雲芝又繼續說道：「看來雲春妹妹在通判府中的日子也不好過，這男人總是不歸家，那可不是什麼好事兒，二嬸娘您說是嗎？」

董氏的臉上露出尷尬。

反倒是雲水聽了席雲芝的話，心中一動，大著膽子，走到董氏面前，對她福了福身子說道：「二娘莫要擔憂，何不讓我和雲萍去助姊姊一臂之力？我們三姊妹——」雲水的話還未說完，便被董氏賞了一記耳刮子！

董氏冷眉怒道：「閉嘴！不要臉的小浪蹄子，還想去給妳姊姊添亂嗎？」董氏一著急便說錯了話，說出來後才發現自己說漏嘴了，只見席雲芝但笑不語，像是沒聽出來她話裡的意思，董氏這才對雲水煩躁地揮了揮手。這兩個丫頭本來就是二房庶出的，從小她便看她們不順眼，對待起來自然沒那麼多的耐性。

「多謝大姑娘提醒，回去之後，我會去看看雲春的情況。那今日的事，就這麼說定了吧，雲萍和雲水留下給妳作伴，聽妳使喚。」

席雲芝笑著沒有說話，心中卻是將這些人罵了個半死！她心想著，若是今日不收雲萍和雲水，那麼明日還會有雲紅和雲綠，反正席家庶出旁支的姑娘多得是，她們每天變著方法送人來，最後煩的也是她，倒不如先收下兩個，然後再殺雞儆猴，叫她們不敢再來。

正思慮之際，只聽院外傳來馬蹄聲，步覃帶著韓峰與趙逸回家來了！看樣子是聽了家裡的傳話，特意趕回來的。

席雲芝迎了出去。

步覃正翻身下馬，俊美無儔的容貌叫二嬸娘和兩位姑娘都看呆了。她們從前只知道大姑娘嫁給了一個斷了腿的男人，還以為是怎樣不堪的一個人，誰承想竟會這般俊美出色、龍章鳳姿，滿身都是貴氣！

步覃將馬鞭慣例般交到席雲芝手上，看著二嬸娘和立馬犯了花癡的雲萍、雲水一眼，問道：「她們是……」

還不等席雲芝說話，雲水便搶先答道：「我們是長姊娘家的姊妹，姊夫好！」

席雲芝見她們一副想要立刻撲上來將步覃吞吃入腹的神情，心中便是一陣不快。

步覃的目光將她們從上而下掃視了一遍，就弄得雲萍和雲水一陣羞怯，紛紛低下頭去。

他沒說什麼，只是越過二人，來到席雲芝面前，態度尋常地說道：「中午不吃飯了，吃白糖糕。」

席雲芝點點頭，又看了一眼二嬸娘和那兩個犯了花癡病的姑娘，便轉身去了廚房。

步覃見席雲芝離開之後，這才走到二嬸娘面前，直接開口問道：「她們是席府送給我的禮物嗎？」

董氏被步覃問得當場一愣，雖然她們的確是這個意思，但表面上怎麼能這樣明說出來呢？不禁抽搐著嘴角笑道：「呃……是老太太送來給咱們席府大姑娘當粗使丫頭的，大姑爺若是——」

步覃沒有耐性聽她說這許多，就打斷她的話又問了一遍。「是，還是不是？」

董氏從未見過這麼不顧禮數的姑爺，但想起今日自己來此的目的，就是為了將這兩個丫頭留下來勾引眼前這個男人，既然他主動說破，她也就不隱瞞了，當即點頭。「是的，大姑爺。」

步覃點頭。「那就好。」

雲萍和雲水聽了步覃的話，不禁興奮得紅了臉，彼此交流了一個眼神，彷彿在說：看吧，根本就沒有男人會捨得拒絕我們的美色！

雲水的膽子較大，只見她繞著帕子，便主動去到步覃身邊，正要好好「表現」一番時，卻見步覃突然轉身對他身後的兩名隨從說道——

「韓峰、趙逸，把她們送去軍營，就說是我賞的，怎麼整都隨他們，就算弄出了人命也算我的，省得他們一天到晚說我不近人情！」

趙逸和韓峰當即領命，一人一個，將席雲萍和席雲水擄上了馬，不顧她們的驚叫，就要掉轉馬頭，揚鞭離去。

董氏被突然發生的情況嚇呆了，她見步覃不像是開玩笑的樣子，不禁整個人都虛脫了。「大姑爺，你、你這是何意？她們可是席家送給你……」

步覃冷下面孔。「既是席家送給我的東西，我怎麼『用』，妳們管得著嗎？」

董氏被步覃一句話噎死，嘴唇一張一合，還想說話，卻見步覃對韓峰和趙逸又揮了揮手。

兩人便帶著兩個女人策馬往軍營跑去，邊跑趙逸還邊興奮地揮鞭向步覃致敬，一口一個「多謝爺賞賜」！

步覃等他們走了之後，這才雲淡風輕地對驚恐萬分的董氏說道：「今後席家還有什麼用不到的女人，全都送來我這裡好了，軍營裡多的是男人需要慰藉，一百個不嫌少，一千個不嫌多。」

說完這些話，步覃便龍行虎步地走向了小院，邊走還邊解了腰帶，在腿上撣了撣灰塵，匪氣的做派著實將沒見過大場面的董氏嚇得落荒而逃，也不敢再去追問她那兩個庶女的下場了。

席雲芝站在廚房門口，親眼目睹了夫君的行為，原本懸著的一顆心這才放了下來。想起二嬸娘和那兩個妹妹的表情，席雲芝只覺得從來沒有那麼爽快過！果然，惡人還需惡人磨。

至於被趙逸和韓峰擄去軍營的雲萍和雲水，估計此刻也已經嚇破了膽，再也不會想要留在步家給她「幫忙」了吧？

夫君的這一手以暴制暴可比她肚子裡的那些彎彎繞繞高明多了，可以說是永絕後患啊！經由夫君這般一鬧，席家今後還敢再往步家送閨女來嗎？除非腦子有病，否則鐵定是不敢的了。

席家主院中，席老太太的夜明珠楠木枴杖往地上一豎，發出了巨響。

席雲萍和席雲水正跪在廳中哭得不成人樣。就在剛才，她們兩個衣衫不整、髮髻凌亂地被人丟到了席府門前。

「求老太太替閨女們作主！那個步家實在可惡，竟然將兩個雲英未嫁的姑娘家送去那虎狼之地，受人輕薄侮辱！」

席老太太冷了面孔，沒了拜佛時的慈態，看起來古板又嚴厲。「哼，哭什麼哭？妳們還有臉哭？給我滾出去！」

席老太太一句話，雲萍和雲水便忘記了哭泣，連滾帶爬地跑出了廳外，席老太太這才神情凝重地在上首的太師椅上坐下。

「雲芝那丫頭心性沈穩，竟隱忍了這麼多年都沒被人發現她的真實品行，實在可惡！」

「老太太說的是，兒媳也沒瞧出雲芝那丫頭的心思。五娘那般精明厲害，愣是也沒瞧出那丫頭的本性呢！」席老太太一開口，董氏便跟著附和。如今家裡的大娘、三娘、四娘、五娘都不在了，老太太身邊就她一個得力兒媳，她自然要多逢迎著些了。

席老太太不言不語地看著她，心道這人真是個草包，面上卻不表現出來。

董氏還以為自己的話得到了老太太的認可，就又放心大膽地繼續說下去了。「對了，雲芝那丫頭還告訴我一件事，說楊大人最近常出入青樓，與青樓女子交往甚密，咱們席家要不要出面敲打他一番，好叫他對雲春上心些？」董氏想起席雲芝的話，擔心自己的女兒在通判府受委屈，便對老太太這般建議道。

哪知席老太太聽後，只是冷哼了一聲。「唉唷，我這老太婆都不知道，咱們席家什麼時候成了天潢貴胄，可以隨意敲打朝廷命官了？」

董氏這才意識到自己說錯了話，連忙想要彌補。「呃……兒媳不是這個意思！就是想……想老太太出動席家的勢力，幫一幫雲春……這有何難，是不是？」

席老太太若有深意地又看了她一眼，卻是沒再說話。此時她的心裡已然有了計較，不想再與這個頭腦簡單的董氏多說一句話。

「妳讓席家三十六名掌櫃明日一早來府裡敘話，我有事交代。」席老太太踱步想了半天，才又說了這樣一句話。

董氏不解。「老太太，您是想出動掌櫃們幫雲春出氣嗎？可需要兒媳做些什麼嗎？」

「……」席老太太對董氏簡直無語了，但礙於明面上不能再與她這個最後的兒媳鬧翻，便就忍著怒火，展顏笑道：「雲春的事，我自有計較。『敲打』一個朝廷命官可不是件簡單的事，還是先把雲芝這個臭丫頭收拾了，才不至於拖後腿。妳只管讓他們來便是，無須多問了。」

董氏領命而去。

貴喜嬤嬤前來扶著席老太太回後院，行走間不禁說道：「老太太，咱們當初就不該放大小姐出府的，如今養虎為患，害得咱們席家損兵折將。」

席老太太本來心情就不好了，聽貴喜這麼一說更為生氣，拄著枴杖飛快前行，邊行邊罵道：「什麼養虎為患？長他人志氣做什麼？那個臭丫頭充其量不過是頭剛出牙的小犬，也只敢躲在背後咬一咬人，她有什麼能耐？明日我便叫她焦頭爛額，哭著來求我！」

此時的席老太太還不知道，周氏和商素娥的落敗全是席雲芝在背後操縱的，她以為席雲芝只是在商素娥落網之後湊上去補刀的那個罷了。若是她知道了箇中緣由，定然不會放出這般大話，如此輕敵才是。

席雲芝坐在院子裡悠閒地曬著太陽、吃著小點，順便唸幾首坊間兒歌給腹中的寶寶聽。

正唸到一半，南北商鋪、南北客棧、悅容居、悅仁堂和繡坊的二掌櫃們突然連袂造訪。她起身迎了上去，一問之下才知道了緣由。

「全都開在隔壁，或者不遠處，席家這回是鐵了心要和我們鬥了。」悅容居的二掌櫃說道。

南北商鋪的二掌櫃立刻補充道：「是啊！咱們叫南北商鋪、南北客棧，他們就叫東西商鋪、東西客棧，這根本就是砸大錢來跟咱們較勁嘛！」

悅容居的二掌櫃連連點頭。「不錯不錯！我聽說他們已經放出話來了，說是他們賣的東西，不管什麼，都會比咱們便宜一半！這……這生意可怎麼做啊？」

席雲芝聽了幾位二掌櫃的話後，心中大體對發生的事情有了眉目。斂下目光後，她又坐回了搖椅中，垂下眸子思慮起來。

哼，看來席家這回是不惜拚下血本，也要用價格戰這種卑劣的手段來逼迫自己關門了。等了這麼久，他們終於忍不住要出手了嗎？這個決定一定是席老太太親口下的，因為要同時在她的幾家店旁邊都開出另一間鋪子，本身就需要不少的資金，再加上他們想要用價格戰來打垮她，那這當中的投資更不會少。

這麼大的決定，可以說是拚上了席家的祖宗產業、生死存亡來跟她鬥了。席老太太定是想快刀斬亂麻，不想與她這個小丫頭浪費過多的時間交手，這才作了這個決定。

席雲芝的唇角泛出一抹冷笑，一句話便安定了幾位掌櫃焦急的心。「以不變應萬變，你們做好本分即可，所有損失，我來擔當。」

他們既然想要盡快解決她，那她還客氣什麼呢？就放馬過來吧！

席家的攻勢相當猛烈。不過短短十多日，就能夠在席雲芝所有店鋪的方圓一里之內，開出一間跟她相同性質的店鋪來，並且貨品齊全，價格卻都只有她店裡的一半。

價格永遠是人們選購商品時最重要的參考值，席家也深諳這個經商之道，因為只有這樣，才是最有效的吞併掉小店的方法。

席雲芝一點都不感到意外，每天還是照常生活，吃飽喝足睡好，確保了自己的精神狀態之後，再跟她家夫君請假去店裡轉轉，並且向他保證不操勞過度。要是步覃還是不放心的話，便會讓趙逸和韓峰跟著她上街去。

南北商鋪的生意沒有從前那般繁忙了，席雲芝也樂得清閒，在店裡看看帳本、理理貨。二掌櫃見她這般悠閒，一點都沒有被人搶了生意的難過。

這日席雲芝在店裡吃了些點心後，跟二掌櫃說自己要出去走走，消消食。

走在陽光明媚的街頭，席雲芝從袖中拿出一張折疊的紙，攤開看了看，上頭是一些線條和紅點，紅點旁邊都寫著一行小字。這是席家在洛陽城中店鋪的分布圖，是她花了好幾天繪製而成的，線條是街道，紅點則是位置。

席家的商鋪原先共有七十三家，最近剛開的那幾家不算，之前已被她從商素娥手中收了四家，還有六十九家。

這六十九家裡，大小酒樓飯莊就占了二十家；另外還有九家珠寶行、六家書社；原本有四家戲園，早先被她從四房手中收了一間，如今也就只有三家；客棧五家、藥鋪十六家、鳥行兩家、成衣鋪子八家。

其中戲園、書社、鳥行，這些都是席家老爺、少爺們玩樂的場所，撇開不談。也就是說，真正的商鋪還剩下五十八家，分別是酒樓飯莊、珠寶行、客棧、藥鋪和成衣鋪。這些店都跟人們的生活息息相關，是席家的主要收入來源。

席家有這麼多家店面，不可能全部都由席家人親自打理，勢必會將權力分配到各個掌櫃手中。席家共有三十六名掌櫃和二掌櫃，有勢一點的也就五、六個，而這五、六個掌櫃在席家做了多年，早已根深柢固。

一群人在同一個地方待久了，那就勢必會形成小團體，有了團體就有是非，有了是非就有弱點。

席雲芝在西城又吃了一碗豆腐腦，回去的時候，發現她家夫君竟然已經等候在南北商鋪裡，正拿著一幅大家臨摹的山水畫在欣賞，見她入內，便放下畫卷，迎了過來。

「去哪兒了？」步覃將她額前的一綹亂髮撥開，摸了摸她的額頭是否有汗珠。

席雲芝摸摸肚子，笑道：「原本是點心吃多了，出去消消食，沒想到走著走著又餓了，結果又在西城吃了一碗豆腐腦。」

步覃蹙眉。「西城？走那麼遠，怎麼沒坐轎？」

席雲芝見他面露擔憂，不禁失笑。「我的腿有勁著呢，哪需要坐轎呀！」

兩人又聊了一會兒，席雲芝便隨著步覃回去了。
席雲芝原想去廚房幫忙做飯，卻被劉媽趕了出來。
她覺得無聊，便去書房找夫君解悶，誰知道卻在他書房的軟榻上睡著了，還是夫君將她抱回了房間。

第二天一早，席雲芝就醒了過來，吃了一頓豐盛的早飯後，便又請假上街去了。
今天她倒沒去自己的店，反而去了張延的得月樓。
雅間內，張延難以置信的聲音傳出——
「什麼?!他們竟然私底下做這些？用席家的錢走運水貨，他們就不怕被發現嗎？」
張延誇張的叫聲讓席雲芝為之蹙眉。
「還有，這麼重大的事情，妳是怎麼知道的？」他震驚了片刻後，又突然問起席雲芝。
席雲芝讓他稍安勿躁，張延這才發覺自己失態。坐下之後，只聽席雲芝溫和的聲音緩緩響起——
「相信你也知道，席家從前掌事的是三房夫人吧？三嬸娘之所以會去當尼姑，就是被商素娥聯合這幾個掌櫃給逼的。商素娥利用私慾，說服他們用席家的錢去走運貨物得利，掌櫃們禁不住誘惑，這才一同反了三嬸娘，讓商素娥成功上位的。」席雲芝面色凝重，對張延說著這一段席家的陳年舊事。

「不過，這些掌櫃在商素娥上位之後，也只是表面順從，私底下卻不願意放棄這條財路，於是這麼多年來，仍一直這麼做。商素娥雖然知道，但也不敢拿他們怎麼樣，因為她也怕這些掌櫃反了她。」

張延像聽天橋說書一般，神情疑惑。「所以……妳的意思是，其實如今的席家不過就是個空殼，錢都被這些掌櫃拿去搞私運了？」

席雲芝笑了笑，這就是她為何被人緊逼到了家門口，依舊好吃好睡，絲毫不擔心的原因。

「倒也不至於是空殼，畢竟那麼多家鋪子還在那兒呢。」席雲芝雲淡風輕地說道。

張延點點頭。「那倒也是。而且看他們這回為了擊垮妳，不惜斥鉅資，看來還是有些家底的。」

席雲芝莫測高深地搖搖頭。「席家的家底，現在都押在這幾個掌櫃身上了，這回的錢，必定是幾個掌櫃湊出來的。因為是老太太親自下的命令，他們若是拿不出錢來，那老太太就會懷疑他們，所以他們不得不自掏腰包，只為了麻痺席家，然後在整治完我之後，他們就又可以繼續搞他們的私運了。」

張延摸著下巴問道：「這幾個孫子，這些年一定賺了不少吧？」

席雲芝聳聳肩，站起了身。「走私運這種事，風險大、回報大，卻是回收慢的活兒。一船貨走出去，要等全都銷掉才能回來，銷掉的貨也有可能被拖欠貨款，這中間若是再遇上官府海禁，那損失也是不可估量的。」

張延看著她篤定的模樣，知道她心中已然有了計較對策，遂拍著胸脯說道：「行了，妳有什麼想法，直接跟我說吧！我張延雖然膽子小，但為了朋友，還是願意……兩、兩肋插刀的。」

見席雲芝若有深意地看著他，張延就虛了。「妳……妳不會真的讓我去……插刀吧？」

席雲芝見他這副貪生怕死的模樣，不禁失笑道：「放心吧，這種事兒還輪不到你去，我會讓他們……自取滅亡的。」

張延見了她的笑，只覺得頭皮發麻，知道有人要倒楣了。做她的敵人的確是件倒楣的事情，幸好他是朋友，不是敵人。

「不過，我還真有件事想讓你去做。」席雲芝話頭一轉，又盯上了張延，弄得張延緊張兮兮地看著她，一副受寵若驚的樣子。席雲芝不再賣關子，直接說道：「放心吧，不是什麼兩肋插刀的事，只不過想讓你跑一跑外城，去山東走一趟，找沿海司認認門，然後再請他們去喝喝酒、吃吃飯、送送東西。」

張延不解。「山東？沿海司？」

席雲芝點頭。「不錯，山東。進出洛陽的貨都是從那兒運來的，貨品能不能上陸，靠的也是沿海司的批文。這些天席家掌櫃們的貨就要到了，如果沿海司的批文晚些時間下，那這些掌櫃們手頭可就要青黃不接了。到時候他們後院失火，誰還管得著前院的事？」

「……」張延盯著席雲芝看了好一會兒，然後才頗有感悟地道：「妳這招釜底抽薪，用得也太毒了吧？」

席雲芝但笑不語，摸著肚子，走出了得月樓。

路過雲翔樓時，她又進去買了好幾袋蜜餞，邊走邊吃，心情好得像陽光一樣明媚燦爛。

晚上坐在床上，席雲芝情不自禁地將自己的衣襬掀了起來，看著好像有些凸起的小肚子，一個勁兒地傻笑。

步覃走進來時，見到的就是她坐在床上掀衣看肚皮的樣子。那小小的身子最近似乎圓潤了些，看著珠圓玉潤，氣色好得不得了。

他一走過去，席雲芝便想將自己的肚子遮起來，步覃卻拉住了她的手，不讓她放下衣服。席雲芝有些不好意思，步覃卻不以為意，兀自坐下，看得起勁，手掌不時蓋在她的肚皮上，像是在感受著什麼似的。

席雲芝見他眉頭不展，一邊摸肚子，一邊像在想著什麼心事，不禁將衣服放下，將他的手握在掌心，問道：「夫君，怎麼了？」

步覃反握住席雲芝的手，猶豫了一會兒後，才說道：「犬戎對蕭國出兵，朝中已折損諸多良將，無人再敢應戰，皇上……下聖旨，讓我回去。」

席雲芝沒想到她問出的會是這樣一件大事，看著他良久都未說話。嘆了口氣，低頭想了想後，她才說道：「夫君不想回去？」

步覃無奈地搖搖頭。「國之興亡，匹夫有責。縱然皇上有負於我，但我卻不能就此推卸保家衛國的責任，妳懂嗎？」

席雲芝看著他，茫然地點點頭，看著自己的肚子，用低若蚊蚋的聲音說道：「夫君回去之後……還做將軍嗎？」

步覃見她情緒有些低落，點頭道：「是，還做將軍。」

席雲芝低著頭不說話，良久之後，才懶懶地開口。「那……夫君便回去吧，我一個人也能照顧好孩子。」

「……」步覃看著她的模樣，突然有點出戲，她這腦袋瓜子裡在想些什麼東西？什麼一個人也能照顧好孩子？「孩子怎會要妳一個人照料？我是想說，讓妳跟我一起回京城，妳怕嗎？」

席雲芝猛然抬頭，一時驚得忘記了回應。她以為夫君跟她說那些話的意思，是不想帶她走，畢竟他是回京城做名實相符的將軍的，將軍的夫人應該是大家閨秀、皇家公主，夫君就算不想帶她回去也是人之常情。可是，他竟然說要帶她回去！

席雲芝果斷地搖頭，生怕步覃反悔一般，搶著說道：「不怕！只要跟你在一起，去哪兒我都不怕！」

步覃看見席雲芝臉上的神情由落寞到傷心，再由傷心到驚喜，當下就明白過來，這個女人剛才到底在想些什麼了。她不會以為他想拋下他們娘兒倆，自己回去吧？

他哭笑不得地拍了拍她的臉。「可是，京城不比這裡，那裡的人心都不可估量，妳身處高位，險惡之人別有用心，會令妳防不勝防，這些，妳都不怕嗎？」

席雲芝一頭撲進步覃懷中。「不怕，我不怕！只要你帶我走，就是龍潭虎穴我也要去！你不要拋下我！」

步覃在她後背輕拍。「我步覃有生之年，絕不會做出拋棄妻子之事，妳就放心吧。今後我去哪兒，妳便跟著我去哪兒，倒是妳，今後就算是怕了，也別想跑才是。」

席雲芝將步覃抱得緊緊的。「我才不會跑呢！是你休想將我們娘兒倆甩掉才是！」

席雲芝最近又研究出了一種新菜，是將各色水果裹上麵粉，放入鍋中油炸，用此法果肉會像豆腐一樣入口即化，又帶著果香和果糖，席雲芝覺得這樣的甜度就很好了，只是步覃卻是覺得太淡，要趁熱蘸糖吃。

步覃這幾日總是跟蕭絡在書房裡說話，一說就是大半天，席雲芝偶爾去給他們送吃的，聽到的都是一些什麼攻防布局上的東西，她也沒什麼興趣，放下東西便走了。

蕭絡是京城來的公子，看樣子就是為了來遊說她家夫君回去京城的。他的身分肯定是非富即貴的，這一點席雲芝從來都沒有懷疑過，這些從盧修和楊嘯對他的巴結程度便可知一二。

夫君對她說，他們一個月後啟程，席雲芝這些天就沒去店裡，留在家中跟劉媽和如意、如月收拾東西。

如意、如月年紀小，卻也知道步家雖看起來家小業小，但從老太爺、少爺再到夫人，對她們都很好，所以這兩個丫頭也都願意跟著席雲芝去京城。

劉媽可以說是孤家寡人一個，在哪裡做事對她來說並無分別，更何況，步家對下人十分寬厚，她自然也是願意追隨的。

席雲芝正伏在案上記錄產物時，如意卻從外頭迎進來一個人。

張延風塵僕僕地趕了回來，自家門兒還沒碰到，就直接來找席雲芝了，見桌上有茶，便喝了起來。

如意、如月知道他是夫人的朋友，對他這種隨意的行為早就見慣了。

「我告訴妳，真是人要走運，天都幫忙！」

席雲芝將毛筆架放在硯臺上，從腰間抽出帕子擦了擦手，說道：「是嗎？張老闆最近走什麼運了？說來聽聽。」

張延瞪了她一眼，這才指著她說道：「可不是我，是妳啊，席老闆！」

席雲芝挑眉。「喔？願聞其詳。」

張延揮手讓如意和如月退下，自己則坐到席雲芝旁邊的太師椅上，湊近她說道：「妳不是讓我去找山東的沿海司嗎？我去了，人也找了，那幫兄弟太給面子了，喝了幾回酒後，就要跟我拜把子，說是對咱們提出的那幾條船定會嚴加查問，能拖幾天是幾天！可是，妳猜怎麼著？」

席雲芝一邊聽、一邊想，見他憋著勁兒賣關子，便如他願地追問：「怎麼著？」

「怎麼著？」張延興奮地一拍桌子。「那幫孫子的船上，還真他媽的查出問題了！私鹽！那幫孫子竟然敢用公家船販私鹽！妳說是不是活該？」

席雲芝有些懵了。「私鹽？」

這個問題連她都沒有想到，但沈下心來一想，不對啊！那些掌櫃走私運已經好幾個年頭了，不可能販私鹽這麼蠢的，要真是這麼蠢，那他們又怎麼能走了這麼多年的貨呢？

「就是私鹽！沿海司那幫兄弟們去查的時候，我也混進去看了看，船艙下小半艙的私鹽，用張油布紙蓋了蓋，就這樣運過來了。」

席雲芝更加不解了。「只有小半艙的私鹽？那其他的貨呢？都有些什麼？」

張延回憶道：「其他啊，就是一些很正常的布料啊、綢緞啊什麼的，具體我也沒一一看，都給堆在一邊呢！」

席雲芝覺得更加奇怪了，只要是一個腦子正常的人，都不可能將私鹽跟布料放在一個船艙裡！他們就不怕布料浸了鹽水，賣不出去嗎？這其中肯定有什麼事是她不知道的。

「那你知道，這些貨是從哪裡運過來，經過了哪些地方嗎？」席雲芝心中有個猜想，如今只待驗證。

張延如數家珍般說道：「我就知道妳會問！東西是從南疆運來的，途徑福州府、廣西府、貴州府、南寧府，最後就是山東府了。」

席雲芝將這些地方都想了想。

張延見她好長時間不說話，以為她是興奮呆了，便開口說道：「妳到底在想什麼呀？這件事足夠席家那些掌櫃頭疼了，說不定還會被抓起來拷問呢！席家沒了那些掌櫃，就等於被斷了手腳，最後還不是得任妳魚肉嘛！」

席雲芝收回了目光，見張延卯足著勁兒在跟她講解，不禁笑了。「行了，我知道了。你回去吧，注意著席家的動向。」

張延覺得席雲芝的反應有點奇怪，但知道就算自己開口問，她也不會告訴他的，乾脆就老老實實的不問了。反正她讓幹什麼就幹什麼，她的腦子比他要靈光，總不會帶著他往溝裡鑽的。

如意送他出門時，他看了看屋裡的忙碌，問如意怎麼回事。

如意告訴他，說一個月後，他們便要遷往京城了。

京城……張延聞言，若有所思地離開了步家。

晚上，席雲芝靠在軟榻上看繡本，步覃從書房回來後，她便放下繡本迎了上去，替他換過衣物，又端來了兩盤水果，放在軟榻中間的茶几上，兩人一人坐一邊，靜靜地享受安寧。

席雲芝看了幾頁繡本，便抬頭看一眼步覃，猶豫了一會兒後，才開口問道：「夫君，你可知道席家掌櫃們的那些船出事了？」

步覃翻書的手頓了頓，然後才抬頭看著她，一副漠不關心的樣子。「嗯？是嗎？」

席雲芝見他如此，便將手中的繡本合上，自己也坐直了身體，又對他說道：「他們的船上出現了私鹽，成袋成袋的私鹽。」

步覃依舊那副不甚感興趣的模樣。「嗯，是嗎？」

席雲芝斂目想了想，又道：「是啊。聽說私鹽是從南寧府運上船的……」

步覃這回裝不住了，將手中的兵書也放了下來，學著席雲芝的模樣，盤腿坐在她對面，拿起一塊蘋果咬了一口，勾唇對席雲芝笑道：「妳知道的太多了。」

席雲芝不以為意地聳聳肩。「我就知道是夫君你暗中搞的鬼。那群掌櫃的就算腦子再笨，也不可能在自己的貨船上放私鹽吧？」

步覃對席雲芝點點頭。「幾艘貨船而已，他們該慶幸我讓放的只是私鹽，不是炸藥。」

席雲芝見自家夫君做了壞事，還一副要他人感謝他沒有做更惡劣的事的囂張態度，不覺好笑。腦中又不禁想起另外一件事——這個男人，總是在她背後偷偷地做一些叫她感動的事。

「我就知道是你出手幫忙了，這件事也好……我爹那件事也好，謝謝你。」

步覃的眸色一深，蹙眉問：「這件事的確是我做的，妳爹……我可不記得我做什麼了？」

席雲芝見他還不承認，便不想再隱瞞，直接說出了自己早已知道的事情。「年三十我給我爹煮了雞蛋，你知道那之後我為什麼不給他端飯了嗎？」見步覃咀嚼水果的動作變得緩慢，席雲芝又繼續說道：「因為我爹吃雞蛋不是剝著吃的，而是在雞蛋頭上敲一個洞，然後用筷子挑著吃的。這個習慣伴隨了他幾十年，改不掉的，可初一早上我收掉的碗盤裡，只有一些碎的雞蛋殼，當下我就知道，前些日子吃掉我端的飯的人，肯定不是我爹。而會做那些事安慰我的人，除了夫君你，不可能有其他人了。」

步覃將水果都送入口中，吃了幾口後，這才對席雲芝道出了實情。「妳爹現住在西城王二麻子巷，我去找過他，但是他不肯見我。」

席雲芝聽後，默默地低下頭。「我爹好面子，脾氣也強，我娘曾說他是驢。他就是頭倔驢，怎麼都不肯從我娘死去的事實裡醒悟過來……」

步覃抓住了席雲芝的手，握在掌心，既然她都知道了，他也就沒什麼好隱瞞的了。「原本我是想跟他說，隨我們一同去京城，免得妳兩地牽掛的，但是他……」

席雲芝沒有說話，只是低頭看著兩人交握的手，久久不語。

接下來的幾天，洛陽城中又陷入了一陣流言風潮之中。

席家一夜之間，像被人抽絲剝繭了一般，接連幾十家店鋪都紛紛倒閉關門！

從前的各路債主生怕席家跑路，每天都蹲守在席家門前要債，一見有人出來，便蜂擁而上，將人團團圍住。這一切都是因為席家幾個大掌櫃竟然背著主家偷運貨物不說，還膽大包天地偷運私鹽，視律法為無物。

席家短短數月之內，就連遭大難。先是四房與知州府鬧翻，然後是五房掌事奶奶被抓。元氣大傷的他們，像是為了向洛陽城的百姓們證明他們席家還是風雨不倒的大樹，一連又開設了好幾家店鋪，財大氣粗，叫人不敢小覷，誰承想這才十幾天的工夫，竟然又發生了這樣大的一件事。

席家這回可算是賠了夫人又折兵，他們為了打垮席雲芝的店鋪，投入了巨大的人力、財力，沒想到竟會是這種結果。

單是官府的各項處罰就可將席家全部掏空了，然後還要面對這麼多年經商積下來的債務一同爆發，可真是賠得連棺材本都沒有了。

席家走投無路，只好開始變賣房產。他們在那邊賣，席雲芝便叫張延在暗地裡買，一連收了幾十家鋪子不說，就連席家祖宅都被她刮入囊中。

席家老小被迫搬離了祖宅，捉襟見肘的形勢逼得他們不得不遷往窮困的西城，一時間悲慘到了極點……

——未完，待續，請看文創風235《夫人幫幫忙》2

文創風 234-236

夫人幫幫忙

全套三冊

她發現，事情只要一涉及她，
無論對方是天大的官，夫君都敢揍，
可現在想動她的不是一般人，而是皇帝啊，
他總不會也想揍皇帝一頓，再撂下幾句話威脅吧？

輕鬆逗趣，煩惱全消／花月薰

自古以來君要臣死，臣便不得不死，
何況步家世代忠心，男丁幾乎都為國捐軀了，
原本步覃也是為家為國，死而無憾的，
然而，當君不君時，也休怪他臣不臣了。
皇帝屁股下那張龍椅是他和妻子幫忙坐上的，
如今椅子都還沒坐熱，皇帝竟就覬覦起他的妻子？!
為了保護妻子，他硬生生受了皇帝十多箭，險些喪命，
險些。
皇帝這回沒能殺死他，那就得作好心理準備了，
既然君逼臣反，那……便就反了吧！

大器刻劃朝堂風雲　細膩描繪兒女情長／藍嵐

嫡女翻身計劃

全套三冊

穿越當嫡女怎麼會這麼命苦！
江家三姑娘沒爹沒娘沒人愛，簡直就是府中透明人。
她好歹也是個受過教育的新時代女性，才沒這麼容易認輸哩！
擬定計劃向前衝，目標直指人生勝利組——
窮困嫡女大翻身，變身貴婦樂呵呵～～

文創風 231 1

從備受寵愛的書香世家千金，穿成不受重視的二房嫡女，
生活品質的嚴重落差，江素梅花了不少時間適應，
畢竟要在大家族裡生存，不淡定機靈點怎麼行？
想她一個嫡女卻吃不飽、穿不暖，說出去只怕被別人笑！
可她背後沒有靠山，府裡上上下下誰把她當一回事了？
為了能安穩度過這段穿越人生，她得自個兒創造翻身機會。
靠著一幅賀壽聯，果真踏出了成功的第一步！
有了祖父的關注，原先在府裡像個透明人似的她，
日子總算也風風光光，像個正常的官家小姐了。
可這只是個開始，因為在這個女子做不了主的時代，
覓得好夫君，嫁得好人家，才能當上人生勝利組啊！

文創風 232 2

以江素梅沒爹沒娘的身世，即便出生官宦世家，
恐怕沒有大戶人家瞧得上，肯讓嫡子娶她為妻。
偏就這個出身望族、名滿京城的余文殊不但不介意，
還一副知她甚深，非卿不娶的自信姿態，
加上他一番驚人的告白，讓她紅著臉點頭應了。
不過雖嫁入名門，卻正逢余家百年來最艱難的時光，
聖上一道旨令，小夫妻便包袱款款，下鄉查稅去了。
出門在外，離家千里，他們能依靠的只有彼此，
雖是吃力不討好的工作，可夫妻攜手連心，還怕什麼難事？
只是他們都未曾想到，
眼看一切就要水落石出，背後竟又隱藏著莫測的危機……

文創風 233 3 完

離京數載，當年兩個人輕裝簡從，面對的是未知考驗；
而今歸來，已是幸福的一家三口，不變的，是家的溫暖。
只是這皇帝怕是見不得余文殊得閒，
一家老小欣喜團聚，都還沒能得享天倫之樂的喜悅，
他又急匆匆的趕赴下一個職位。
這些年官職一調再調，每次面對的挑戰只有更難，
不想只在丈夫身後為他持家生娃的江素梅，
大膽的替他出主意，想對策，竟也屢屢見效，
更以一介女子之力立下功勞，大獲賞賜。
可對她來說，做大官、發大財，這些都無關緊要，
能與他攜手守護這個家，一生不離，那才是世上最美的事！

為流浪貓狗加油 和貓寶貝 狗寶貝 廝守終生(一定要終生喔！)的幸福機會

對人來說，貓寶貝狗寶貝只是生活的一部分，但妳（你）對牠們來說，卻是生活的全部，領養前請一定要考慮清楚——

▲ 愛嬌女小斑、小灰的招親人啟事

性　　別：都是可愛的女孩兒～

品　　種：混曼赤肯／米克斯

年　　紀：皆約2歲

個　　性：小斑撒嬌黏人卻有些小脾氣；小灰愛玩但容易害羞

健康狀況：小斑曾有鼻氣管炎、輕微膀胱炎及膀胱結石，現已痊癒。
小灰曾有鼻氣管炎、輕微心臟病，現已好轉。
都已注射預防針、結紮，愛滋、
白血篩檢為陰性，沒有問題喔！

目前住所：新竹市

本期資料來源：www.catcat.tw巷口躲貓貓（貓住宿、咖啡、下午茶）

『小斑／小灰』的故事：

小斑和小灰來自酷愛收集各類品種貓的家庭。但是在缺乏耐心照料的情況下，牠們分不到足夠的愛，也很少與人接觸，使得小斑比較敏感纖細，小灰則害羞怕人。

擁有漂亮外表和品種短腿的小斑，剛到中途家時只會睜著水汪汪的大眼專注地看著你，表現出對一切事物的好奇；但牠不會跟人玩耍，連追逐逗貓棒也不懂，看得出牠想回應善意卻不知如何表達。至於毛皮美麗的小灰雖然體型大，像個帥氣的小女生，然而剛開始也是充滿戒心，永遠跟人保持三步距離，只以雙眼靜靜觀察四周，提防有人突然奇襲牠。

不過曾被疾病折騰的牠們，在療癒的過程中漸漸有了改變──小斑學會悄悄接近人，顯露孩子氣、渴求關注的一面，小灰的面無表情也慢慢有了生氣，變得貪吃愛玩。為了吃，小灰把三步距離縮短成兩步、一步，而原本即使玩瘋了（high起來甚至會後空翻喔）也不給人碰，卻逐漸願意在最愛的食物面前敞開心懷，忍受幾下摸摸。

而小斑在熟悉穩定的環境裡，更是變得很喜歡撒嬌、磨蹭人。你會看見牠邁著短短小腿，發出興奮的呼嚕聲，團團繞著人轉。但若突然換一個環境、換了相處的貓夥伴，小斑就會退縮且易怒，明明想撒嬌又因陌生感去抗拒，就會形成一邊呼嚕、一邊哈氣或揮拳的緊張狀態。

所以小斑適合當獨生女，適合養貓新手的家庭。小灰仍需要培養對人的信賴，較適合對養貓有經驗的家庭，如果另外有性情溫和的夥伴也沒關係，更可以讓牠放鬆。你想疼寵這對惹人愛的女孩嗎？若你自認能夠給予細心、耐心還有穩定的環境，熱切歡迎來信cat_lu@mail2000.com.tw（盧小姐），將可愛的小嬌女帶回家～

認養資格：

1. 認養者須年滿20歲，有獨立經濟能力，並獲得家人與同住室友的同意。
2. 非學生情侶或單獨在外租屋的學生，須能提出絕不棄養的保證。
3. 須同意送養人日後之追蹤探訪。
4. 領養者需有自信對牠們不離不棄，愛護牠們一輩子。

來信請說明：

a. 個人基本資料：姓名、性別、年齡、家庭狀況、職業與經濟來源等。
b. 想認養「小斑」或「小灰」的理由；您理想中的同伴動物，期待牠們有什麼樣的個性。
c. 過去養寵物的經驗（若無，可敘述對照顧該動物的認識），及簡介您的飼養環境（家中人口組合、現有寵物的基本狀況、預估未來寵物的活動空間等）。
d. 未來若有當兵、結婚、懷孕、畢業、出國或搬家等計劃，將如何安置「小斑」或「小灰」？

文創風
234

夫人幫幫忙 1

國家圖書館出版品預行編目資料

夫人幫幫忙 / 花月薰著. --
初版. -- 臺北市 : 狗屋, 民2014.10
冊 ; 公分. --（文創風）
ISBN 978-986-328-365-2（第1冊 : 平裝）. --

857.7　　103018138

著作者　花月薰
編輯　黃淑珍
校對　林俐君　蔡佾岑
發行所　狗屋出版社有限公司
地址　台北市104中山區龍江路71巷15號1樓
電話　02-2776-5889～0
發行字號　局版台業字845號
法律顧問　蕭雄淋律師
總經銷　知遠文化事業有限公司
電話　02-2664-8800
初版　103年10月
國際書碼　ISBN-13　978-986-328-365-2
原著書名　《将军夫人的当家日记》，由北京晉江原創網絡科技有限公司授權出版

定價250元
狗屋劃撥帳號：19001626
網址：love.doghouse.com.tw　E-mail：love@doghouse.com.tw